The Flower Drum Song

花鼓歌

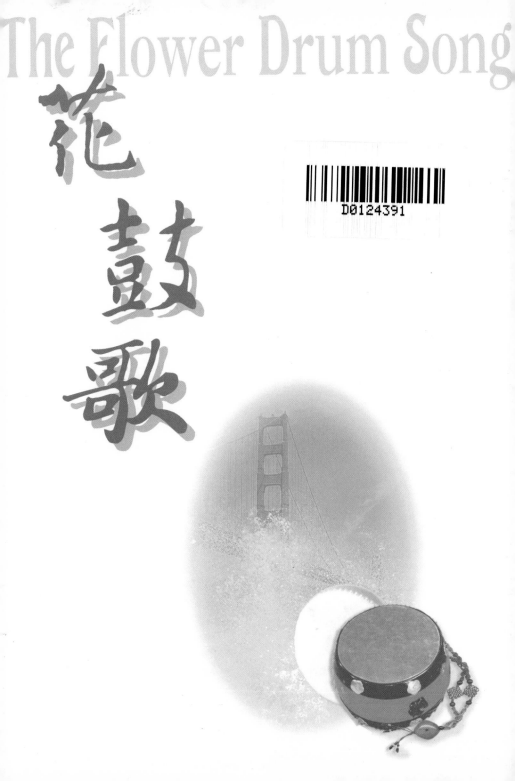

第一部

一

在走馬看花的觀光客眼裡，格蘭大道祇不過是舊金山唐人街裡一條熱鬧繁華的街道而已，對海外華人來說，則是展示他們生命力的櫥窗，但對來自大陸的流亡者而言，這裡就是廣東。雖然在人行道上看不到人力車，聽不到木屐敲地的ㄎ一ㄎㄚ聲，但這一條狹長的地方，卻最爲接近他們的老家。中國的戲院子、粥店、茶館、報紙、食品、中藥…等等，所呈現出來的景象，不禁會使一位流亡者感到疑惑，自己是否眞的站在外國的土地上。不過，在這種熟悉的氣氛中，他仍然需要面對許多全然陌生的困難，並在這些困難的環境下奮鬥求生。

王戚揚，一位來自中國華中地區，操著一口連北方人和廣東人都聽不懂的湖南方言，就是那種除了生活在舊金山唐人街以外，美國其他任何地方都無法適應的移民。他所會的英語祇有兩個字：

「yes」和「no」。但他很少說「no」，因爲當人家用英語或廣東話跟他說話時，他根本聽不懂對方在講什麼，但爲了不想招致人家不必要的反感，他就儘量少說。因此，他在唐人街並不出名，然而他的「yes」卻也著實替他招來不少人的怨恨。有一次他去廣東人家赴宴，主人謙虛地說，飯菜做得平淡無味也不夠豐盛，敬請各位貴賓原諒。本來是一句等待客人誇讚的客套話，但聽不懂廣東話的王戚揚，卻點著頭連說了兩次「yes」。

雖然如此，王戚揚還是依戀著唐人街。他自得其樂地住在一座四年前買下來，與格蘭大道隔了三條街的兩層樓充滿中國味的宅院裡。房子裡裝飾的是中國繪畫和對聯，擺放的是價格昂貴，坐起來卻不甚舒服的柚木桌椅。連家中僱用的兩個傭人和一個廚師，都還是他從湖南帶來的。家中唯一不夠「純中國」化的，就是他的兩個兒子，王大和王山，尤其是王山，僅僅四年的時間，就已學得一副牛仔相，說話的調調就像斯皮蘭電影中的人物一樣，才十三歲，已經把中文幾乎忘光了。

大兒子王大，倒是不那麼的叛逆不聽話。二十八歲的年紀，終日沉默寡言鬱鬱不樂，與父親在一起的時候經常感到彆扭發窘。由於王戚揚是個相當固執的人，使得他始終不太願意去改變老人家的舊習慣，糾正老人家的錯誤。在王家宅院裡，王戚揚就是「君主」，他的話就是法律，傭人們尊稱他爲王老爺，每周爲他幹活七天，月領十美元。雖然他的那副冷峻面孔，一把長鬍鬚，高大的身材，寬鬆的藍緞長袍，不斷的咳嗽聲，以及那不可違抗的要求和命令，在在都會令任何一個在美國受僱做傭的人覺得非常難受，可是他的傭人們卻對他既忠誠又敬畏。唯一不買他賬的人就是他已故妻子的寡婦妹妹，譚太太。譚太太常來他家幫他出主意，她認爲她六十三歲的姐夫非常的守舊、落後。「唉喲，我的姐夫，」她常說：「趕緊把你的錢存到銀行裡吧。然後去買一套西服穿上。在這個國度，你穿著那件緞子長袍，活脫就像舞台上的戲子。」

但是，譚太太的勸告老是從王老爺的左耳進右耳出。並不是王老爺不相信銀行，他衹是無法同意把一個人的錢存放在陌生人手裡的主意。在中國的時候，他的錢總是存放在自己的摯友手中，彼此間甚至連字都不用簽，也都非常的安全。而且每年固定兩次，他的朋友總是會按時爲他送來紅利，他接過來連問都不問，也從來未出過差錯。他相信這裡的銀行也許會同樣這麼做，但銀行裡的每個人畢竟還是陌生人。在他看來，金錢就像一個人的老婆，怎麼可能就這樣的交給一個陌生人來爲他看管。

至於穿上西服，那更是不可能的事。一直以來，他都是穿著長袍，夏天穿絲綢的，春秋穿緞子的，冬天則穿皮襖或者棉袍。要他換上那種衹有兩三個扣子且又開領的西服，對他來說簡直無法想像。再說，以一條破布拴在脖子上，在他看來，不但醜陋，而且有失尊嚴，更糟的是它代表著一種不祥之兆。他永遠不會想在自己的脖子上綁上這麼一條領帶。中國共產黨掌權之後，曾經試圖在湖南省廢棄長袍馬褂，改穿列寧裝。對此，王戚揚覺得列寧裝到底還是要比西服正規得多，因爲它的鈕扣較多，領子也是封閉的。即使這樣，他還是無法改穿列寧裝，這也是他五年前要逃出大陸的原因之一。不，除了長袍，他永遠都不想穿任何其他服裝。他不但要在長袍中告終，也要穿著長袍下葬。他並不覺得他穿長袍妨礙了什麼人，除了那個愛囉嗦的小姨子之外。他經常穿著長袍在格蘭大道行走，從來也沒有人注意過他。甚至連來旅遊的美國人都把他看作是格蘭大道上的一種自然現象。

王老爺很喜歡在格蘭大道上散步。每隔一天的晚飯後，他都會順著傑克遜街往下走，到格蘭大道後向南拐，溜達過六條馬路，直到布什大街，然後穿越過格蘭大道往回走。他認爲超過布什大街以外的地方就不屬於唐人街，而是外國領土了。他在唐人街的邊界上停留了片刻，瀏覽著燈火輝煌的唐人街，看一看映有寶塔式建築屋頂輪廓的天際、像燈籠般的街燈、閃爍著紅藍黃綠霓虹燈的中英文招牌。他看著川流不息的汽車湧入唐人街的心臟，然後深深地吸了一口氣，便開始往回走。街道上充滿著歡快與嘈雜，但一切還算平靜，因爲沒有一個人看上去顯得匆忙。

他在大街上閒逛，研究著每一張用中文寫的海報與廣告。在春節期間，他喜歡看張貼在每一家店舖門上的紅黃色對聯。如果他發現對聯上的詩句對仗工整，書法蒼勁有力，他就會擺出一副老學究的姿態，搖頭晃腦並且有節奏地大聲讀上兩三遍，然後給它打個分數。他給格蘭大道上所有的賀詞詩句都打了分數，並把獲得最高分數的那些銘記在心，回到家後就把它們寫出來。

他也很欣賞擺在商店櫥窗裡的展示品—雕刻精致的傢俱、銅製和陶製的器皿、草帽和竹籃、小盆栽、漆器、絲綢、小瓷器、玉石、金色及淡紫色的絲織錦…。他最鍾意的一件東西是加利福尼亞大街附近一家大禮品店中的牙雕，長八英尺，其上的雕刻錯綜複雜。店主人以僅會的些許國語，極力向他說明那是一根非常罕見的象牙，在西伯利亞的冰雪中埋藏了幾世紀。雕刻所表現的是皇宮中歡渡節慶的故事，總共花了二十五年的時間才雕刻完成，售價爲一萬五千美元。

接連三個星期，王老爺都會到櫥窗前駐足觀賞那件牙雕，盤算著是否要把它買回家。最後他作下了決定。既然他在格蘭大道上觀賞牙雕的享受能夠像在自己家裡觀賞的享受一樣，又何必非得把它買回家呢？再說，把它搬離格蘭大道，剝奪別人觀賞的樂趣，那將是一種自私的行爲。他爲自己的決定感到高興；四年來他每隔一個晚上所享受到的欣賞樂趣，並不少於他自己擁有那件牙雕一般。

走在格蘭大道的北端，他並不覺得舒暢，因爲那裡散發著濃冽的腥臭味，令他作嘔。在穿過華盛頓大街的時候，他會繞到另一條馬路上去看看那裡正在修建的一座寺廟，捐獻了五美元後又折回格蘭大道。他很少走到過卡尼大街，因爲他認爲那是菲律賓人聚居的地區，壓根兒就不想過去那裡。他總是在傑克遜街處穿過格蘭大道，再經過斯托頓街或鮑威爾街回家，繞開了格蘭大道北邊的雞魚市場。

回到家中，他總是舒舒服服地坐在他的藤椅中，等著聾子男傭劉龍，給他送上茶水、水煙袋和四份中文報紙。由於種種的原因，所有唐人街的中文報紙他全都訂了，而其中最主要的原因，就是要看看編輯們是否又發生了政治爭論。他對編輯們之間的論戰一直保持著高度興趣；偶爾也會選邊站，給他所支持的編輯寫上一封匿名信，誇讚一下他的觀點和流暢的文筆。他看報紙總是一頁不漏地把它讀完，包括了每一份廣告。他個人並沒有強烈的政治傾向。他之所以不喜歡共產主義，祇有一個原因，那就是它粉碎了中國多年來的傳統，且把整個中國社會秩序翻了個上下顛倒。

待他喝完茶、吸罷水煙袋、看完報紙以後，就準備要喝人參湯了。這時候，女傭劉媽就會把人參湯端進來，然後用她的手掌幫老爺捶背，足足捶了有五分鐘，以平息他的咳嗽。劉媽是劉龍的老婆，身材粗胖，喜歡講話，簡直可以說是王老爺的包打聽，她一邊捶背一邊報告一天的家事情報。

「廚子今天有訪客，」她用湖南方言肯定地說：「那個人一副騙子相。我不知道他們談了什麼，但他們在廚子的寢室談了好長時間。」

王老爺未置可否，卻嘟囔著問：「山少爺今天晚上有在他的房間溫習功課嗎？」

「有的。我親眼看見他在溫習功課。」

「妳能肯定他是去了學校，而沒有去電影院？」

「他今晚回家時拿著許多書本，」劉媽說：「而且回來後就直接進房間學習了。」

王老爺又嘟囔著問：「大少爺回來了嗎？」

「還沒有。」劉媽回答，接著壓低聲音，像吐露秘密一般說道：「王老爺，今天早晨我在收拾大少爺的房間時，在他書桌的抽屜裡發現了一張女人的照片。是一張五彩照片，價錢非常貴的那種。上面寫著我不認識的一些外國字。今天早晨我還對劉龍說：『怪不得大少爺最近回家總是那麼晚呢。』」

王老爺嘟囔著問：「照片上的女人長得怎麼樣？」

「是個外國女人。」劉媽强調說。

王老爺綳緊了臉：「什麼？是眞的嗎？」

「她有著銀白色頭髮、藍眼睛、大鼻子，是個外國人。」

「大少爺回來的時候讓他來見我。」

「好的，老爺。」她說著，捶背捶得更起勁了：「您是否也想和廚子談一談？我懷疑他的客人是個壞痞子。也許廚子正想再找一份新工作，而那個騙子相的客人正好在幫他的忙。」

「我不想和他談話。」王老爺說：「他是可以接待客人的。好了，不用捶了。妳可以走了。」

劉媽走後，王戚揚滿腦子想的都是王大抽屜裡的外國女人，對於廚師倒沒怎麼花精神去想，因爲他知道廚師不會想離開這裡。一年前，這位廚師在一個月入三百美金的廣東廚師引誘下，去了一家餐館掌廚，賺取二百美元的月薪。但兩個月後他就回來了，對在餐館裡祇當助手感到很不爽。他又聽不懂人家的方言，因此一直受欺侮；再說，由於大廚好賭，且經常向他借錢，導致他雖然月入二百，卻攢不下一點錢。現在他深深體會到在王宅的廚房裡工作是多麼的開心，在這裡他是老大，什麼都是自己說了算。而且每個月還能從十五美元的月薪中存上十美元，過去三年間已經儲存了近五百美元。可是，就在月賺二百的這兩個月裡，他在賭桌上輸掉了所有的積蓄。他一把眼淚一把鼻涕的哀求王老爺讓他回來。王戚揚還記得廚師的尷尬處境，也確信他不會再傻到去作月入二百美元的春秋大夢。

但是，王大抽屜裡的外國女人卻讓他深感煩惱。他等著王大回來，可一直等不到。當大理石壁爐台上的那座老時鐘敲響十二點時，他上了床，躺在寬大的方蚊帳裡輾轉反側，難以入眠。那蚊帳是他從中國帶來的，已經在裡邊安安穩穩地睡了二十多年。少了這個蚊帳，他就會覺得如同赤身裸體一樣，混身不自在。但是今天晚上，他感到煩躁不安，就好像有上百隻蚊子在帳子裡嗡嗡地飛來飛去。王大現在是不是正和那個外國女人躺在某個廉價旅館的床上？想到這裡，他禁不住打了個冷顫。

第二天早晨，時鐘一敲到八點他就起床了，喝完人參湯後就問起王大的事情來。劉媽告訴他，大少爺昨晚回來得非常晚，今天一大早就又出去了。王老爺鬆了一口氣，但他仍爲年輕一代的不再聽話而感到有些不安。他的兒子至少也該遵命等著來見他。他感到有點心神不寧，摒退了劉媽，照料起床邊的盆景來。這個盆景建造在一個巨大的江西瓷盤上，一座漂亮的翡翠假山聳挺出水面。盆景中有山洞、大道、橋梁、小徑、寶塔和一座僧院，水中還有些小金魚在游來游去。他餵了魚，幫假山上的青苔和小樹澆了水後，心情感覺好多了。自然的美景總是能使他擺脫沮喪的心情。

隨後，他來到窗前的大紅漆桌旁，練習了一小時的書法。他在上等的宣紙上一絲不苟地寫著名詩名句，腦袋隨著毛筆的移動而微微搖晃。寫完後又把這些詩句用草書重寫一遍，他的毛筆在紙上疾速而又平穩地飛舞著，但他對自己的草書還是不很滿意。出於練習，他在紙上漫不經心地寫了一些民間俗語：「病從口入，禍從口出」、「別浪費時間與女人爭辯」、「好狗不亂叫，智者不謬論」⋯⋯。

這時，他突然想起今天是星期一，是他每周例行去格蘭大道美國銀行的日子。他到那裡不是去存錢，而是去把一張百元美鈔兌換成小額鈔票和硬幣。他把筆墨擺下，在長袍外面套上一件黑緞馬褂，從密室鎖著的鐵櫃裡拿出一張嶄新的百元美鈔後就出去了。

銀行的出納小姐一看到他就知道他的目的，對他微微一笑，問都不問，爲他兌換了鈔票。他用一塊手帕把小額鈔票和零錢包好，懷著一股預期數鈔票的快感，急忙回家去了。數錢幾乎已經成了他的一種嗜好，從中所獲得的樂趣，就如同他照料盆景時一般。當他數完總數以後，就依據鈔票的面額、新舊程度將它們分類，把最新的放在一堆，較新的放在另一堆，舊的放在第三堆⋯⋯。他對硬幣的分類更爲仔細，常耐心地將硬幣置於放大鏡下面檢驗，看看那一枚是最新的。花錢的時候呢，往往先花掉舊的，然後再花較新的；至於嶄新的錢幣，他就將它們儲藏在一個雕刻精緻的檀木匣子中，鎖進書桌的一個抽屜裡。有時，他無所事事，就把檀木匣子取出來，津津有味地數著閃閃發光的各類硬幣，等到這些硬幣的光澤開始褪去時，他就把它們花掉，爲其他的新硬幣騰出地方來。他數著錢消遣，一直到傭人劉龍來臥室叫他吃午飯才停。

午飯後，他小睡了片刻。後來被喉嚨的一陣奇癢弄醒，並且咳了起來。他的咳嗽已有多年的歷史，如今甚至開始覺得咳嗽也可當成是一種樂趣來享受。所以，他躺在床上輕輕地發出陣咳，大約過了一個小時，他聽到小姨子招呼劉龍的喊聲。

「老爺還沒有醒來嗎？」她喊道。

「嗯？」

「我說，老爺的午覺睡醒了嗎？」她喊的聲音更大了。

「哦，」劉龍過一會兒答道：「我不知道。我去看看。」

「去叫醒他，我有重要事情對他說！」

王戚揚躺在床上，等著劉龍進來叫醒他。傭人輕手輕腳地走進屋來，撩開蚊帳。小心翼翼地叫他，生怕使他受驚。王老爺慢慢睜開雙眼，咕嚕著問：「什麼事呀？」

「譚太太來了。」

「叫她等一會兒。」他很少把小姨子叫到他平時接待其他大多數客人的臥室來談話。他總是在大客廳裡接待她，那裡的直背柚木坐椅，經常使客人坐得不舒服而失去久呆的意念。譚太太一直勸他買一些沙發和軟椅，他也一直答應著，但從來都不去買，原因是他不喜歡沙發，覺得坐沙發就像坐在一個胖女人的懷抱裡一樣。

他掙扎著起得床來，拿著水煙袋來到客廳，譚太太正坐在一把高硬的椅子上等他，色彩鮮艷的陽傘和黑色手提袋得體地放在她的膝上。她已五十歲開外，但穿著藍色絲綢短袖旗袍，使她看上去顯得年輕幾歲。她除了擦點口紅之外，不用任何其他化妝品，她的頭髮向後梳成一個頭髻，顯得整齊油亮的。「姐夫，我有件非常重要的事情要告訴你。」王戚揚一進屋她就急忙對著他說，邊說邊打開手袋，拿出一小張的英文剪報。

王戚揚坐在她的旁邊，抽著他的水煙袋，知道不會有什麼重要的事情。「這是我從一份外國報紙上剪下來的一條新聞。」譚太太接著說，揮舞著那張剪報：「我先讀給你聽，再幫你翻譯。對你而言，它可是一個警兆，能夠讓你瞭解到我對你的錢財所提出的勸告是正確的。」她清了清嗓子，用她那不太準確的發音艱難地大聲讀了起來。「斯托頓街山松餐館的經理林風告訴警方，一位衣冠楚楚的男子來到餐館，點了一份餐飲，到了結賬的時候，塞給收銀機旁邊的林風一張紙條：『把錢全都給我。我有槍。』這位華人經理臉上一片茫然，用蹩腳英語對他說：『非常抱歉，我不懂。』「你的錢，」歹徒附在經理的耳邊說，儘量讓他明白自己的意思：『你的錢！我有槍，我有槍！』可是經理還是不明白的樣子：『非常抱歉，我不懂。』歹徒垂頭喪氣地向門口走去。林風喊道：『抱歉，請結帳！』歹徒付了八十五美分後就走了！」

她讀完以後，緊閉雙唇，意味深長地望著王老爺。

「它到底講些什麼？」王老爺問。

「一個歹徒搶劫了斯托頓街的一家中國餐館。」譚太太說：「歹徒有一支槍；他差點向餐館的老板林風開槍。幸運的是，老板身上僅有八十五美分。歹徒搶下八十五美分後就逃跑了。」她爲了强調，停頓了一下，然後接著說：「我的姐夫，我一直告訴你把錢存到銀行裡。不要等到哪一天歹徒拿著一支槍闖進來，把你的東西全都搶走的時候，你再來後悔。這條新聞對你來說是一個很好的警告。我希望你考慮我的建議，按照我一再告訴你的辦法去做。」

王老爺呼嚕嚕地抽著他的水煙袋。他祇是有一點點擔心。沒有人知道他的錢鎖在密室的鐵櫃裡。假如強盜闖進家裡來，他可能會把檀木匣子裡的錢都給他。他根本不想讓銀行裡的陌生人來保管他的錢。不過，他還是嘟囔著對他的小姨子說：「我會考慮妳的建議，我的妻妹。」

二

沒有一個人知道王老爺在家中藏了多少現金，甚至連王大都不知道。有關父親的錢財情況，王大所知道的，祇是兩年前過世的姨丈譚先生曾從香港匯過幾次錢到美國來。而自姨丈去世以後，父親再也沒有收到來自中國的匯款。但是他從來都沒看到過父親為錢的事發過愁，也很少看到他與人談論自己錢財的事情。在心情好的時候，他會像强盜掏槍一樣快速地掏出一張百元美鈔給自己。王大在加州大學學習經濟學的四年期間，經常被父親的財政體制搞得糊裡糊塗。他從來沒有自父親的手上接過一張支票。當他需要錢的時候，得到的總是一張嶄新的百元美鈔。不論是交學費、交伙食費、交住宿費，他用的都是百元大鈔。有時，這些百元美鈔還眞是讓他感到不好意思。

然而，他的父親始終未曾想過用錢寵壞他。他在大學讀書時，口袋裡的錢被限制在每個月五十美元以內，而且老人家要求他每個月都要開列帳單。帳單上須逐條記下每項支出，雖然不用十分詳細，但是必須誠實。有一次，因為好奇，他在一位菲律賓同學介紹的妓女身上花了五美元。他厭惡那次的經歷，也被困擾了好長一段時間；此外，他也不知道該如何在帳單上支列。最後，他的記載是這樣：「美國在校大學生根據經濟學的觀點施展實際性生活的體驗—五美元。」父親對這筆帳從來也沒有提出過疑問。

在受過了四年美國教育之後，王大也接受了不少美國的觀念，其中之一就是要自我獨立。畢業以後，他爲繼續接受父親的資助而感到羞恥。這種態度使他的父親感到大惑不解。在中國，父親或兒子誰較有錢誰就該接濟對方，而彼此間互相接濟也是天經地義的事，沒有人會感到羞恥。「你現在打算作些什麼？」父親在他畢業後問他。

「我想找個工作。」他告訴父親。他帶著嶄新的畢業證書，沿著加利福尼亞大街、蒙哥馬利大街和桑瑟姆大街奔波了幾個星期，試圖找尋一個適合於他專業的工作。在經過三十多次短暫面談之後，祇有一家保險公司對他稍感興趣。但是，當他們發現他不會講廣東話時，馬上決定不錄用他。在知道了自己的劣勢之後，他下定決心要開闊自己的眼界，把自己的經濟學置於腦後。因此，他在漁人碼頭的一家美國餐館找到了一份洗盤子的工作。當他回家宣布這項獨立性的工作時，他父親爲其工作的性質所震驚，差點兒昏倒在地上。「我不許你去做那份工作！」他吼叫著：「我們家沒有人可以去給別人洗盤子……。」

王大又奔波了兩個多月，努力尋找一份坐辦公室的工作，結果仍是一無所獲。最後，通過姨媽譚太太的調解，他重新回到學校，進入了加州大學的醫學院。他對這門新的學科並不中意，但這可使他至少在五六年內用不著再去尋找工作。他父親也覺得滿意。在他眼中，儘管對西醫評價不高，但總覺得醫生這個職業還算不錯。

在加州大學醫學院，王大碰到最大的難題是愛情。他以前曾經談過戀愛，但所受的創傷一次比一次嚴重。他也不知道爲什麼，但是至少他在柏克萊讀書的時候並不怎麼爲戀愛的事情煩心。到底是因爲住在舊金山而有著較多的社交機會？還是因著年齡的增長而對生活更加認真？或者是因爲自己已到了最渴望女人的年齡？他搞不清楚。他喜歡美國女孩；她們對他具有一種強烈的吸引力，特別是在生理上。一些美國女孩還會送他身著泳裝的照片，他喜歡她們，但他知道父親絕對不會允許他娶一個美國人，他也知道，許多美國父母也不會允許他們的女兒嫁給中國人。他和許多美國女孩約會，但都從來沒有認眞過。他非常喜歡和她們在一起，覺得她們既放得開又有情趣，不像那些和他約會過的大多數中國女孩那般不解風情。中國女孩，特別是從大陸來的，通常拘謹有禮，有些女孩十分自負，知道華人中的男女比例使她們處於有利的地位。王大知道「男女六比一」的形勢已經成爲一個社會問題，所以每當遇見一個來自中國的女孩的時候總會懸崖勒馬地控制著自己。他曾經約會了一位剛從台灣來的女孩，消息傳開以後，所有的老光棍們，包括一群住在蒙特利的，都湧到舊金山來與她約會。這位女孩，曾經身穿不值兩美元的藍布旗袍，如今穿著六美元的花旗袍去聽音樂會、看歌劇。王大懷疑她在被那麼多飢渴的單身漢寵壞之後，是否還會接受看電影的邀請了。

之後，他認識了一個出生在斯托頓的中美混血女孩，她在城市學院研修音樂，他們在外邊約會了許多次。王大發現她像一般美國女孩一樣生性快樂，惹人喜愛，風情萬種。四個月過後，王大開始認眞起來。他確信父親不會反對自己娶一個中美混血女孩。她的家庭背景不錯；她的父親在斯托頓擁有一家超市，所有的兄弟姐妹都上了大學。她在家裡是最小也是最漂亮的一個，長著一雙炯炯有神的大眼睛，留著一頭長長的披肩秀髮。一個星期六的晚上，他們在格蘭大道遠東餐廳內的一個單間共進晚餐時，王大對混血女孩說：「瑪麗，今晚我們別去看電影了。我想帶妳回家見見我父親。」

「噢，我們還是去看電影吧。」瑪麗說：「我非常想看《後窗》。如果錯過這次，下次不知道什麼時候才會再上映。你知道，它已經是老片子了。」

「但我想讓妳見見我父親。」

「換個時間吧，勞倫斯。」瑪麗說：「四個多月來，我一直叫你勞倫斯，可是到現在我仍然感到不習慣。這名字有點滑稽，聽起來怪古板的。你爲什麼不用你的中文名字？」

「王大在中國是沒什麼問題。但在這個國家，每個人都叫我大王。大王在中文中的意思是『土匪頭』。所以我讓一位同學給我起了一個美國名字。」

「爲什麼她給你起了個勞倫斯？難道她是個老處女嗎？」

「不，他是一位男生。他在學習中文。他給我起名勞倫斯，是爲了幫他記憶中文。」

「我不懂你的意思。」

「勞－倫－斯」的意思就是「老－人－死」。祇要他記住了我的名字，也就記住了這個中文句子。在『土匪頭』和『老人死』之間選擇，我寧願選擇後者。」他希望把瑪麗逗笑，可她衹是做了個鬼臉。她做鬼臉時的樣子非常可愛，尤其是她皺鼻子時。

「爲什麼你不換一個名字？」她說：「爲什麼不用一個較普通的名字，例如湯姆、喬治或拉里？對，爲什麼不用拉里？它和勞倫斯的發音蠻接近的……。」

王大沒有搭話，使勁地咽了一口唾液，以帶著顫抖的聲音說：「瑪麗，妳願意嫁給我嗎？」這時，侍者來上菜了。瑪麗啜著茶水，直到侍者離去。「我已經訂過婚了，勞倫斯。」她說著，垂下了美麗的大眼睛。

王大注視著她，接著也咽下一口唾液。「可妳從來沒有告訴過我。」他突然說，聲音中帶有一股怒氣。

「我從未想到你是認眞的。」

「我還能有別的意思嗎？」王大氣憤了，他現在是眞正受到了傷害。「我每星期都帶妳出來，那還不算認眞嗎？」

「帶我出來的人可多著呢，那並不表示說我每一個都得嫁。」

「可妳讓我吻了妳！」

「噢，不談這些了。」瑪麗說：「我們吃飯吧，菜都變涼了。」

「至少妳也應該告訴我妳已經訂過婚了。」王大說。

「噢，看在上帝的份上，我們不談這些。難道我非得滿街敲鑼打鼓的告訴大家我已經訂婚了嗎？迪克目前在日本，他是個軍人。我不想誇耀他。」

「那妳就不應該讓我吻妳。」王大說。

「噢，你肯定是個老古板。就像你的名字一樣。我想你們這些在中國長大的男士都是這個調調。」

「我想妳和什麼人都會接吻！」

瑪麗扔下筷子，抓起小皮包和外衣，一句話也沒說就離開了餐廳。王大一時愣住了，但很快便追了出去。「瑪麗！瑪麗！」他叫著，在格蘭大道往南去加利福尼亞大街的路上追上了她。但她不理睬他，穿過大街，在聖瑪麗教堂門前上了一輛計程車，揚長而去。這是他們的最後一次約會。

王大認真的讀了兩個星期的書，想藉此把瑪麗驅出自己的心中。有時，當他在讀醫學書的時候，眞希望有人能夠發明某種藥品，可以治愈一個人的相思病及被傷害的自尊。瑪麗甩了他，他受到傷害，但他並不恨她。也許那就是爲什麼會對一個女孩難以忘懷的原因。他知道刻苦學習並不能使傷口完全癒合，就去看了許多的電影，讀了許多的雜誌，都是有關愛情和心理學方面的。有時，當他在口袋書或雜誌中讀到有英雄在失去心愛的女孩後，經過一番努力又贏回女孩芳心的故事，就會非常的開心。他常把自己比擬成英雄，並幻想那些女孩們都是芳心難以攫取的，但最後她們必定會滿懷激情、愛情且謙卑地回到英雄的身邊。

但是，公式化的虛構故事祇能給他暫時的安慰，就像喝一口威士忌或白蘭地一樣，酒勁過後，失望會加重得難以忍受。好幾次他都想給瑪麗打電話，但每次投入硬幣之後，他又改變了心意。「有什麼用呢？」他自言自語地說：「她是別人的女孩。她已經訂婚了。」而他也不是那種拆散別人的人。他自己都不敢肯定能否做得到如果他眞想那麼做的話。

瑪麗幾乎毀了他在醫學院第一年的生活。他父親對他的浪漫史一無所知，王大也不打算讓他知道。他變得非常孤獨而且悶悶不樂，學習成績也開始下滑。他給洛杉磯的張靈羽寫了一封信。他們是加州大學時期非常要好的朋友，張靈羽讀的是政治學博士。他們在柏克萊有不少周末是在一起喝咖啡，談論政治中渡過。張靈羽身材矮胖，長著一張快樂的方臉，一提到女人的話題就非常健談。王大對張靈羽的印象是，他在中國一定是個偉大的羅密歐，對女人無所不通。張靈羽在獲得政治學博士之後，就去了洛杉磯。現在，王大突然非常想見他，馬上給他寫了封信，邀請他到舊金山來過周末。

張靈羽沒有回信，但三周以後他給王大來了通電話。「我在唐人街。我搬家了，你的信是在我到以前的女房東那裡去贖皮箱的時候才看到的。」他告訴王大，他欠以前的女房東三十美元，所以她把他的皮箱留下當作「人質」。他快活地說：「別爲我擔心，我現在蠻富有的。我想在湘雅請你吃早茶。咱們二十分鐘後在那裡見。」

王大掛上電話時暗自發笑。張靈羽沒有變，仍然是那麼健談、精力充沛、直截了當。他還記得他們當年在湘雅茶樓把早飯午飯併爲一餐吃的情形，茶樓是在華人基督教青年會那條大街對面的一個不知名的小巷弄裡。它開設在一個入口不起眼的地下室內，營業時間祇在上午十點至下午三點之間。如果沒有人帶路，美國遊客根本不可能找到那個地方，而且鮮見有美國人被帶到那裡去。或許唐人街的居民想要讓它保留華人茶樓的特色，或許他們擔心美國人不會喜歡那裡的飯菜。王大也從來沒有想到過要帶一位美國女孩到那裡去。

湘雅茶樓對他來說，似乎是唐人街中的唐人街，它的氛圍是典型中國式的，食客們在那裡啜著茶，以典型的華人舉止高談闊論著。如果出現一個美國白人在那裡笨拙地擺弄筷子，那肯定是會破壞那種氣氛。幾年以前，他和張靈羽經常在星期天去那裡吃飯、聊天、品著菊花茶，一直泡到茶樓關門。他們曾經吃過八盤點心及特餐。他們特別愛吃的東西有蝦餃、三鮮扇餃、炖鴨掌、鳳爪、豬肚、蘿蔔餡餅、糯米糕以及各種包子和美味可口的蒸餃。這裡的飯菜價錢不便宜，但味道鮮美，是地道的粵菜，用不著費勁巴拉地去迎合「外國人」的口味。他倆常常吃得心滿意足，撐得走路都打晃。

茶樓裡到處都用字畫條幅和紅漆木雕裝飾著，張靈羽坐在茶樓一角的一張餐桌旁等他。他們像久別的朋友一樣，熱烈地問候了一番。王大在父親面前或者和一位世故的女孩在一起時，從來都沒有感到自在過，但和張靈羽在一起就覺得很放鬆，好像壓抑和束縛在他心中的所有煩惱突然都化爲烏有。和張靈羽聊天，他用不著斟詞酌句，可以暢所欲言，而實際上他也能夠享受張靈羽的暢所欲言，因爲他對自己也是無話不說。

他們點完菜後，王大問道：「你現在做什麼工作？」

「我現在是一個雜貨店店員。」張靈羽興高采烈地說道：「或許是第一個擁有政治學博士學位的雜貨店店員。希望我能宣布它爲一項世界紀錄。」

「我聽說有一位博士在漁人碼頭的餐館洗盤子。」王大說：「如果不是我父親砸了我那個飯碗，我很可能就會成爲他的下屬了。」

「那你現在做什麼？」張靈羽問道。

「我又回到了學校，加州大學醫學院。如果那裡的教授對人類生命漠不關心的話，那麼七八年後他們將把我培養成一個醫生。」他停頓了一下，然後半自嘲半痛苦地補充道：「我眞相信如果我去洗盤子的話，我會爲我的同胞們服務得更好。」

「你不喜歡醫學嗎？」

「我選修醫學是因爲它花的時間最長。至少我在學校的時候不必去另找工作。你喜歡你的工作嗎？」

「我挺喜歡的。」張靈羽說：「賺的錢比當教授多。而且肉販都把最好的部位按批發價賣給我。由於吃得好，生活有規律，又從搬馬鈴薯那裡得到了充分的體能鍛煉，我打算大幅削減未來醫生們的工作量。再說，我的新職業既是我的自救，又是我們同胞的運氣，就看我怎麼看待它了。」

「你的意思是⋯。」

「自從我拿到這個令人生畏的學位後，我應徵過很多工作。我發現它是我所背負過的最沉重的包袱，有點像一個帶來八個和前夫生的孩子的再嫁婆。它是生活的一大負擔。有一次，我差點當上大飯店的職員，一項最接近白領的工作，但是，當我那未來的老板發現我是個博士的時候，他以雇用我的乾脆勁兒，立即解僱了我。他兒子坦率地告訴我，我的學位使他老爸產生了自卑感。從那天起，我終於相信學位是我唯一的累贅。它至少毀了我十個相當不錯的飯碗，帶給我的除了沮喪還是沮喪。好了，那一天我把學位證書扔進了陰溝，此後我變回了一個俗人，看偵探小說，開低級玩笑，常去打保齡球。不久之後，我就時來運轉了。我參加了一個保齡球隊，一週以後，我的一個隊友，他爸爸是一個連鎖店的經理，幫我謀到了這份工作——」

「這就是你所謂的自救嗎？」王大打斷了他。

「不是。」張靈羽一邊給王大倒茶一邊說：「讓我告訴你，對我們大多數華人而言，最大的問題就是我們對生活過於認眞。我們墨守陳規，無視我們僅僅是一群『白華』的事實，就像當年的『白俄』一樣，我們拒絕調整自己去適應新環境。我們的夢想太多。假如我沒有採納新的哲理，沒有把我們的許多老習慣拋棄掉，包括我們愛面子的習慣，我會一直很不開心。新的態度幫助我看清了自己的前程。假如我還在爲浪費了我那深不可測的大學問而痛惜，我也許已經回中國大陸去了。」他喝了一大口茶，呑下一個蝦餃，用餐巾抹了抹嘴，繼續說：

「所以，沒回大陸去就是我的自救；沒回台灣是我們同胞的運氣，因為在我伯父的影響下，也許我真的會尋求門路躋身政府，成為一個腐敗的官僚。但我不願這類事情發生在我身上。所以會成為一個雜貨店店員，我覺得是最幸福的事。好，讓我們換個話題吧，免得我把這次愉快的小聚弄成使人厭煩的講座。你的愛情生活怎樣？」

「不怎麼樣。」王大沮喪地說。

「講一些給我聽聽。」

「我寧願不談這些。」

「嗯，我可以告訴你一些。」張靈羽啃著鴨掌說：「你在戀愛問題上同樣犯了過於認真的錯誤。你必須記住你是一個「白華」。你在戀愛中所面臨的劣勢，就和你在許多其他事情上所面臨的劣勢是一樣的。我常說，對我們而言，女孩的形勢就像雜貨店碰上了通貨膨脹年一樣。店中少數的商品價格昂貴，超出我們的購買能力。對當地出生的女孩不願和我們來往，我並不責怪她們。我們又有什麼東西能給她們呢？一無所有。就拿我為例，我已經四十多歲了，長相又不比任何當地出生的小伙子帥，不論他們是雜貨店或餐館主人的兒子。我比他們多的東西也許衹有學位，但這玩藝兒又不能像麵包一樣可以當飯吃。而他們有的許多東西我卻根本沒有，像汽車、電視、財產、青春等多得不可數！」

「我想你是對的。」王大盯著茶裡的菊花說。

「搞清楚形勢之後，你必須對女孩們加以分析，然後據以制定策略。假如女孩是逢場作戲型的，你對她認眞無異於自殺。假如女孩是嚴肅型的，你就必須捫心自問，你是否愛她愛得足以繼續和她來往。有些女孩可能會扮演難追的角色，而她們確實也有資格，因爲沒有什麼競爭者。有些女孩可能會挑三揀四，就像中國老話所說的『騎驢找馬』。如果你發現一個女孩正騎在你的背上尋覓什麼，你最好儘快把她摔下來。不管怎麼說，這種類型的女孩很容易被察覺。」

他又喝了一大口茶。「實際上，這種女孩頭腦簡單，也最容易被識破。假如你打電話約她，而她正覺得無事可做，她準會答應你。如果她覺得約翰或者喬治還可能會打電話約她，她就會在電話上支支吾吾一陣，然後告訴你明天再打電話給她。假如你打電話的時候她正在招待某人，她很可能會告訴你說：『現在我正在煎羊排，不能和你講話，不然它會燒糊掉。』這時你應該能確定羊排不是約翰就是喬治——她所喜歡的小伙子。還有一種女孩徹頭徹尾地唯利是圖。不過，你不必爲此種類型的女孩費心，因爲她們一旦覺得你是一座金礦，自然就會來到你的身邊。如果你聰明的話，用不著奉獻任何金子，你就能充分享受無拘無束的樂趣。當然，好的女孩還是有很多，可我們現在並不談論好女孩。不管你遇見的是哪種類型，你得記住這個規則：不要那麼匆忙而又迫切地一頭栽進愛情的漩渦。」

「我知道。」王大說道。他從茶水中撈出一朵菊花，用手指把它捻碎。「但有時就是控制不了愛情。你不能把它當電燈一樣開關。」

「那麼你就需要洗一洗腦子。」張靈羽說：「你對愛情的態度必須改變。就如同我說的那樣，首先你不能把愛情看得太認眞。我並不是說每個人都應該採取這種態度。我祇是針對我們，一群接近中年的「白華」單身漢。你必須保持冷漠，隨時準備面對最壞的形勢。呵，我講得太多了，都顧不上吃菜了。我還是聽聽你的故事吧，那樣我也可以吃點菜。」他扔下筷子，用手揀起一個豆沙包狼吞虎嚥地咬著。

「我決定忘掉我過去的浪漫史。」王大說：「那是痛苦的失敗，而且都是我自己造成的。」

張靈羽突然停止了咀嚼，瞇起了雙眼，目不轉睛地盯著坐在附近的一個女孩。「我認識她。」他貼著耳朵對王大說：「她會講國語、上海方言、廣東話、英語，也會講三四句從河內一個法國水兵那裡學來的法語。七年前我們是坐同一條船來的。」王大看了一眼。在那個座位上，有兩個女人面對面坐著，比手劃腳興高采烈地聊著。一個已經到了中年，風韻猶存，圓臉蛋上抹了不少粉；另一位年輕漂亮，穿著一件綴有亮閃閃飾物的淺藍色旗袍，襯託出她那苗條的身段。「哪一個？」王大咽著口水問著。

「長得像電影明星的那個。」張靈羽說：「你想認識她嗎？」

「她是哪一種類型的？」王大又咽了一口口水。

「我不知道。我沒有看出來。我是七年前在『克利弗蘭總統』號上認識她的。那時候我對分類還一無所知。」他站起身來說：「走，我幫你們介紹一下。和她在一起，你絕不會感到沉悶。她的嘴巴永遠講個不停。或許祇要一會兒她就能把你那些不愉快的浪漫史從記憶中抹煞掉。」

他們湊上前去。張靈羽歡快地講起國語來：「唐小姐，什麼風把妳吹到這裡來了？」

兩個女人同時轉過身來。唐小姐打量著他，眼光突然一亮。「啊，」她伸出纖細的食指指著他叫道：「你是中國領事館的吳先生！」她小指的長指甲稍微有點傾斜地指向地面。

「再猜一遍。」張靈羽笑著說：「我和那位有六十三個老婆而名聞天下的將軍同一個姓。」

唐小姐收回她的手指，把它放在塗滿口紅的嘴唇上想了一會兒，那雙大黑眼珠放出光來。

「啊，」她的手指又伸了出來：「你是五陸進出口公司的王先生！」

「不對。」張靈羽嘿嘿笑著，慢慢地搖著頭：「就如同古話所說的，眞是貴人多忘事呀…！」

「不要告訴我。」唐小姐急忙打斷他：「再給我一點提示。」

「我的姓在中國最常見，也最馳名。」張靈羽說：「姓這個姓的將軍和軍閥都比姓其他姓的多。看看妳還記得提倡到舞廳跳舞並拘押過蔣介石的少帥嗎…？」

「噢，噢，」唐小姐叫道：「你是張先生！我們在『克利弗蘭總統』號上玩過撲克！」她大聲笑了。然後她轉向王大，眨著長長的睫毛問：「這位先生是誰？」

張靈羽爲他們彼此做了介紹。唐小姐盯著王大看了好一會兒，看得王大臉都紅了。「讓我來介紹一下，這位是吳太太。」她的眼睛又亮了起來，幫他們介紹了她那豐滿的女伴。

張靈羽和王大向吳太太行了禮，吳太太微笑著點了點頭。「請過來與我們一起坐吧。」唐小姐邀請道：「吳太太想認我做乾女兒，我們正在商議認親儀式的事情，我想聽聽你們的意見，請坐。」

她把目光轉向王大，在他坐下時盯著他的臉龐。當王大的目光與她的目光相遇的時候，她忽閃著眼睫毛微笑著。王大的心臟立刻通通地猛烈跳動。他發現她非常性感，特別是在微笑的時候。她微笑時最動人之處是在那口潔白而又齊整的牙齒和兩個深陷的酒窩。「吳太太是四川人。」她接著介紹：「她丈夫是個大將軍，在中國既和日本人打過仗，也和共產黨打過仗。請和我們一起吃點東西吧。哦，夥計，再拿兩個茶杯來，還有筷子。如今這吳先生，也就是吳太太的丈夫，成了毛澤東黑名單上的頭號人物之一。現在她想認我做女兒。張先生，你覺得什麼樣的儀式較合適？我堅持要給她磕三個頭，但吳太太說向她及天地各鞠三個躬就夠了，你認爲呢？」

「還是磕頭較爲正式，也更有效力。可別忘了邀請我們參加認親儀式呀！」張靈羽說。

「吳太太打算舉行一個宴會。」唐小姐說：「我們將邀請你們參加，請把你們的地址和電話號碼留下給我。」她馬上打開手袋，掏出一個金黃色記事簿遞給王大。「您住在舊金山嗎，王先生？」

「是的。」

「你們應該去參觀一下吳太太的新房子。」唐小姐說：「就在瑪琳娜，是舊金山最漂亮的住宅區。等我們成爲母女之後，我就要搬進去和她一起住。」她給吳太太的茶杯斟滿茶水，用筷子夾了一塊雞肝放在吳太太的盤子裡。「妳喜歡吃雞肝。這塊不錯。張先生認爲我應該給妳磕頭，吳太太。如果妳不讓我磕頭，我就不當妳女兒了。喂，夥計，再來一份雞肝。王先生，你喜歡吃點什麼？」

「我在自己那邊已吃了不少。」王大說：「謝謝妳，我喝點茶就行。」

「哦，多吃一點。」說著，她夾起一個包子放在侍者剛給王大擺上的盤子裡。「嚐嚐這個叉燒包，是舊金山最有名最好吃的，我聽說裡面的叉燒是按秘方製作的。請嚐一嚐。如果你喜歡吃雞肉炒河粉，你就得到格蘭大道的國華餐廳去吃，那裡的雞肉炒河粉是舊金山最好的。吳太太，妳還想吃點什麼？請點。」

吳太太微笑著說：「不了，今天吃的已經夠我維持兩天都不會餓了。」

唐小姐又爲吳太太夾了一塊雞肝：「這塊也不錯，請嚐嚐。咱們的爭辯就到此結束，吳太太。除非妳接受我的磕頭，否則我不會接受妳的任何東西。」

「噢，這是美國。」吳太太說：「磕頭是老古董了，外國人也許會笑話我們。」

「噢，不要在意外國人。」唐小姐說：「我們祇邀請少數幾個外國人。像是我的聲樂老師和妳的鋼琴老師——克拉克先生和羅傑斯先生。」說完後，她轉過身來對王大說：「羅傑斯先生是吳太太的鋼琴教師，他彈得非常棒，他正在教她不看樂譜彈鋼琴。你應該來聽聽吳太太彈鋼琴，她會彈《揚基杜德》和《迪克西蘭德》，和羅傑斯先生彈得一樣好聽。王先生，你會唱歌嗎？」

「會唱幾句中國戲曲。」王大答道：「那還是多年以前……。」

「京劇？」唐小姐激動地叫道：「太棒了！吳太太也唱京劇。我認識一個會拉胡琴的人，他在北京曾給梅蘭芳拉過京胡，我可以把他請到我們家來伴奏。你和吳太太可以在他那把著名的胡琴伴奏下唱京劇。他來的時候我一定通知你。你有把電話號碼寫在我的記事簿上了嗎？」

「寫了。」王大說著，把金黃色記事簿交還給她。她把記事簿放回手袋，建議道：「我們到公園去吧，今天的陽光挺燦爛。要不就開車去海邊。我哥哥幫我買了輛新車，我正在教吳太太開車。張先生，王先生，你們今天下午有空嗎？」

王大期待著張靈羽接受邀請，但是張靈羽找了個藉口推辭了，他說他們得去海灣對面去拜訪一些朋友。唐小姐表示非常遺憾。「你們一定要抽空去看我們。」她反覆叮嚀，然後付了帳單，挽著吳太太的胳臂離開了茶樓。

「為什麼你沒有接受邀請？」走出茶樓時王大問道：「我覺得她蠻有味的。」

「你的意思是說她很性感。」張靈羽嘿嘿一笑道。

「我們和他們一起去玩也許會很開心。」王大說。

「她的話太多。」張靈羽說：「跟她在一起，我連一句話都插不進去。我喜歡講話，也喜歡聽別人講話，你是知道的；但她說的話沒有一句值得一聽。我猜想，她恐怕祇適於用來做愛。但對我來說，正如俗話所說，純粹是『癩蛤蟆想吃天鵝肉』。你不用著急，很快就會見到她的，過不久她就會打電話給你。你注意到沒，在祇有單方發言的談話中，她不是都一直在注視著你，還邀請你去她家，或是她未來的乾媽家嗎？也許你在她的眼裡也非常性感。你祇要小心應付，記住規則就是了。」

當他們走向薩克拉門托大街，到達格蘭大道的時候，他們看見唐小姐和吳太太鑽進停在半條大街遠的一輛嶄新的別克轎車裡。「我們往克萻街走。」張靈羽說著往左邊拐去：「要不然讓她看見，她就可能停下車來，再談上半個小時，也許會造成唐人街的交通堵塞。」

「你認爲她可是一個淘金者？」王大問道。

「她可把我搞迷惑了。」張靈羽說：「假如她是的話，她可能會儘量弄清你在哪兒工作，或者你的父親是誰。但她對你的工作和你的父親並沒有表現出任何興趣。好像她是那種逢場作戲型的。」

一輛汽車的喇叭響了兩次，王大轉過身來。明光鑠亮的紅色新別克掠過他們身旁。唐小姐對他揮了揮手，她那隻戴著首飾放在象牙色方向盤上的雪白玉手，她那帶著酒窩的燦爛笑臉，她那黑色的捲髮和那花俏的紅披巾，映在車窗上，漂亮得就像全國發行的雜誌上的一幅廣告。王大咽著口水也向她揮了揮手。他眞希望自己在那車裡，開著車馳向金門公園，馳向大洋海灘，然後穿過克利弗劇院，拐進林肯公園⋯。

「眞是一輛好車！」張靈羽說：「也許是唐人街速度最快的車。她哥哥一定像阿里‧卡恩一樣富有。」

「我覺得她不是一個淘金者。」王大突然發現自己袒護起她來：「她不過是一個快樂、天真的女孩，喜歡講話，愛交朋友。」

「希望你是對的。」張靈羽過了一會兒說：「是的，我覺得她是一個逢場作戲的女孩。她沒有淘金者的任何特點。你想知道淘金者的特點嗎？」他停下來點了一支煙：「好，一個淘金者首先要看的是男人的鞋子。她對男人的鞋子有著無可挑剔的眼光，她對鞋子的價錢比賣鞋的還要清楚。在她的眼中，如果一個男人穿的皮鞋不值二十五美元，或者需要花上二十五美分擦一擦或換個鞋跟，這個男人就是屬於『安全風險』很差的人。假如你的鞋子過了關，她將會開始研究你的襯衣。假如你穿的很體面，但你的襯衣領口有點髒或者後背有點泛舊，她就會把你當作一個——以美國說法來說——當作一個 **phony**（冒牌貨）來看。假如你的鞋子和襯衣都達到了她的標準，那麼她就會要搞清楚——當然是以非常巧妙的方式——你是否有一輛汽車。假如你有，好，她就會要求你帶她去你家，或者帶她去兜風，告訴你醫生說她需要呼吸大量新鮮空氣。假如你的汽車碰巧是輛嘎嘎作響的老爺車，她就會突然頭痛起來，告訴你醫生就住在附近……。」

王大幾乎沒有聽見他的朋友在講什麼。他滿腦子想的都是唐小姐，並且想像著他們已經接受了兜風的建議。在他的想像中，他看到自己坐在她的身邊……。汽車出了林肯公園，沿著風景如畫的海岸線飛馳，駛入普勒西迪奧區，然後拐進用黃燈作隔線的高速公路，穿過金門大橋，直接駛向馬林縣境內那些美麗的綠色山谷之中⋯⋯。

三

譚太太到瑪琳娜成人學校參加公民班上課已經有兩年了。她不知道何時移民局才會寫信給她，叫她去參加初步審查，她的好朋友田太太一直等了六年，才收到這樣一封信。不管怎樣，譚太太一直滿懷希望地學習、背誦著美國憲法的每一個單詞。她的教師蕭女士在班上評價她說，譚太太是這兩年中唯一一名沒有曠過一節課、並且能背誦她學過的所有功課的學生，儘管她的英語聽上去有點難懂，但蕭女士馬上補充說：「她的英語也有很大的進步。兩年前她對我講英語時，我簡直不知道她講的是希臘語還是中國話，現在她講的每一個字我原則上都能聽懂。」

譚太太對這個評價非常滿意。她禁不住左顧右盼了一番，滿臉驕傲的微笑。儘管她現在閱讀英語和講英語仍然有很多困難，但她至少可以毫不遲疑地回答老師的問題。上星期她祇犯過一次錯誤。蕭女士問她，成爲一個美國公民有什麼好處。她流利地陳述著所有的權力，但到最後卻出了差錯：「我可以在政府找到一個笑話。」這句話讓蕭女士楞了好一會兒，但她很快就醒悟過來，譚太太在她流利、充滿熱情的陳述中，用「joke」(笑話) 一詞替代了「job」(工作)。她就像一個彈鋼琴的，剛好敲錯了鍵。

一個陽光普照的下午，譚太太走出學校，感覺良好。她決定去拜訪姐夫，看看他是否把錢全部存到銀行了。自從在報紙上看到那件搶劫的新聞，她一直爲他的錢財擔心。幸運的是，她已故的丈夫已經安排好老傢伙的錢財，聰明地把其中的大部分投資到穩妥的生意之中，否則王威揚或許會把他那五十萬美元全都塞到床底下了。她弄不懂這位老人爲什麼如此頑固，而過世的姐姐是怎麼能夠忍受他的。她也弄不清是否所有來自湖南的人都像他那樣，是全中國最能吃辣椒的人。該省確實出過不少性格怪異的人物，包括共產黨員毛澤東。

譚太太乘坐公共汽車到達薩克拉門托大街站時，決定先去天后宮做個禱告。她信仰耶蘇基督，也聽天由命的相信天后—中國人心目中的天堂女神。她在格蘭大道下了公共汽車，走到韋弗利區，那條大街擠滿了彩色瓷磚牆面、大陽台的樓房，樓房上裝飾著黑色和燙金色的大字，這些建築都是屬於一些富有的家族。

天后宮位於修行慈善協會的頂層。譚太太每月至少來這兒一次，登上那狹窄的樓梯來朝拜天堂皇后，她保佑著所有旅遊者或居住在外國的人的命運。今天譚太太是專門到這裡來祈求天后保佑姐夫藏在家中某處的現金。老傢伙的錢也是譚太太姐姐的錢。因此，她覺得自己對錢的安全多少也負有部份責任。她跪在神龕前的草墊上，神龕是用柚木精心雕刻而成，天后手執賜福的權杖坐在其間。香爐中冒出的一縷青煙裊裊飄向她那慈祥的面龐。譚太太給媽祖磕了三個頭，唸唸有詞地祈禱一番，然後拿起長供桌上的籤筒虔誠地搖著，直到有一根籤從筒子裡跳出來。她對照著籤上的號碼找到了靈簽，看到簽條上寫著的好運氣，滿臉微笑。天后眞好，答應爲譚太太保佑她姐夫的幸福。

她站起來，把一美元香火錢放在香爐下面，然後就心滿意足地離開了天后宮。她忽然感到餓了，遂決定去克蕾街的桃園餐館吃一頓北京烤鴨。這家餐館在一幢樓房的底層，向下走的樓梯設計了一個直角拐彎，以免鬼魂進到餐館裡來，因爲鬼魂不會拐彎。譚太太去過北京，覺得這裡做的烤鴨與正宗北京烤鴨的味道十分接近。而且桃園的廚師也實在，不會把食客不願意要的鴨肉部分上得過多。按照正宗吃法，北京烤鴨吃的祇是烤成棕紅色的鴨皮，香脆可口，再加上一碗用鴨骨熬出來的鴨骨湯。在等著上烤鴨的時候，譚太太要了一杯燙熱了的山水酒。這杯水酒將會使她進入一種必要的安寧狀態，以便充分享受美味菜餚。

晚飯後，她決定不去看姐夫。她已經祈求天后保佑他了；所以，不管他的錢是仍然放在他的臥室裡，或是已經被存到了銀行裡，都會很安全了。

可是，她回到家裡的時候，姐夫的聾子傭人劉龍正坐在她家的台階上等她，打著瞌睡。她輕輕踢了踢他的腿，問道：「劉龍，你怎麼到這兒來了？」

劉龍猛一抬頭，看到譚太太，他急忙站起來。「妳好嗎，譚太太？」他很禮貌地打了個招呼。

「不好也不壞。」譚太太說：「你在我家門前做什麼？」

「嗯？」

「噢，我忘了你是個聾子。」她自言自語地說，然後又大聲對著他的耳朵問了一遍。

「王老爺請妳到他家去。」劉龍說。

「我不想去，我已經吃過晚飯了。」

「噢？」

「好吧，我走一趟。」譚太太失望地說：「去那裡一趟也比託你帶口信省事。」

她開始往北邊祇隔三條街遠的姐夫家走去。劉龍以適當的距離緊跟在她後面。到了那裡，她等著劉龍幫她開門。走進客廳後，就往她常坐的一把直背椅上坐下。她向餐廳瞟了一眼，圓桌上沒有任何準備。她暗自慶幸自己已經吃過了晚飯。反正她在王宅也很少幾次是真正享受到吃的美味；每一道菜中都要放些紅辣椒，吃得她總是打嗝。

「譚太太，王老爺請妳到他的臥室去談話。」劉龍走出王戚揚臥室對她說。

譚太太感到很奇怪。姐夫很少叫她進他的房間。她一走進擠滿了大蚊帳、盆景、書架、書桌和幾張藤椅的房間時，就知道發生了事情。王戚揚坐在書桌後面的椅子裡，臉色慘白。「妻妹，」他正襟危坐，以些微顫抖的聲音說：「我今天被搶了。」

這消息對譚太太來說無異像是臉上挨了一記耳光，她被驚嚇得一時舌頭都僵住了。她抓住一把藤椅的靠背，然後坐到裡邊，像是生了病一樣。她問道：「什麼時候發生的？」

「今天早上，」王戚揚說：「當我從銀行回來的時候。」

「他們搶走了你所有的東西嗎？」

「全部被搶走了，包括我剛從銀行兌換一百美元的每一枚硬幣。」

譚太太深呼吸了一口氣說：「啊，祇是一百美元而已。我還以爲強盜破門而入，搶走了你所有的現金呢。到底是怎麼發生的？」

「有個陌生的外國人從銀行跟上了我。」王戚揚說：「當我走到鮑威爾街的轉角處，他用某種硬東西頂住我的後背，說了幾句我聽不懂的話。但我知道他要搶劫，我馬上舉起雙手。他搶走我手中的錢後，就拐過牆角跑掉了。妻妹，我懷疑那個強盜已經跟蹤我幾個星期了，他現在可能知道我住在那裡。妳能把這事向美國政府報案嗎？我需要兩個警衛日夜保護我的房子。」

「我的姐夫，」譚太太熱心地說：「美國政府是一個民主政府，它是民治民享的政府，它憲法規定的三個原則是自由、平等和公正。你不能以封建地主的口吻命令美國政府派兩個士兵來爲你家日夜站崗。這不是中國，你最好打消這個主意。再說，美國政府有三個部門：立法部門、行政部門和司法部門。你能做的事情就是請行政部門中的警察部門幫你抓小偷。至於你的錢，早就該聽我反覆告訴你的話，存到銀行裡去。」譚太太瞇著眼睛盯著他問：「你的錢存到銀行裡了嗎？」

「還沒有。」王戚揚說：「這就是我叫妳到這裡來的原因⋯⋯。」

「我很高興強盜搶走了你的一百美元！」譚太太氣憤地打斷了他：「它對你可是個很好的教訓！幸好我剛才到天后宮爲你的錢財做了祈禱，不然強盜可能會破門而入把你家裡的所有現金都搶走了！喲，我的姐夫，爲什麼你如此頑固？爲什麼不聽我的勸告？」

「我已經決定今天去存錢了。」王威揚說：「可我聽不懂外國人的話。這就是爲什麼我叫妳來的原因…。」

「今天不行。」譚太太又打斷了他：「銀行已經關門了。」

「關門了？爲什麼？」

「銀行每天下午三點鐘關門。你不知道嗎？」

「不知道。」王威揚說：「我一直都是吃午飯的時候去的。妻妹，妳能否給銀行經理打個電話，請他開門？」

「唉喲，我的姐夫。」譚太太失望地說：「銀行經理又不是黑市的換鈔機，你怎麼可能如此的打電話給他並下命令呢？再說，我也不知道他的電話號碼呀。你以爲你還在那落後的湖南省啊！請你趕緊除去這個念頭吧！明天早晨九點鐘銀行開門營業時我們再過去。告訴劉龍今天晚上不要讓任何人進來，另外也告訴王大和王山要呆在家裡。你沒有手槍吧？」

「沒有。」

「那好，既然強盜已經搶走了你的一百美元，今天夜裡他應該不會再到你家裡來了。那錢該夠他花上幾天的。我將向警察報案抓他。他長得什麼模樣？」

「我也不知道他長得什麼模樣。」王威揚說：「他是個外國人。所有的外國人看起來都差不多。」

「既然你不知道他長得什麼模樣，」譚太太明確地說：「那我就不向警察報案了。再說，警察也不可能把舊金山的每個人都抓起來審查誰是强盜。傭人們知道你被搶劫了嗎？」

「不知道，我誰都沒有說。這也是我叫妳到我房間來談的原因。」

「好，那就不要聲張。」譚太太說著，站了起來：「我明天再過來。」

第二天早晨，譚太太九點鐘準時來到王宅。王老爺已經比平時早一個小時起床在等她。他爲放錢的鐵櫃多加了一把鎖。由於遭劫的緣故，他昨晚整夜都沒有睡好。房子中的每一個小聲響都會使他心驚肉跳。他沒有像往常王山晚上在家時那樣督促他背誦功課。他聽到王大半夜三更才回家，他也聽到劉媽在樓上的房間內責罵丈夫，而壁爐上的老時鐘似乎也比平時更爲吵人。實際上他根本整夜就都沒睡覺。

「你看起來不是很好。」譚太太問：「生病了嗎？」

「沒有。這是家中所有的現金。」

譚太太看著大鐵櫃，皺起了眉頭：「什麼?滿滿一櫃子?」

「不，其實並沒有裝滿。」他解了櫃子上面的三道鎖後將櫃子打開。在櫃子的一個角落堆著一堆嶄新的百元美鈔。「這裡共有八萬七千七百美元。我想叫劉龍把櫃子扛到銀行去。」

「扛個櫃子去銀行?」譚太太說：「從來沒有人會扛著一個大鐵櫃去銀行。我們先把錢放在一個舊的購物袋裡，然後提著它去銀行，這樣做比較安全。我去找廚子借一個購物袋。」她走到廚房，要圓臉廚師把所有的購物袋都拿出來給她看看。廚師共有五個購物袋。譚太太選了一個看上去最破爛的，拿到她姐夫的臥室裡。她把鈔票塞進購物袋，上面用一張中文報紙蓋好。「袋子由我來拿。」她說：「我們現在走吧。」

他們走出家門，順坡走向格蘭大道。美國銀行唐人街分行上午擠滿了人。譚太太沒有去排隊。她對櫃台裡的一位小姐說她要見經理。經理是一位戴眼鏡的華人女士，身材豐滿，和藹可親，當她從自己的桌後抬起頭來，看到譚太太的時候，急忙站起來向她問好。「胡女士，我幫妳帶來了一筆小生意。」譚太太用廣東話對她講道：「我們能進來和妳私下談談嗎？」

「當然可以，譚太太。」經理說著，打開櫃台門讓他們進去。譚太太把她的姐夫介紹給經理，胡女士請他們坐到自己的辦公桌旁。「我姐夫有些錢打算存在妳們銀行。」譚太太說著，把購物袋交給胡女士。胡女士朝購物袋裡看了看，然後從舊報紙下面掏出一大疊百元美鈔，頓時瞪大了眼睛。她什麼話也沒說，眼光在王戚揚和鈔票之間來回瞟了好幾次。「胡女士，這可不是僞鈔。」譚太太說：「我可以打保票。袋子裡的錢一共是八萬七千七百美元。我姐夫想開一個八萬元的存款賬戶，其餘的錢開一個支票賬戶。」

經理笑著說：「沒有問題。」她到櫃台那裡叫來一位嬌小玲瓏的華人女孩，讓她清點購物袋裡面的錢，然後她開始詢問收集存款人的資料。當華人女孩拿著一張寫有袋內錢數的紙條回來時，王戚揚看了一眼，讚許地點了點頭對譚太太說：「這位女孩很誠實，不錯。」

譚太太窘得咳了兩聲，急忙對經理說道：「我姐夫不會用英文簽名。當他簽支票時，是否可以使用中文簽名？」

「我想恐怕不行。」胡女士說：「有的出納員不認識中文。不過，我們有一些客戶使用印章。王先生有印章嗎？」

王戚揚有許多顆印章，而且總是隨身攜帶著一枚，放在繫在一個長袍鈕扣上的小袋子裡。辦完了存款的事情，譚太太樂得笑開了嘴。她謝過胡經理，和姐夫一起離開了銀行。她心中的重大負擔總算是卸掉了。但是，其他的一些事情仍然讓她發愁。當他們走到一條大街的轉角處時，她拐進一家男士服裝店，並對王戚揚說：「讓我教你怎樣使用支票，進去吧。」

服裝店的經理很客氣地和他們打招呼。譚太太用廣東話問道：「你們這裡最好的一套西服要多少錢？」

「一百二十美元。」經理說：「是英國進口的。」

譚太太拿出支票簿，寫上一百二十美元後，告訴姐夫在支票上面蓋印章。「你看，多麼簡單！」然後她把支票交給經理，並用廣東話補充道：「你最好在他改變心意之前趕緊簽上背書，另外請把最好的西服拿出來給他看看。」

當經理拿出一套深灰色毛料西服，笑著撣掉西服肩上的灰塵的時候，王老爺的臉紅了起來。

「這是幹什麼？」他生氣地說：「我不想穿任何外國衣服。」

「唉喲，我的姐夫，爲什麼你要這麼頑固呢？你挺著一個大肚子，穿上西服將會顯得好看。快過來試穿一下吧。」

「不，我不想要！」

「管你要不要，錢都已經付了。」譚太太堅決地說：「它花了你一百二十美元，而你也已經在支票上蓋了章。」

「說得對，」滿臉微笑的經理用帶有濃重廣東腔的國語說：「爲了表示對新顧客的友好，我將幫你支付售貨稅。請到這邊來，你可以免費任意調換。」

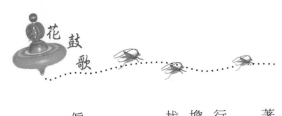

四

星期六的早上，王家的每個人都有著不同的心情，或者做著不同的事情。王大出門了，王山餓著肚子，心裡想的卻都是打球的事，廚師去買東西了，王老爺還在床上，劉媽則擔心不已。

自從王老爺買了西服後，劉媽就不斷的談論著這件事情，同時製造了一個謠言說是老爺將要實行家務西化。一大清早，當她的聾子丈夫仍然睡眼惺忪、耳朵最聾的時候，她就向他表達了自己的擔心。除了王山，沒有人聽見她的抱怨。王山最討厭躺在床上，他已經來到廚房，在冰箱裡搜索著找東西吃。

「你聽見我說的話了嗎？」劉龍夫婦在打掃完後院走進廚房的時候，劉媽對著她丈夫喊道。

「嗯？」劉龍問。

「哦，我整個早晨都在浪費氣力試圖著要告訴你家裡將發生的事情。」劉媽說：「等到老爺解僱了你，換成一個外國傭人時，你可別說我沒警告過你！」

「你警告我？警告什麼？」

「唉，爲什麼我要浪費我的時間跟你這樣一個又聾又啞的老烏龜講話？」劉媽抱怨地說。當她看見王山時又皺起了眉頭。「又在吃生火腿？」她說：「你最好別叫廚子知道你吃了他的火腿。他或許會告訴你的父親，而你也清楚老爺將會怎麼懲罰你。他會用竹棍子打你的手心。」王山吞下火腿，嚼都沒怎麼嚼，又把一碗水一口喝乾，速度快得讓劉媽目瞪口呆。「我眞搞不懂爲什麼廚子一早出去買東西到現在還不回來。」劉媽繼續著說：「假如他每天早上還都在茶館裡消磨時間，總有一天他會發現自己的舖蓋捲被扔到大門口，而廚房裡已經換成了外國廚子。」

「我父親要僱用美國廚子了，劉媽？」王山問道，雙眼一亮。

「他買了一套美國西服。」劉媽加重了語氣說：「那祇是個開始。他還會將家務全盤西化，把我們全都解僱。我浪費了整個早晨要對劉龍講這件事，可這個又聾又啞的老烏龜連一個字都沒聽進去。」

「好耶！」王山用英語叫道：「再也不必吃炒雜碎了。太好了！太好了！」

王山今天不上學。但他討厭星期六和星期天，因爲這兩天他每餐都必須在家裡吃。每次看見那些湖南菜，他就倒胃口。有時他會在飯前溜出去吃個熱狗或漢堡。如果他沒錢，他就會趁廚師不在廚房的時候在冰箱裡搜尋一番。當他非常飢餓的時候，他無論如何更是要搜尋一番，不管生熟都吃。通常家宴最豐富的時候，也是王山最飢餓的時候，因爲飯桌上有那麼多他討厭的精美食物。他在家裡最喜歡吃的東西，就是冰箱裡的中國生火腿。

現在，當他聽說父親將要實行家務西化，他當然興奮。他有很多事情想在家裡做但又不敢，比如說，趴在客廳的地板上看連環漫畫，嚼泡泡糖，在後院用汽槍打鳥，等等。如今，也許這些事情他都可以做了，而且不會惹得父親生氣。

午飯時，他大膽地把一條麵包帶回家。他沒有吃米飯，而是用中國菜自製了三明治。當他津津有味地吃著他的三明治的時候，他父親深皺著眉頭瞪著他。「那是什麼食物？」王老爺問道。

「三明治，爸爸。」

「多麼野蠻的吃法。」他父親說：「去用你的筷子！」

「爸爸，吃三明治是不應該用筷子的。這是美國食物。」

「飯桌上的中國飯菜有什麼不好的？」

「我喜歡吃美國飯菜。」

王老爺的眉頭皺得更深了。「我聽說你經常吃生火腿，是眞的嗎？」

王山嘴裡塞得滿滿的：「是眞的，因爲我太餓。」

「你曾經有過很好的飯桌禮節。」王老爺說：「吃東西一口一口安靜地吃。現在你的吃相就像山上的土匪；再說，祇有野獸才吃生肉，如果廚子再告訴我說你吃生肉，你就不妨搬到山上去過和野獸相同的生活。今天上午溫習功課了嗎？」

「溫習了，爸爸。」

「吃過午飯後到我房間來背誦你的功課。」王戚揚說著站了起來。王山的三明治和吃相已經使他胃口盡失。他一點東西也吃不下。

父親離開飯桌以後，王山的三明治吃得更是津津有味。他以前不知道，不喜歡吃的中國菜夾在麵包裡竟有如此好吃的味道。他很高興，父親沒有說任何禁止他吃三明治的話。

吃完了一餐愉快的午飯，王山感到這是他從未有過最愜意的星期六。而他現在更是迫不急待地要去打球了。他真希望自已能像王大一樣已經長大成人，來來去去都用不著去徵得父親的同意，而且總有足夠的錢在外面吃飯。他搞不清哥哥現在在什麼地方。他很少見到他的面，尤其是在周末。他嫉妒哥哥的生活，而且肯定他一定過得很開心；此外，哥哥也不用背誦功課給父親聽。儘管例行的背誦一點也不困難，因爲無論如何，他背誦的東西父親是一個字也聽不懂，可是背誦功課總是令人煩厭的事，而且經常讓他感到緊張。如果他是在他父親的房間裡私下背誦功課，他就會感到高興，因爲那裡除了父親以外，沒有其他人能夠聽得到他在背什麼東西。但有時父親會叫他在客廳裡背誦，那就成了一種可怕的經歷，因爲他那隨時都可能來訪的姨媽會聽到他的背誦，而她是聽得懂英語的，可以很輕易的就發現他的騙人把戲。

他拿著學校的課本走進父親的房間。王老爺正坐在藤椅裡享受著輕微的咳嗽。王山等到父親的咳嗽結束後，僵硬地走到他的桌前。「你今天早晨溫習了什麼功課？」王老爺清著嗓子用鼻音問道。

「地理和算術。」王山回答。

「把你的書本放下。」父親說。

王山把書本放在桌子上，等著父親發話。「地理你溫習的是哪一課？」父親問。

「第九課。」

「把第九課背給我聽。」

王山背誦著第九課有關北美洲的課文，當在開始打結的時候，他馬上轉到《美國獨立宣言》上來，因爲他已經把《美國獨立宣言》記熟，可以非常流利地背誦出來。王山背完之後，王老爺讚許地點點頭，咕嚕著說：「嗯，不錯，不錯。算術你溫習的是哪一課？」

「第十課。」王山回答。

「把第十課背給我聽。」

王山沒有爭辯算術課是用不著背誦課文的。他知道父親相信，學生必須記住在學校裡學到的所有東西。這是在中國已經實踐了幾千年的方法，而且王老爺堅信這是幫助學生記住所學功課的唯一方法。「背誦第十課，快點。」他說。

王山清了清喉嚨，又背起《美國獨立宣言》來，這次他背了兩遍。他背完以後，兩隻腳不停地移來移去，急切地盼望著父親放他出去。他急著要去打球，不想遲到。王老爺咳嗽了幾聲後問道：

「就這麼多？」

「是的。」

「下次多溫習一些。」

「是的，爸爸。我現在可以走了嗎？」

王戚揚嚴厲地看著自己的兒子問道：「爲什麼你這麼急著出去？」

「我…我姨媽叫我去看她。」王山回答。

王老爺不能反對兒子去姨媽家，以免可能會惹得她不高興，她一直堅持，親戚之間要儘可能地相互走動。雖然如此，他還是等到給王山訓導了一番行爲舉止、忠誠老實、孝敬長輩之後，才放他出去。

王山走了以後，王老爺又咳嗽了一會兒，感到十分舒服。他帶著極好的心情練了練書法，照料了一下盆景，然後決定到唐人街上去溜達溜達。

他往南向斯托頓街走去，然後拐到薩克拉門托大街。這個下午陽光燦爛，空氣溫暖而又清新，許多廣東女人坐在家門口的台階上望著大街，就像她們在中國的時候一樣。王老爺讓過一個個叫賣的小販和一輛輛的人力車。當他順坡穿過華人運動場，胸中湧起滿腔懷鄉情緒的時候，突然看到王山正和一群年輕人把一個皮球在一張網子上拋來拋去。他眨了幾次眼睛，以便確認那是不是自己的兒子。沒錯，是他。他就是這樣在看姨媽嗎？

王老爺感到怒火中燒。他討厭兒子撒謊，特別是在剛剛聽完自己對他所作忠誠老實的訓導之後。他控制著自己因爲兒子撒謊而要衝上去扇他兩記耳光的强烈慾望。他咳嗽了幾聲，想引起兒子的注意，但王山在球賽中如此投入，根本沒注意到自己的父親。王威揚看著兒子，心中的怒火越燒越旺，然而，不一會兒他就開始爲王山的控球技術感到驚奇。他像猴子一樣跑著，摔倒後又跳起來，敏捷地把落向地面的皮球救起來。王老爺看了一會兒，被吸引住了，而且逐漸發現自己偷偷地在心中爲兒子的球隊加油。

發現自己竟然對孩子們的遊戲如此津津有味，他感到有點不好意思，趕緊離開運動場，並暗自慶幸王山沒有看到自己。他在想是否可能找個別人發現不了的地方看球。假如人們開始議論起每個星期六下午都在觀賞球賽的王老爺，肯定會產生不少流言蜚語，那時他就得設法解決這個問題。在他的一生中，這還是第一次發現在一張網子上把一個皮球投來投去竟然會這麼有趣。

在他回家的路上，他又發現了另外一件事情：通過這種遊戲，王山的雙手一定會比以前更爲粗糙了。怪不得這小子最近不再那麼怕他的竹棍子了。下一次懲罰他的時候，一定得打得重一些。

五

正像張靈羽預測的一樣，在湘雅茶樓會面的三天之後，唐小姐給王大打了通電話。她邀請王大到她那不大卻蠻豪華的公寓去作客，並為他準備了五道菜的晚餐。其中四道是她從百老匯大街的快餐廳訂的。她自己準備的是蛋花湯，除了稍微鹹了點，味道還是不錯的。享受了豐盛的一餐，王大幫助收拾餐桌。他堅持著要洗碗，但唐小姐把他推出廚房，帶到溫暖舒適的客廳裡看電視。兩個小時的時間，王大看了四集電視劇，但他根本不知道戲裡演的是什麼。祇注意到四集電視劇中有兩個主角被謀殺了。他實在是無法專心的看電視，他已經墮入情網。雖然眼睛看著螢光幕，卻是心頭猛然亂跳，心思飄浮不定；然而坐在他身邊的唐小姐，則是全神投入地在欣賞。當劇情緊張時，她會抓住王大的胳臂，屏住呼吸，有時她會嘆氣、沉吟、大笑，或是催促劇中的英雄動作快些，尤其是碰到愛情場面，當羞澀的英雄顯得過份猶豫不決的時候。

王大坐在那裡，內心正與雙臂想要摟住身邊那柔軟而又溫暖的身體的衝動抗爭著。她的秀髮散出的芳香如此沁人心脾，使得他偷偷貪婪地猛吸著，加劇了他與衝動抗爭的難度。

那天晚上以後，他們一起出去了好多次，看電影，到夜總會跳舞，到路邊的餐廳吃飯。每次約會的時候，王大都要與想要吻她的強烈慾望極力抗爭。有一次，他幾乎就要吻她了，但在最後的關頭他又退縮了，他還是膽怯。曾經有一次，他要吻一位女孩，但是女孩卻說：「噢，請別破壞咱們的歡樂氣氛。」假如唐小姐也是這麼說，那又該怎麼辦？不行，他的行動不能發展得太快。他絕對不能像一條色狼一樣，破壞愉快的友情和歡樂的氣氛。

唐小姐看似非常的繁忙，但總還是會接受王大的邀請，雖然有的晚上她說不能在外面呆得太久，那是因爲她的哥哥在家等她。王大從來沒有碰見過她哥哥。當他問說她的哥哥在哪裡工作的時候，她說他是一艘軍艦上的軍官，接著就馬上岔開這個話題。王大碰到過她的幾個朋友，他們常在她的公寓裡搓麻將；但他們之中似乎也沒有任何人見過她的哥哥。他給張靈羽寫了封信，把他和唐小姐約會的事情告訴了他，並問他是否知道她的哥哥。張靈羽回信說他對她的哥哥一無所知。他所能猜測的就是她的哥哥一定很有錢，他不是曾經給她買過一輛嶄新的別克轎車嗎？

在麻將桌上，王大認識了一位趙小姐，臉上有不少麻子，她和唐小姐的關係好像相當密切。她們是在上海認識的，戰爭期間共同經歷過艱難的歲月。王大對趙小姐很友好，期望著可能從她那裡了解一些唐小姐那神秘哥哥的事情。隨著時間的推移，他在情網中越陷越深，弄得自己吃飯都不香。對他來說，唐小姐是一個完美的女孩，無憂無慮，魅力無窮。現在困擾著他的唯一一件大事，就是她那撲朔迷離的哥哥。他請趙小姐吃過幾頓飯，詢問唐小姐哥哥的事情，但趙小姐也是閃爍其辭。她喜歡談論藝術和哲學。她告訴王大他是她唯一能夠談得十分投機的人。爲了酬謝他的友情，她邀請王大到她的公寓品嘗她燒的上海菜。王大知道自己永遠不會和她談情說愛，但喜歡她燒的菜餚，和她在一起很開心，所以經常去看她。他也確信唐小姐不會妒忌，因爲趙小姐滿臉麻子，年齡或許也比他大上十多歲。他喜歡她，就像喜歡一個姐姐一樣，而且一點不會懷疑，她對他也是像對待弟弟一樣。她給他講她在中國的家庭、朋友和所有的快樂時光。除了唐小姐和她的哥哥，她無所不談。

一天晚上，王大和唐小姐有個約會。他們走出電影院的時候，王大提議到公路邊的餐廳去吃牛奶冰淇淋，但唐小姐說她對路邊店已經厭倦了，再說，牛奶冰淇淋會使她發胖。爲什麼不幹點別的事情換個花樣呢？所以他們開車到電報山上的科伊特頂，去欣賞舊金山灣和東灣地區的全景。嶄新的別克車平穩地向山上爬去，車內播放著音樂。在風景如畫的電報山頂，他們在兩輛汽車之間找到一個停車的位置。這裡是俯瞰阿爾卡特拉茲聯邦監獄和閃爍著成千上萬盞黃色燈光的長長的海灣大橋的好地方。眺望遠方，海灣對面是柏克萊和奧克蘭城市，在星光燦爛的夜空映襯下閃閃發光，就像海盜船上的珠寶箱內的寶物一樣。一艘輪船在海灣的什麼地方鳴著汽笛，一架飛機閃爍著紅燈黃燈在城市上空悠閒地兜著圈子，它的嗡嗡聲和繁雜的城市噪音組成的奇特交響樂，就像沉悶的低音部分。

唐小姐關掉車中的音樂，把座位往後放了放，半轉過身來對王大說：「咱們聊聊。」王大轉過身來面對著她，把左臂搭在她身後座位的靠背上，撫摸著她柔軟的長髮。他的心頭怦怦直跳。透過唐小姐身邊的車窗，他看到旁邊車裡的人們在緊緊擁抱著親吻。他看了看唐小姐，她正在凝視著他。在一陣突然湧動出來的勇氣作用下，他把唐小姐摟到懷中，而唐小姐柔軟的雙唇，不知不覺中已經蓋住了他的雙唇，她的雙臂緊緊地箍住了他。他不知道他們的接吻持續了多久，但他知道這是他有生以來同女人經歷過的時間最長的接吻，而且是最令人沉醉的一次。當他睜開眼睛的時候，旁邊的汽車已經開走了，飛機也回去了。他向海灣望去，感覺到自己好像剛剛結束了一趟到烏托邦的完美旅行，在那裡完全失去了時間的感覺。他大膽地親吻著唐小姐的後頸問道：「妳願意嫁給我嗎？」

唐小姐抬起頭來靠在座位的後背上笑了起來。「妳笑什麼？」王大感到迷惑不解。

「你是第一個在向我求婚的時刻還叫我唐小姐的男人。」她說著又笑了起來：「聽上去很有意思。」

「我一直叫妳唐小姐。我認爲求婚應該是嚴肅而又鄭重的事情，還是叫妳小姐更爲合適。」

「對了，但除了稱呼小姐你從未叫過我其他名字；而且在幾分鐘之前也從未親吻過我。你的行爲非常奇怪，但我喜歡。你和其他男人大不一樣。現在既然我們都接過吻了，你就不必那麼鄭重了，可以叫我琳達。這個名字是我的聲樂老師給我起的。假如我成爲一個職業歌手，琳達・唐就是我的藝名。琳達・唐——聽上去像不像一個著名的歌唱家？」

「妳還沒有回答我的問題。」王大說道：「妳願意嫁給我嗎，琳達？」

唐小姐拍拍他的臉蛋：「我當然願意嫁給你。不過我得徵得我哥哥的同意。他是個暴君……。」

「我從來沒見過妳的哥哥。」王大打斷了她：「他到底在哪裡？我能見一見他嗎？」

「你當然能見他。他現在在歐洲。」

「他在歐洲幹什麼？」

「我告訴過你，他是遠洋艦上的軍官。你記性眞差。」她笑了一聲，趕緊岔開這個話題：「你知道女人爲什麼會懷上一個男孩，或者爲什麼會懷上一個女孩嗎？」

王大被這個不相干的問題難住了。「爲什麼？我想，那是因爲她結婚了。」

「是結婚了。但是當一個女人懷上一個男孩時，爲什麼她懷的是一個男孩，而不是一個女孩呢？」

「爲什麼？因爲男人的精子裡包含……。噢，咱們不談這個問題。那是生物學。如果我們老是談論它，我們的談話會變得既枯燥無味，又粗俗不堪。」

「你知道我的聲樂老師是怎麼說的嗎？」她又笑了起來：「他對於男孩女孩的解釋最有意思了。他說，在創造一個娃娃的過程中，如果男人享受的快感多，那就會是一個男孩；如果女人享受的快感多，那就會是一個女孩。」

「琳達，咱們不談這個。」王大感到有點不好意思，說道：「咱們還是談談妳的哥哥吧。他多大年齡？妳的公寓裡有他的照片嗎？」

「當然有。」琳達說：「下次我拿給你看。有人告訴我你和海倫經常見面，是眞的嗎？」

「海倫是誰？」

唐小姐用食指支著自己的臉說：「你知道…你知道她是誰。」

王大現在更是莫名其妙了。「我不知道你指的是誰？」

「唉喲，你不知道？」唐小姐不耐煩地說，那根食指仍然支在臉上：「那個臉上長滿小坑坑的女人…。」

王大笑了：「噢，妳指的是趙小姐！爲什麼妳開始不直接說趙小姐？」

「你喜歡她嗎？」

「呃—是的。我們就像姐姐和弟弟一樣！」

「也許她並沒有把你當作弟弟。有人說她非常騷。你知不知道有句中國老話是怎麼說麻臉女人的嗎？『十個麻婆九個騷。』」

「那祇是一句老話，沒有任何科學根據。」

「海倫就騷。」唐小姐說：「我對她了如指掌，我認識她已經十五年了。有人說…。」

「噢，拜託，咱們不談她好嗎？她對我來說祇是一個姐姐。我喜歡她，但我從來沒有覺得我會愛上她。咱們還是別說她的壞話了。」

「女人騷也並不都是壞事。」唐小姐說：「男人都喜歡女人賣騷。你不也是嗎?你知道我的聲樂老師另一天晚上說什麼了?他說…。」

「咱們還是談談咱們的婚事吧。」王大打斷了她：「妳認爲妳哥哥會同意嗎?」

「當然會。」唐小姐說著，充滿柔情地拍了拍王大的臉：「他一直想叫我結婚。咱們聽聽音樂吧。」她馬上打開收音機說：「我喜歡南美音樂，特別是倫巴。你怎麼樣?我一聽起倫巴來就沒個夠。我可以跳上一夜的倫巴，也不覺得累。很多女人跳倫巴的時候不知道怎麼扭胯…。噢，這是吉特巴。」她隨著音樂的節奏磕打著自己的牙齒，用手指打著榧子，扭動著兩個肩膀，哼著樂曲，秋波似水。王大注視著她，心頭怦怦跳個不停，把熱血和愛意壓向他的全身。他咽著口水，遏制著另一個強烈的衝動—把她抱在懷中，吻著她向她發誓，永遠也不會讓她離開自己。但他控制著自己。啊，假如他在以後的生活中能夠擁有她，他該是一個多麼幸運的男人呵。在他望著她哼著音樂扭動肩膀，一對乳房在紅色低領羊毛衫下面微微顫動的時候，他的手心開始冒汗。音樂結束的時候，王大抓住了她。她馬上在他的臉頰上面吻了一下，然後推開了他。「咱們走吧，明天我還要早起。」說著，她就發動了車。

「明天我能見到妳嗎?」王大問道。

「哦，不行。」她說：「明天一大早我要去上聲樂課。咱們星期六見面，然後開車去卡梅爾，在那裡度周末。我非常喜歡卡梅爾。你去過那裡嗎?」

「去過幾次。」

「啊，我喜歡在那兒度周末。多麼寧靜，多麼美麗。」

王大咽著口水說：「好吧，我們這個周末到卡梅爾去。」

「我們住在高地酒店。」唐小姐說：「那是我最喜歡的旅館，我們可以在那裡登記爲夫妻。噢，又播倫巴了！」她把收音機的音量開大，用舌頭隨著音樂的節拍打著梆子，轎車沿著盤山公路下山……。

王大那天晚上沒有睡好。他在床上翻來覆去，夢想著唐小姐，愛戀和焦急的感覺相互交替。他希望她哥哥能夠很快回來；不過也害怕見到他。他害怕他哥哥可能會拒絕他。婚姻市場上有很多男人，獨立的單身漢，年輕而又英俊。她的哥哥可能認識幾打這樣的男人。爲什麼她一定要得到哥哥的允許？他弄不懂。她已經過了二十二歲。或許她的家庭和自己的家庭一樣古板。他要結婚也必須徵得父親的同意。但是，假如父親不同意他的婚事，他時刻準備反叛父親的決定。他會收拾行裝離家出走。不管怎麼說，他一直想過獨立的生活。

第二天一大早他就起床了。因爲十一點鐘以前不上課，他就去了唐小姐那兒。或許他能陪著她去聲樂老師家，看一會她上課的情形。他願意見一見她的聲樂老師，因爲她談過那麼多有關聲樂老師的事情。在他的印象中，那位老師是一個奇特的人物。他想，也對，大多數藝術家都是奇特人物。

他穿好衣服，很快地盥洗完畢，開車來到她在瓦列霍大街的公寓。他整整按了一分鐘門鈴之後她才應答。他走進公寓的時候，她穿著一件粉紅色的絲綢睡袍，看上去還沒睡醒。她用手掌梳理著頭髮，咕嚕著：「喔，是你呀。你把我弄醒了。」

「妳不是說要起早上聲樂課嗎？」王大說道。

「現在幾點鐘？」

王大看了看手錶：「八點三十分。」

「才八點三十分？」她叫道：「天還沒亮呢。」

「今天上午我能去看妳上聲樂課嗎？」

「不行，你不能去。」她說：「我的聲樂老師說，有參觀者不是好事。況且我在別人的注視下精神也不能集中。但你如果願意的話，可以在這裡吃早飯。喔，太早了，才八點三十分，天哪！」

「眞對不起。」王大抱歉地說：「我來幫妳做早飯吧。」

「你祇能在這裡呆半小時。」她說：「過來先幫我收拾一下臥室。」

他跟著她走進臥室。臥室布置得很奢侈，但一點兒也不整潔。在與整個房間色調和諧一致的淺綠色梳妝台上，到處散佈著梳子、畫筆和各式各樣的化妝品，亂七八糟地攤在那裡，就好像曾經有一隻貓在它們中間追逐過老鼠一樣。在牆壁上、書桌上和另一張梳妝台上，擺放著幾張她在海灘或汽車旁邊拍攝的魅力四射的照片，每一張她都把她那修長大腿的絕大部分充分展示出來。「好了，把床單換一換，乖一點兒。」她微笑著說：「過幾分鐘我就回來。」她把兩條乾淨床單扔在床上，嘴裡哼著小曲就出去了。

在給那寬敞而又散發著芳香的大床更換床單的時候，王大注意到床邊的床頭櫃上放著一盤瓜子皮和一本中文書。他輕聲笑了。這個女孩眞知道怎樣享受生活，在床上讀書、磕瓜子。他好奇地拿起書來，當他看到書的標題《方太太的秘密羅曼史》時，不由地瞪大了雙眼。書中有一些插圖，他剛剛看到其中幾幅，就幾乎滿臉通紅了。他坐在床上看了幾段，心頭怦怦亂跳。「…令人心醉沉迷的長吻過後，她感到自己血管裡的血都沸騰了。自己的骨頭酥酥地融化於熊熊燃燒的愛的慾火之中。他氣喘吁吁地把她按倒在床上，他那雙充滿陽剛之氣的手開始探摸她那柔軟而又溫暖的身體曲線…。」

他貪婪地一段段讀下去，直到聽見浴室裡的流水聲和隨後的關門聲。他趕緊把書放在一邊，此時的心跳得更激烈了，他開始整理她的床。當他收拾好床的時候，把頭伸出房間探了探動靜。浴室裡的流水聲已經停了。他拿起書來，坐在床上，又看了幾頁。突然浴室的門又響了一下；他趕緊把書放在一邊。「我洗了個澡。」唐小姐一邊說著，一邊走進臥室。她擼起絲綢睡袍的袖子把她的一隻胳臂放到王大的鼻子跟前：「我皮膚的味道不錯吧？我洗澡用的是一種特殊的香皂，是我哥哥從巴黎買來送給我的。」

王大拿起她的柔軟的裸臂聞著。那芳香確實沁人肺腑。他把雙唇吻在裸臂上，但她馬上收回了胳臂。「現在你該出去了。」她閃著眼睫毛，微笑著說：「我要穿衣服了。你可以到客廳去看電視。要不就看電影畫報。我這裡有全世界的電影畫報。香港的電影畫報不好看。刊登在上面的電影明星太瘦了，她們的胸脯像洗衣板一樣平坦，一點身段都沒有。」她解開睡袍的腰帶，王大一眼就瞥見了她那發育豐滿的乳峰和狹小精巧的內衣。「現在你先出去讓我把衣服穿上。」她咯咯笑著，擠眉弄眼，一隻手抓著已經鬆散的睡袍，用另一隻手把他推出臥室。

「好，那我去做早飯。」王大說道。

「好的。」唐小姐從門後喊道：「我要兩個軟煮蛋。聲樂老師說軟煮蛋對我的嗓音有好處。」

王大走進廚房的時候，又聽到她的叫聲：「祇煮三分鐘！」

王大從她新買的大冰箱中取出一些食物。他煎了幾片火腿腸，烤了幾片麵包，然後就煮雞蛋，邊煮邊不時地看著手錶，以便準確地煮上三分鐘。每當想到她那無懈可擊的身材，心裡就感到一陣舒坦，令人掃興的是，她沒有讓他多飽一會兒眼福。不過這沒有什麼，早晚有一天那會成爲自己的東西。他確信他們在結婚以後，自己會看她愛她，永不厭倦。那是這樣的一種感覺—期望著她成爲自己的人、祇屬於他自己的那一種滿足。

他擺好廚房的橢圓小餐桌，泡好茶等著。唐小姐進來的時候，穿著一件淺藍色運動衫和一條白色裙子，脖子上圍著一條粉紅色紗巾。「我看上去怎麼樣？」她問道。王大看著她，咽著口水。她把裙子稍微提起一點，轉了一圈。「你喜歡嗎？」

「眞漂亮。」王大說，他根本不能把自己的眼睛從她身上挪開。

「咱們吃飯吧。」她一邊說，一邊坐到餐桌旁：「再過二十分鐘你就得走了。」她很快吃完雞蛋，又把茶水一口喝乾。

「妳好像非常著急。」王大說。他吃得很少，祇顧用雙眼貪婪地盯著她看。

「咱們到客廳去。」說著，她就從餐桌旁站了起來：「現在沒有時間洗碗了。你祇能在這裡再呆十幾分鐘。」她走進客廳，躺在長沙發上，翹起雙腿，雙手放在腦後。「你可以在我塗口紅以前吻我。」她微微扭動著腰肢說。

在她的慫恿之下，王大心旌飄搖，走過來坐到長沙發的邊上，一手摟住她苗條的腰肢，一手勾住她的頸項，低下頭吻著她。她那柔軟的身體和雙唇似乎就像對他放電一樣，給他一種從未體驗過的酥癢感覺。唐小姐的雙手緊緊抱著他的頭，她自己的頭上下微微移動著。他們久久地吻著，好像根本沒有打算中斷。唐小姐偶而推開他的腦袋，喘了一口氣，但他們的嘴唇馬上又緊粘在一起。

王大不知道他們的接吻持續了多久；他希望一整天就這樣繼續下去，但是門鈴突然響了，由於一直響著不停，唐小姐不得不把雙唇從王大的雙唇上移開：「噢，討厭。」她說：「我必須得去開門。」

「別管它，讓它響去。」王大耳語著說。

「不行。」她說：「我的汽車在外邊，他們知道我在家。他們會胡亂猜疑，這些天每個人都像狐狸一樣多疑。眞討厭！」她按住王大的腦袋又飢渴地親吻起來。

門鈴固執地響著。「咱們開車出去。」她吻著他的雙唇說：「咱們去馬林城。」

「那妳不上聲樂課了？」王大問。

「哦，我的聲樂老師不會在意。過些時候我再補上。」門鈴仍然在響：「看來我必須得去開門了，咱們開車到鄉下去。」她從長沙發上站了起來，走向客廳，按了一下開關，把門打開。然後飛快地跑回到一把椅子上坐著，並且試圖弄平自己的頭髮。這時，一個矮個子、紅臉龐中年男子走進公寓，手裡捧著一大把玫瑰。「噢，彭先生。」唐小姐用廣東話打著招呼，從椅子上站了起來：「你早啊。剛才我在浴缸裡。我連口紅還沒有來得及搽。喔，過來認識一下我的哥哥。」她突然一指王大：「他剛從歐洲回來，這是彭先生。」

彭先生懷疑地審視著王大。王大站起來和他打招呼，但他把玫瑰遞給唐小姐，並對她說：「我是十點來的，咱們走吧。」

「很抱歉，彭先生。」唐小姐說：「今天我不能和你一起去了。我媽媽病了，我必須去看她。噢，多漂亮的玫瑰！謝謝你，傑克。」

「怎麼，今天上午妳不想去買那件大衣了。」彭先生皺著眉頭問她。

「想買。可是我媽媽病了？」

「妳從什麼時候起有媽媽了？」

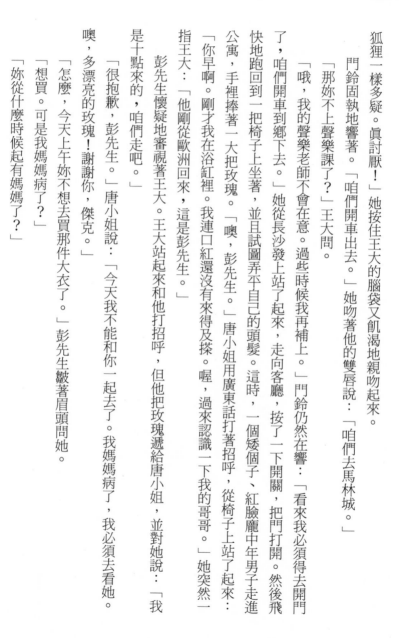

「噢，你這個疑心的老烏龜。」她說著，擰了一下他的臉蛋：「就是那個四川將軍的夫人，你不記得了？她過繼了我，是她病了。」

「哦，記得。」彭先生咕嚕著問：「她在哪裡？」

「在奧克蘭的一家醫院裡。我必須帶著我哥哥去看望她，我們現在就得走。明天給我打電話，可以嗎，傑克？」她轉過身來對王大說：「咱們走！」

在大街上，彭先生鑽進他那光耀照人的黃色凱迪拉克，砰地一聲關上車門。唐小姐隔著車窗捏著他的臉蛋說：「給我打電話，可以嗎，傑克？明天打電話給我。午餐我為你做一頓蘑菇燒雞塊，再給你講一講我媽媽的病情。好嗎？」

彭先生嘟囔著說：「好吧。」凱迪拉克發動起來，飛馳而去。

「到我的車裡來。」唐小姐在走向停在大街對面的別克車的時候，興高采烈地對王大說：「你的車也許會在半路拋錨。」

「為什麼妳說我是妳的哥哥？」王大在鑽進她的車時問她。

「那樣他就不會起疑心了。他已經開始懷疑了，你沒看見嗎？」她發動起車，往南駛向卡尼大街。「啊，今天天氣眞好。咱們今天開車去卡梅爾吧，好嗎？我去買點東西，然後咱們就走，行嗎？」

王大有點厭惡。唐小姐的謊言使他心煩意亂，但他還是說：「行。不過我得回家一趟，去拿點錢。」

「喔，不用麻煩了。我可以找個地方兌現一張支票。我需要先加點油，油箱實際上快空了。」她開著車駛進一家殼牌加油站：「你有夠加油的錢嗎？我身上一點現金也沒有。」

王大掏光了口袋，數了一數：「我有兩美元。」

「噢，不夠。」唐小姐說：「我的汽車加滿油需要七美元，我在這裡兌現一張支票吧。」她轉向營業員，用英語問道：「你收支票嗎？」

「個人支票嗎？」營業員問。

「是的。」

「對不起，小姐，我們不收個人支票。」

「噢，真討厭。」唐小姐用國語說：「我得去打個電話。」

她下了汽車，到加油站去打電話。王大也下車去了休息室。但是當他路過辦公室時，他聽到唐小姐在用上海方言打電話：「我要帶你去旅行。趕緊過來。是的，卡尼大街的殼牌加油站⋯好的⋯在門口等我，我馬上就去。」

王大皺起了眉頭。他弄不清這到底是怎麼回事。當他回到汽車那裡時，唐小姐已經在發動車。「咱們去接一個人，他就住在拐角附近。」她將車子拐了個彎，駛向蒙哥馬利大街。確確實實，一個衣著整潔的小個子男人正在一座樓前等著，揮舞著手。她停下車後，他就上了車。「這是我哥

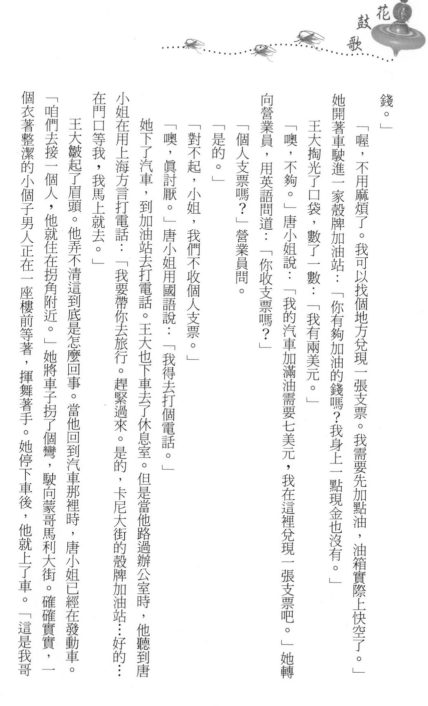

哥。」她用上海方言介紹，然後用國語對王大說：「他是劉先生，他不會講國語。」她拐了個彎，又駛回加油站。她對營業員說：「把它加滿。」

營業員爲車加油和擦車窗的時候。唐小姐用王大稍微能聽懂一點的上海方言喋喋不休地說著。劉先生笑著，聽得非常有趣，營業員來到車窗前說了一聲「六美元」，他馬上掏出錢付了賬。「我去打個電話。」唐小姐說著下了汽車。王大和劉先生坐在車裡，也沒有多少好聊的。有關劉先生的情況，王大所了解到的僅僅限於，他是一艘商船上的海員，正在等著他的商船出海。一會兒，唐小姐回來了。「眞是對不起，湯姆。」她對劉先生說：「我剛才給我媽媽打了個電話，她得了重病，她叫我馬上到她那裡去…。」

「我和妳一起去。」劉先生說。

「哦，不行。我不知道今晚是否能夠回來，我媽病得很重，或許我們得送她去醫院，明天打電話給我，好嗎，湯姆？」她發動起車，拐過去蒙哥馬利大街的拐角。「記住打電話給我。我請你吃午飯，燒魚翅給你吃。」她把車停到剛才那座樓的前面：「明天你會打電話嗎，湯姆？」

湯姆下了汽車，砰地一聲關上車門。但他還是顯得很有禮貌，微笑著說：「我會打電話的，請替我向妳媽媽問好。」

「好了，現在我們把他們都甩掉了。」唐小姐在開車離開的時候說：「咱們去買點東西。我在白宮商場有個賬戶，然後我們就去卡梅爾，讓我們好好的在那裡度過整個周末。」

「妳總是那樣讓人們爲妳付加油費嗎？」王大嚴厲地問。

「爲什麼不呢？」唐小姐快活地說：「我加油從來沒有自己掏過錢。」

「而且妳叫他們兩人明天都給妳打電話。」

「那有什麼不對？」唐小姐笑著說：「讓他們打吧，如果我不在家，那又不是我的罪過。」

「到下一條大街讓我下車。」

「爲什麼？你要去買香煙嗎？」

「不，我想下車，讓我下去。」

「怎麼回事？你病了嗎？」

「沒有，我沒有生病，請你停一下車讓我下去。」

「你不想和我一起去卡梅爾了？」

「不想去了，我十一點鐘要去上課，請妳把車停下來。」

唐小姐氣得直拍方向盤。王大下車後就匆匆忙忙走了，連個招呼都沒打。此時此刻他感到很惡心，非常失望。美麗的氣球被戳爆了，他的心也和氣球一起碎了。他想起張靈羽的話，弄不懂自己爲什麼不能像張靈羽勸告的那樣，不要把愛情看得那麼莊重，他一定得找個人聊聊。他走進一家藥店，直奔電話，撥了趙小姐的電話號碼。

六

王戚揚自從把錢存到銀行以後，覺就開始睡得香了。一天，爲了顯示聽從了妻妹的勸告，他穿上了譚太太騙著他買下的西服。結果，他那天的動作非常的僵硬，更讓他感覺到穿外國衣服實在是不舒服。褲子似乎太緊，上衣的翻領使他感覺到自己像是裸露著身體，而且還有點冷颼颼的，好似衣服的前面部分在一次交通事故中被撕開了一樣。當他抬起胳臂的時候，兩條袖子似乎要把胳臂拽下來；另外，厚重的墊肩也讓他感到彆扭，感覺就好像有人把他的胳臂放在自己的肩膀上似的。那天過後，他把西服壓到了箱子底下，再也不打算穿它。

因爲現在他感到比較安全了，所以他也時常離開格蘭大道，到偏僻街道和小巷弄裡閒逛一番。他驚奇地發現了許多他既陌生又熟悉的景象和聲音。緊閉的門窗裡邊所發出的痲將洗牌聲，從標有「音樂俱樂部」的樓房裡傳出的戲曲鑼鼓聲，麵條作坊、裁縫店以及店中圍在幹活的媽媽身邊玩耍的孩子們，櫃台高高的當鋪，提供所有傳統服務的理髮店——包括掏耳朵和捶背，在沒什麼東西可賣的小店中閱讀中文報紙的退休老人⋯⋯。所有這些對他來說都非常的熟悉，使他回想起中國。但是，閃爍著霓虹燈的酒吧以及酒吧裡面喧囂的外國音樂，裝有眨眼睛機器的香煙店；張著大嘴巴講外國話、放聲大笑、對著瓶子喝棕色液體的年輕人…。所有的這些對他而言又有點陌生。一天晚上，當他正走出一個小巷弄時，聽見一個女人的咳嗽聲。他轉過身去看了一眼，一個銀髮胖女人正站在一個門口旁邊對著他笑。她扔掉手中的香煙，說著一些他聽不懂的話。然後她指指他，又指指自己，然後扭動著身體的中間部分，並對著他的耳朵說：「媽媽讓你快活，快活快活，懂嗎？」王戚揚立即轉身而去，快步走向燈火通明的格蘭大道。這個女人讓他想起劉媽談過的王大房間中的照片。這兩個女人都是銀白色頭髮。王大是不是和妓女一起出去過？他一定得弄個水落石出。

經過了到偏僻街道和格蘭大道北段的探路，王戚揚決定不顧格蘭大道北段的腥臭味道，一定要使自己熟悉那裡，因爲他在那裡發現了很多自從他離開中國以後非常想吃的東西。他把它們記在心中，然後讓廚師把它們買回家，特別是芋頭、蓮藕以及乾蛇肉和鹹魚，都曾經是他非常愛吃的東西。

當他路過另一家商店時，他發現許多他一直想買的從中國進口的其他食物。商店的櫥窗裡展示的品種就至少有一打，寫在紅紙上的品名貼在裝有食品的罈罈罐罐上面。他進去選了十來種：海龍和海馬──和羊肉或豬肉炖在一起是極富營養的中藥；狗鞭和虎鞭──人們相信能夠壯陽回春的雄性海狗和公虎的生殖器；廣西的壯陽蛤蚧；桂林的馬蹄──產自廣西首府的荸薺；虎骨藥酒；整潔的髮菜──生長於流水中像頭髮一樣的野菜，營養豐富；陳皮──曬乾了的紅桔皮；產自南海的頭等燕窩；廣東的蛇膽。他寫下品名，定購了這些東西，全部價錢爲九十八美元。他用譚太太爲他塡好應急的一百美元支票付了款。他請店主把這些食物送到他家中，再付兩美元給送貨的人做小費，正好花掉了支票上的一百美元。

王戚揚獲得這麼多令人激動的發現之後，到格蘭大道北段去探路的次數就更多了。他的咳嗽一直以來未見好轉，因此決定尋覓一些在夜間可以稍微減輕的中藥。他其實並不打算把咳嗽完全治癒，在他看來，咳嗽有時會帶來某種的快樂，似乎在他的家中可以提高一個人的權威。他在一家中藥店的門前停下腳步，審視著貼在櫥窗上的一則廣告。那是從一份華文報紙上剪下，用文言文寫的讀者來信，大致內容如下：「兄弟（寫信者本人）年青時曾旅居墨西哥。由於勞作辛苦和沉溺於聲色犬馬，晚年方覺精力疲乏，常年困倦無力，心悸腎虛，功能漸衰……。」來信接著敘述這家藥店的中醫怎樣妙手回春，如何用神奇的處方和在這家藥店抓的一流中藥使他痊癒，救了他一命。

王戚揚想，這位中醫可能不錯。他向櫥窗裡看了看，看到了一些從中國進口的幾種稀罕補藥。景德鎮大瓷盤上展示著這些品種；正宗東北鹿茸、正宗泰山靈芝、精選長白山人參、琿春鹿鞭、提神效果顯著的肉桂皮、營養極爲豐富的無錫滋補藥茶。他一直對自己現在喝的人參湯不太滿意；或許該看看這裡的人參，比比價格，而且這裡的鹿茸看上去也挺地道。這些補藥中的大部分他都在中國服用過，還都挺有效的。

他走進藥店，站在明亮櫃檯後的店主向他打著招呼。「先生，您想買些正宗的中國補藥嗎？」

店主問道。王戚揚對他審視一番，覺得他還誠實。他鼻樑挺直，儘管戴著一副眼鏡，雙眼仍然顯得炯炯有神，他看上去有六十歲，但精神煥發，身板筆直，滿面紅光。王戚揚是不會相信一副病秧子相的滋補藥商人。他要來了紙和毛筆，選購了一些人參和一對鹿茸，寫在紙上。店主把他選好的補藥包在紙盒子裡，用紅繩綑好，然後拿出黑色的老算盤嗶哩啪啦撥打了一番。因爲已經知道這位買主聽不懂廣東話，他用毛筆把總計價格寫在草紙上：七十六美元。

他付完款後，順勢瀏覽了一下上百個佔滿著整面牆壁直到屋頂的紅漆木小抽屜，讀了讀懸掛在通向一間內室門上的對聯，嗅著室內混雜著中藥味的空氣。真是一個令人肅然起敬的地方，他想著，拿起毛筆寫道：「把脈的醫生在嗎？」

店主看了看他寫的內容，點著頭笑了笑。他指著櫃台旁邊的過道，又點了點頭。王戚揚通過沒安房門的入口走進內室，一位坐在紅漆木桌後面的中年男子向他打了個招呼。他留著一副稀疏的山羊鬍子，人雖清瘦，但也是雙眼炯炯有神，精神煥發：「請坐。」他指著身旁的一只方凳邀請道：「老先生，貴體有恙否？」

王戚揚又一次要來了紙和毛筆。他用文言文敘述了自己的不適，暗自裡有點顯擺書法的意思。中醫把他的眼鏡推到頭頂上，拿過紙來在僅有的燈光下大聲地閱讀一遍，然後拿起筆來用草書評述如下：「久咳十載乃頑症也，西醫亦無治癒良策，必取開膛破腹之法。千年以前遍嘗百草，以求發現其藥用價值的草藥之父神農氏，傳下專治久咳不癒之良方，二十載的頑症亦能克之。」他把寫好的紙遞給王戚揚，密切注視著他的反應。王戚揚端詳著中醫的草書，認爲儘管有點欠缺勁道，總還算是不錯。他的行文雖然帶有一些掮客氣息，卻也無懈可擊。他轉而一想，中醫又不是詩人，這一位能有這樣的寫作功底，最起碼可以確定他不是一個江湖郎中。他甚感滿意，於是請他診斷。中醫把一個繡花墊子擺在他的面前，示意他把手腕放在上邊。中醫把完兩個手腕的脈搏之後，又看了看他的喉嚨和舌苔。

望切完畢之後，中醫打開自己書桌的中間抽屜，拿出一張印有自己的中文抬頭的上等宣紙，精心地把它攤開在桌面上，閉上雙眼，仰靠在椅背上思忖片刻。突然地，他睜開雙眼，拿起毛筆在處方上寫道：「一切病症皆有前因，世上草木皆有益於人類健康，關鍵在於配伍準確，巧妙施藥。患者久咳不癒已十載，觀其脈象與苔色，實乃風寒燥火侵襲心肺。爲除病根，宜以驅風寒、敗燥火之草藥攻之。」然後，他逐項寫下藥名，在藥名下面注明劑量。

王戚揚付了三美元診斷費。離開之前，他和中醫交流了幾句有關書法的看法，分手時他們禮貌地躬身道別。他完全同意中醫的診斷，心中對他的信任程度大爲增加。

出了中醫的診室，他走向藥店店主。店主接過處方開始配藥，用一把小手秤精心稱量處方上的每一種藥物。他把草藥包成許多小包，然後把這許多小包包成一個大包，用紅繩綑好。

王戚揚把草藥帶回家交給劉媽，她已經爲王家熬了二十多年的中藥，已經成爲熬藥專家，對其中的每一個步驟了解得準確無誤。有時候，她通過檢查草藥，能看出患者得的是什麼病。在她準備用一個老藥壺子熬藥的時候，一打開藥包就知道，老爺要治咳嗽了，因爲她在草藥中發現了一些薄荷葉和幾個蟬蛻，前者用於清除人體中的虛火，後者用於驅除人體中的風寒。

中藥一熬好，劉媽就把它送到王戚揚的房間，把黑色的藥湯倒進他面前的一個大碗裡。王老爺微蹙眉頭喝下苦藥湯後，吃了一片糖漬冬瓜，驅除舌頭上的苦味。

「我買了一些長白山的人參和一對鹿茸。」王老爺在劉媽對他絮叨了一番雞毛蒜皮的家務事後對她說：「我想讓妳把它們放在安全的地方，在陰曆九月的十一、十五、二十八和陰曆十月的初二爲我熬人參湯。我想在陰曆十月二十一吃鹿茸。我已經看了黃曆，黃曆上說這些日子適宜進補。」

劉媽記下了這些日子後，拿走了貴重的補藥，非常高興王老爺對她仍然比對王宅中的任何人信任。好長一段時間以來，她一直擔心廚子在王宅日益比她得到賞識。自從廚子放棄餐館工作回到王宅，他必須加倍努力，用他的廚藝取悅王老爺。從王老爺略有好轉的胃口來判斷，顯然廚子一直幹得不錯。那可讓劉媽相當著急。有時候她眞希望廚子犯個大錯觸怒王老爺，最近甚至老想給老爺愛吃的菜餚中放上一大勺鹽，然後遷怒於廚子。既然現在她已消除了老爺不信任的疑慮，感覺就稍微好了一些，於是決定暫緩實施那個小小的詭計。

儘管王戚揚的咳嗽似乎好轉很多，他還是去看了幾次中醫。他發現去看中醫並和他談談書法十分愉快。他們都很喜歡書法，也崇拜相同的詩人。一天下午，王戚揚去看中醫，但中醫已經被一位女患者叫到家裡去看病了。王戚揚也不想等他。他走出藥店，向格蘭大道北面走去。他此刻的心情很好，決定再往北走遠一點，到人們稱爲北海灘的外國人住宅區去探探路。這是他幾次難得走出唐人街邊界的罕見經歷中的一次。他沿著人行道閒逛，邊走邊看，眼光瞥視著黑暗的酒吧，但並不會轉過頭去窺測。在他眼中，整條大街上沒有別的，到處都是酒吧。有時，一陣陣微弱的酒精氣味撲鼻而來，會令他皺起眉頭，加緊往前走幾步。

當他在哥倫布大道和太平洋大街交會的路口等待交通信號時，一個濃妝艷抹的女人向他擠眉弄眼，說著一些他聽不懂的語言。他沒有理睬她，那女人對他嗤之以鼻。然後沒有多等，逕自扭著屁股過了馬路。王戚揚突然感到自己做得不對，她也許是一個問路的好女人，自己表現得很粗魯，給唐人街和外國人住宅區之間保留的友誼抹了一個黑點。他跟著那個女人，希望自己能追上她向她道歉，那女人進了國際村後就消失了。王戚揚走進國際村後，對大街上的陌生氣氛驚愕不已，滿大街都是酒吧和夜總會，門外都掛著不少裸體外國女人的圖片，就像中國人的店鋪在春節期間貼在門口的對聯似的。

正當他有點不好意思地觀賞一些圖片的時候，一個安著假紅鼻子、戴頂黑帽子的男人把他強拉進一家夜總會。夜總會裡，一個打扮得妖裡妖氣的金髮女郎正在小舞台扭來扭去。三個男人組成的小樂隊正在演奏奇怪得像大輪船發動機的噪音一樣的音樂。一位苗條女郎迎上前來，把他領到離舞台最近的桌子坐下。正在舞台上扭動的金髮女郎開始往下脫她那妖裡妖氣的長袍時，嫵媚地向他微笑著。「你想要點什麼？」苗條女郎笑著問他。

在努力爲唐人街和北海灘之間的友誼做點貢獻的思想支配下，王戚揚對她回報以微笑，掏出一張五美元的鈔票遞給她，她接過鈔票後又問了一遍「你想要點什麼，先生？」

王戚揚搖了搖頭，示意她自己聽不懂她的外國話。女郎笑了笑就離開了。不一會兒她端來了一杯高腳杯黃色飲料和一個黑盤子，盤子上面放著三美元舊鈔票和一些零錢。他指著錢擺了擺手，女郎迷惑不解。他指了指錢，又指了指女郎，然後又擺了擺手。女郎的臉紅了，她拿起錢，熱情地向他致謝。開心地笑著，王戚揚滿意了。他既對女郎表現得非常友好，同時又放棄了他不願意要的舊美鈔。

這時，金髮女郎已經脫下她的長袍，又開始在小舞台上歡躍起來，隨著強烈的音樂節奏急切地扭動著她身體的中間部分，她的雙手飛舞著觸摸自己的乳房和大腿，或者撩撥著自己那熊熊火焰般的波浪式金色長髮。她時不時地微笑著鼓圓雙唇，好像她正在吹什麼東西似的。王戚揚這輩子還從來沒見過這樣的動作，實際上，他這一輩子從來沒有見過穿著這麼一點東西的女人。他注視著蠕動著的白色肉體，突然感到十分不好意思。他想走掉，卻又害怕顯得粗魯。他拿起酒杯，啜了一口黃色飲料。簡直太涼了，他差點吐出來。他這一輩子也從來沒有喝過摻了冰水的酒。他咽下酒後，打了個冷顫。它簡直比最苦的中藥湯還難喝。他弄不清不喝外國飲料是不是不禮貌。

現在，舞台上的女郎更放肆了，摘掉了蓋在她乳房上的那塊小布，把她那碩大的乳房亮了出來，祇剩下乳頭用半美元大小的一小塊金紙蓋著。那倒沒讓王戚揚感到有多難堪，因爲他在中國看見過許多女人的乳房，裸露在外面奶孩子。但當女郎開始脫那蒙在身體中間的一小塊綴有流蘇的布條時，王戚揚差點跳起來。他瞪大了眼睛，看著她把那塊布扔到黑幕後面，歡躍著咚、咚、咚、咚跳向前台，然後，又踏著漸強的鼓點扭動她那近乎全裸的身體，她的身體恰好在王戚揚的頭上。

王戚揚猛然彈起身來，掀翻了小桌，急忙逃出夜總會，用絲手帕瘋狂地擦拭額頭。他的臉氣得通紅，不停地擦著額頭的汗水，快步走出國際村。想想居然會讓女人的下半身在自己的頭上那樣扭動，他眞是覺得晦氣。他必須趕緊回家，洗去渾身的晦氣，用香薰薰自己的腦袋。他快步穿過大街，沿原路返回。在路過一個小巷弄旁邊的酒吧時，他透過玻璃窗，看見兒子王大正和一個女人坐在一張桌子旁親熱地聊天。他停下腳步，稍微轉了個身看了她一眼。她穿著質地很好的灰色西式服裝，她的黑髮盤在頭上，在頭頂上紮了個道士樣式的頭結。她不僅一副道士相，而且還長著一臉大麻子。一個滿臉大麻子的女道士穿著一身西式服裝⋯她不是個女魔鬼又能是什麼？王戚揚非常震驚，急忙轉身而去。他不清楚這些天在兩個兒子身上發生了什麼事情。一個很晚才回家，不但與外國女人交往，還和這樣的女魔鬼泡酒吧；另一個滿口外國話，吃飯不用筷子，看莫名其妙的連環畫書，整天把一個醜陋的皮球扔來扔去。他必須在他們變得過於野蠻和西化之前採取一些措施。他必須把王大的事情講給妻妹聽，讓她幫著管教他；至於王山，也許自己能夠單獨對付他。他，首先要命令王山學習孔孟之道，然後把基本的中國人禮教傳授給他⋯。

他匆匆忙忙走著，焦急地想著辦法，拿不準到底該往哪兒走。在百老匯和哥倫布大街的交叉路口，他完全迷失了方向。有六條大街在這裡交會，他又看不懂路標上的街道名字，他驚慌失措地東張西望。大街上燈火閃爍，車流滾滾。一直到認出一個高高的宗教建築的塔頂，他才找回到格蘭大道。他呼出了一口長氣，匯入摩肩接踵的人流中。一回到唐人街，他就發誓，如果不先看看黃曆是否適宜出遊，他是再也不會到外國人住宅區冒險了。今天眞是個晦氣的日子，一直被魔鬼纏身，所有事情都沒有好兆頭。他必須趕緊回家，用香好好薰一薰。

回到家中，他把傭人都支派得忙活起來。他讓劉媽準備洗澡水，再點上幾根香，派劉龍去請譚太太來開緊急會議，告訴廚師晚上吃素齋，因爲他必須爲拜佛做好準備。

王老爺剛剛洗完澡，徹底薰了香，譚太太就來了。他在客廳會見了她，告訴她今天在唐人街外面的奇遇，唯獨省略了裸體女郎跳舞的部分。譚太太撅著嘴唇聽他講，不贊成地搖著頭。「你不應該去北海灘。」她待王戚揚講完之後埋怨他說：「那是個人們尋覓艷歌、女人和美酒的地方。你這把年紀的人在那裡落腳簡直是個恥辱。你在那裡沒有遭劫或被壞女人勾引，我很替你高興。我聽說國際村有色情表演。你沒有在那個方面著迷算你幸運⋯⋯。」

王戚揚咳嗽幾聲，趕緊轉移了話題。「妻妹，妳常見王大嗎？」

「不常見，祇有他到我家借錢的時候才能見到他。姐夫，你是個大方人，但我覺得你對你的兒子們特別摳門⋯⋯。」

「他是這麼說的嗎？」王戚揚氣憤地打斷了她。

「當然不是。」譚太太說：「王大一直很敬重你。但你對待他的方法有問題。你每個月給他多少零花錢？」

「每個月五十美元。他從來沒有多要過。」

「每個月祇有五十美元？你不知道所有東西的價格都翻了一番嗎？怪不得他老是缺錢花。過去幾個月來他一直向我借錢花。因爲他將要繼承我的財產，所以我沒告訴你，也沒有記帳……。」

「妳正在寵壞他，我的妻妹。」王戚揚打斷她的話：「妳知道他一直在幹什麼事嗎？他一直請女人泡外國酒吧！」

譚太太看上去似乎受到一點震動，但很快她就點了點頭，爲她的外甥辯護起來：「年輕男人應該消遣消遣，我的姐夫。他們生活在現代世界裡。依我看邀請一位女朋友，請她喝上一兩杯沒什麼壞處。」

「今天下午他帶著一個麻臉女人去了外國酒吧。」王戚揚說：「而且實際上他們是在大街上喝飲料和談天，每一個過路人都像看籠子裡的野獸一樣看他們。妳認識那個女人嗎，我的妻妹？她穿西式服裝，頭髮做得和道士的髮型一樣。我看她就像個女魔鬼。」

譚太太答道：「我認識她。她是服裝廠的裁縫，正在研究時裝設計。王大告訴過我她的事。他們喜歡像姐姐和弟弟一樣交往。」

「他就不能邀請其他女人出去嗎？邀請個長得漂亮點的不行嗎？」

「實際上，能邀請任何人外出算是他的運氣。」譚太太說：「在美國，華人女孩短缺。就連我這把年紀，還經常被人請去看電影呢。姐夫，王大是個好孩子，我希望你不要干涉他的社交生活，而且你應該相信他的話，他和趙小姐之間沒有什麼事。」

「我一定要注意不讓他們之間出什麼事。」王戚揚說：「我可不願意娶一個麻臉的兒媳婦。她的麻臉相將給家裡帶來晦氣。妻妹，我叫妳到這兒來，就是想請妳看著王大一點兒。我難得見到他，因爲他吃完早飯一出門，大多在外面吃飯。而且好像他挺怕我的樣子。這是好事；但他怕我怕到躲著我的份兒上，卻不是好事。無論如何，我要盡最大努力，不讓他步入歧途。既然他跟妳比跟我親近，我想把他的私生活交給妳監督。但是我必須提醒妳，妻妹，給他的零花錢過多可不是一種好的監督方式。」

「我可不擔心那事。」譚太太說：「他是個獨立性很强的孩子，已經許諾要歸還從我這兒借走的每一分美元。這足以說明他不會胡亂花錢，那是我姐姐遺傳給他的美德。」她瞇著眼睛看著王戚揚問道：「順便問一句，你的西服出了什麼問題？好長時間沒見你穿它了。」

王戚揚咳嗽了幾聲。「喔，喔，我抽水煙袋的時候不小心燒了個洞。」他說完，試圖轉移話題：「關於王大，我希望……。」

「我們現在不談王大的事。」譚太太打斷他的話：「孩子沒有什麼錯誤。請把你的西服拿出來，讓我看看那個洞。趙小姐是個裁縫好手，我拿去請她幫你補一補。」

「已經沒法補了。等我在黃曆上找到一個好日子，再去買一件回來。」

「你不能把那麼貴的一套西服就這樣扔了，它花掉你一百二十美元。請把它拿出來。我是個女人，有資格說它是否還能夠修補。」

王戚揚爲了避免爭吵，回到自己的房間，但他決心已定，絕不再穿那件西服。他打開鐵櫃子，從底部拿出西服。接著就用點著火的紙捻把它燒了個洞。他先在右邊口袋處燒了一個五十美分硬幣那麼大的洞，然後在另一邊又燒了一個更大的洞，以使它達到不能修補的程度。他用手掌揉了揉洞口，好讓它們看起來顯得舊些。洞口燒好之後，他把水煙袋裡的水往西服上噴了一些，壓掉新火燒過的氣味。他心中有點欺騙和犯罪的感覺，拿著衣服走進客廳，心跳加速，臉色極爲不自然。譚太太皺著眉頭審視著被燒壞的衣服。「哦，怎麼搞的？」她盯著他懷疑地問：「難道你抽水煙袋的時候睡著了嗎？」

「衣料是羊毛的，很容易起火。」王戚揚說。

「燒了這麼長時間，一頓飯都該燒熟了。很慶幸的，房子沒有著火。好吧，我把它帶給趙小姐，看看她有沒有什麼辦法。她是個出色的裁縫，使針用線十分靈巧。」

譚太太走後，王戚揚回到自己的房間，陰沉著臉。這一天他實在有夠倒霉，最倒霉的是燒壞了花掉他一百二十美元買來的新西服。假如那個麻臉女人巧得能夠修補好他西服上的洞，也許他還得再穿上那件衣服，那麼，把它燒壞就是一個浪費。他弄不清自己爲什麼要讓小姨子來干涉自己的生活。也許自己對她的依賴性過强了，假如在中國，他早就讓她見鬼去了。

第二天，他的咳嗽似乎更嚴重了。他決定打亂自己的日程安排，上午去拜訪一下中醫。他覺得整個唐人街祇有那位中醫和自己有共同語言。他倒寧願以一個朋友的身份去拜訪他，而不是以一個病人的身份。

中醫對他表示了熱烈的歡迎，並且倒給了他一杯藥茶。他們相互用各自的方言詢問了一番對方的生計情況，儘管相互之間並沒有完全聽懂，但彼此心知肚明都是些毫無意義的客套話，也就沒有細問。接著就一本正經地以書寫方式轉到其他的話題上去。「您那尊貴的咳嗽見好否？」中醫用草書寫道，有意識地把字寫得難以辨認，以顯示他在學術上有所長進。王戚揚未有任何遲疑，接過毛筆答道：「我這卑微的咳嗽在您高貴的藥力面前甘拜下風，然而天有不測風雲，昨天由於自己不慎，邪氣降臨寒舍，病魔趁隙而入，今晨似乎更爲肆虐。」

中醫拉下老花眼鏡，看了看這幾句話，點了點頭，從抽屜裡拿出繡花墊子。他閉上雙目，中間三個手指用力搭在病人的手腕上爲他把脈。他翹起的小指像一瓣盛開的蘭花，他交替地按緊和鬆弛那三個手指，似乎是在試圖探查王戚揚脈搏中最微弱的失調脈象。他爲王戚揚的兩腕把過脈之後，唸唸有詞地咕嚕一番，拿出帶有抬頭的特製處方箋，舖在自己的面前，然後靠在椅子上面無表情地思忖片刻。

「人體陰陽必須調和。」他寫道：「身體功能的任何失衡皆爲陰陽失調所致。患者脈象時而微弱，乃陰陽失調之脈象，故而平衡患者體內之陰陽為首選上策⋯⋯。」

他將複雜的處方寫成一份冗長的詳細介紹。王戚揚讀著它，認為行文要比上一次更為流暢，書法也比上一次更為流利，不少筆劃中蘊含著上等書法不可獲缺的品性—真正的勁道。從中醫那裡獲得更多的信心之後，他把診費增加了一倍，中醫爭執著推辭一番後，終於收下了診費。

「我並不希望把咳嗽完全治癒。」王戚揚寫道：「祇要輕微的咳嗽不影響健康和縮短我的生命，有點咳嗽倒是我的一點樂趣。」

「治癒十多年的久咳亦非易事。」中醫寫道：「但您那尊貴的咳嗽不會影響您的長壽，您的面相為長壽相。您下頰凸出，主您晚年之命，而且您不必擔心邪氣會侵襲您的晚年，因為您的鬍子長得很好，可以擋住邪魔的侵入，所以長壽是沒有問題的。」

「您會批八字嗎？」

「是的，那是我職業中的一部分。但您的八字用不著批，因為您的面相像天書一樣明顯。」

「犬子已到結婚年齡。」王戚揚寫道：「我想把他的八字批一批，看看他將來該娶什麼樣的妻子。他生於羊年十一月初二亥時。」

中醫研究著王大的生日，掐著手指計算年份，嘴中唸唸有詞。「他是水火之命。他現在正和許多女人糾纏不清，風波頻起，但這些女人命中注定不會和他結婚。在我看來，他命中注定的姻緣在東方。假如他找的女人不是來自東方，婚姻生活就不會幸福，因為他出生於羊年，所以一定不能和虎年出生的女人結婚。」

「他能和一個破相的女人結婚嗎，比如說一個麻臉女人？」

「絕不可能。」中醫寫道：「但您的兒子由於生於羊年，本性柔順，如果不儘快中和完婚，一樁命運相剋的婚姻就可能完全發展成眞。既然他的幸運之星在東方，爲何不從香港找一個相親新娘呢？那就會衝掉所有可能侵入他生活中的邪氣。」

王戚揚考慮了一會兒這個建議，點點頭，並咕嚕了幾句，然後寫道：「自從兩年前我那連襟譚先生過世以後，我在香港舉目無親，此事沒有可信之人託辦。」

「或許我能效力。」中醫寫道：「我認識一個媒人，他交往廣闊，且又誠實，口碑頗佳。或許他能爲您兒子找到合適的配偶；而且爲了確保婚姻可靠，待我仔細批完您兒子的八字，再把您兒子的生辰八字給他寄去。」

王戚揚眼睛一亮，馬上拿起筆來寫道：「非常感謝您的好心幫助。請您著手安排並讓媒人放心，如果佳偶選成，必有厚報。儘管犬子並非超常天才，卻也是知識分子，相貌也算得上一表人材。他爲人誠實，知書達禮，孝順……。」他止住筆，不想寫下更多兒子的美德，而且他突然變得信心不足起來。他認爲，在這種事情中，雙方以誠相待才具有最基本的重要意義。

中醫點點頭，笑了笑。「對您兒子的美德，我毫不懷疑。」他寫道：「爲了一箭雙鵰，或許您也可以想一想爲自己物色一位塡房？假如您那尊貴的夫人仍然健在，祇當這個建議是胡說八道，因爲在這片外國土地上，納妾是不被允許的。」

「賤內已過世數年。」王戚揚寫道：「而我也已老得過了娶親的年齡。」

「沒有人老得不能再結婚。」中醫寫道：「這家藥店出售有我鄭重推薦的正宗海狗鞭。那是從正當盛年的雄海狗身上取下的完整性器，保證能使一個六十歲的男人感覺自己像四十歲一樣；而且一位經常服用補藥的老年人老來得子，再生三四個孩子也是有可能的。」

「多子確實是個福氣。」王戚揚寫道：「但是在外國出生的孩子總是不孝順，沒有他們倒好。」

「也許你是對的。」中醫寫道：「但是娶一位年輕夫人，就算衹爲暖暖冷被窩也沒有任何壞處。」

王戚揚寫道：「我住的外國房子安裝有不少外國設備和鍋爐，日日夜夜供給暖氣，熱度足矣。」

兩人哈哈大笑，點著頭連說「對，對」。王戚揚付了五美元面相費，中醫連續推辭了三次，最後還是收下了。他們高興地分了手，王戚揚在回家的時後，感覺到溫暖的友誼正在他們之間發展著，今天上午的收獲可不小。

王老爺走進家門的時候，聽到了那種衹有在下人們的住處才能聽到的吵鬧聲。他急忙走進客廳，意外地發現，劉媽和廚師正在激烈爭吵，而劉龍正在忙著往王山腦袋上的腫包擦抹清涼油，王山坐在一把椅子上，鼻孔裡塞著棉花團。「怎麼回事？」王戚揚問。

劉媽和廚師兩個人都停止了吵鬧，而王山卻有點忐忑不安，這時，王宅內口舌最爲伶俐的劉媽一口氣講述了整件事情的原委，王山在薩克拉門托大街的華人運動場被一個野孩子打了，這對王宅來說當然是一個侮辱，所以她讓廚子到那裡去揍那個小流氓一頓，但這個忘恩負義膽小如鼠的烏龜蛋拒絕按她的意思去辦，還說什麼他的活計就是做飯……。

王老爺氣憤地打斷了她的獨白：「王山，到我房間來。」說完他就向炕走去，從炕後拿出一根四英尺長的竹棍子，然後進了自己的臥室，鐵板著紫紅色的臉。在房間裡，他從內室的櫃子中找出孔夫子的《四書》，回坐到自己的椅子上，把《四書》放在竹棍子旁邊，等著王山。他最痛恨的事情就是兒子在大街上打架。那簡直就像告訴整個唐人街自己家欠缺家庭教養，當父親的管束不了自己的野孩子，眞是大失體面。他必須懲戒王山，開始給他灌輸孔夫子的基本道德禮教：「王山，」他等了幾分鐘不見王山進屋，禁不住大吼一聲。

王山正站在門外，試圖鼓起勇氣邁進門來。他一聽見叫自己的名字，跌跌撞撞地跨進門來。

「站近一點。」王老爺命令道，竹棍子已握在手中：「大膽！你竟敢自貶身份去和街上的野孩子打架!?」

王山兩條腿移來移去，用帶有英語口音和語法的中文回答：「如果有人打我，我必須還擊，我們老師說過。我不願意有任何人叫我膽小鬼。」

當王威揚終於領悟王山的意思時，眞有點爲這種奇怪的教育所震驚。他當即決定，等王山在美國人辦的小學畢業後，把他送進唐人街的華人中學讀書，另外，每隔一天的晚上，在家中給他補一小時孔夫子的課程。這或許會使這個孩子的言談舉止更像一個中國人。他看著王山流血的鼻子和前額上越來越腫的大包，突然生出同情心來。這孩子今天挨揍已經夠多了，或許這次對他的體罰應該省略掉。「王山，」他的聲音此時柔和了些：「我們的聖人講過，識時務者爲俊傑。眞正的英雄面對强敵的時候，總是迴避衝突。爲了讓你在這個野蠻社會中得到保護，我決定把你送到華人學校讀書，然後再單獨敎你讀孔夫子的《四書》。」

王山看到父親的手從竹棍子上移動到中文書籍上，臉色立即晴轉多雲。他剛剛想要申辯，祇見父親已經打開《四書》中的一本，開始教授第一課。「《中庸》，」王老爺清了清嗓子，虔敬地大聲讀起來：「第一章，子曰，…是故君子戒愼乎其所不睹，恐懼乎其所不聞。莫見乎隱，莫顯乎微，故君子愼其獨也…。」

七

王大在趙小姐的小公寓裡找到了極大的溫暖。儘管客廳裡擺放的傢俱都是二手貨，一個長沙發，重新漆過的一張桌子和幾把椅子；但精心布置的鮮花、金魚和趙小姐自己畫的幾張中國畫使它顯得很溫馨。她的臥室小得就像一間密室，雙人床的三面都靠著牆。她的床上舖著漂亮的絲綢床罩，上面繡著一棵古松、一隻孔雀和幾朵菊花。那是趙小姐自己的傑作，但不知何種原因，她自從八年前到美國以後，就再也沒有繡過一針一線。王大曾建議她重新拿起繡花針，但她總是岔開這個話題，好像再談幾句就會傷她的心似的。王大追問著讓她解釋的時候，她總是說她不願意提起過去的那幾件傷心事。

她的廚房非常潔淨，廚具應有盡有，足可以打理一頓南方菜的盛宴，或沿海的漁家宴，還有北方蒸饅頭的蒸籠和烙餅的鍋。她經常邀請王大到她的公寓吃飯，每頓飯都會變換不同的花樣。王大喜歡吃她做的炸醬麵、餃子和烙餅，這些北方名吃被馬可・波羅引進到意大利，演變成為通心粉、餡包和比薩餅。她能燒出最棒的南方風味的紅燒肉；整個半天，公寓裡都瀰漫著紅燒肉的香味，聞著久久不散的肉香，即便肚子不餓，也讓王大口水直往外流。

王大在她的公寓吃過許多次飯。他不知道自己爲什麼花這麼多時間和趙小姐在一起，也許是學校生活太乏味，而他受的挫折太大，所以把趙小姐溫暖舒適的小公寓當作臨時的避難所，在挨過一天單調乏味的生活煎熬之後的喘息之地。唯一不快的一次就是當趙小姐鼓勵他認眞學醫的時候，卻察覺出他對醫學院的眞正感覺後，就再也沒有提起這個話題。一次，他給張靈羽寫信介紹自己的學業。張靈羽回信說：

「…親愛的朋友，在我看來，一頓美餐擺在你的面前，可你卻對它沒有一點胃口。我考慮了你的苦惱，但沒有找到任何能夠使你提高對醫學院的興趣的東西。也許婚姻能有所幫助，但是仍然要看你娶的是誰。有時候愛情是一個巨大的推動力量，可是到哪裡去找愛情呢？這也是多年來一直困惑著我們的問題。」

「有時候，我也覺得讓你學醫學，就像讓你陷於非常不幸的婚姻之中一樣。你，像婚姻中的妻子，深受嚴重性冷感的煎熬。你既可以離婚，也可以留在丈夫身邊盡你的義務。挽救婚姻的唯一出路就是盡義務。儘管婚姻是你極其厭惡的事情，但你認爲，你從婚姻中還是能夠獲得回報，能夠確保一個安逸的晚年。我猜測，許多患有性冷感的妻子都是這樣想的。爲了在生活中苦中求樂，她們組織婦女俱樂部、橋牌俱樂部，搜集水貉皮，研究現代繪畫，去看英俊的精神病醫生，等等，等等。爲什麼你不那樣做？想法爲你自己找點愛好——打獵、釣魚、跳舞、游泳、拳擊，哪怕嫖妓也行，祇要能潤滑你那軋軋作響的學習機器，使它更舒服一些……。」

王大把信撕碎，決定再也不和張靈羽談論自己的學校生活。

一天晚上，他在趙小姐的公寓吃了一頓精美的晚餐。廚房裡的小桌上堆滿了中國的南北大菜，她還爲王大準備了正宗虎骨酒，王大兩杯虎骨酒下肚後，感覺到自己就像在空中飛起來了似的。趙小姐要給他斟第三杯酒時，他堅決反對，可趙小姐堅持要給他斟滿。「今天是什麼重要日子，海倫？」他問。

「不是什麼重要日子。」趙小姐說：「今晚我祇是想讓你好好吃一頓，乾了這一杯吧。」

「讓我也幫妳再倒一杯。」王大說著，拿起錫酒壺，把她的酒杯也斟滿熱呼呼的白酒。

「別想把我灌醉。」趙小姐笑著說：「我的酒量可不是一般，是我爺爺遺傳給我的，他過去是個賣酒的，喝酒喝得傾家蕩產。」說完，又催著他喝乾。「來，乾杯，乾杯。」

王大又喝了一杯，腳下的世界開始旋轉。趙小姐關上電燈，點起兩根蠟燭。廚房裡暖烘烘的，瀰漫著佳餚美酒的香氣。「來，喝點湯。」趙小姐說著，給他舀了一碗美妙可口的燕窩湯。「這湯是解酒的，喝完它，你還可以再乾一杯。人生短暫，我們也應該及時行樂。」

王大喝完第五杯後，就分不清東西南北了。廚房變成了模模糊糊的彩色電影畫面，所有的東西都在一種輕快的朦朧中搖搖晃晃，而趙小姐也變成了重影，似乎在他面前跳舞、游泳、飛翔，像一對連體雙胞胎一樣。她美麗、優雅，像個天使。她走向他，在他耳旁說了些什麼，聽上去像一首溫柔的歌，又用手掌去撫摸他那燃燒似火的臉龐。她一直在對他說著，但他根本沒有聽懂她說的是什麼。過了一會兒，她給他端來一杯熱茶，用湯匙一勺一勺地餵他，他那沉重的昏昏欲睡感逐漸開始消退。他感覺到極度的興奮、懶散無力和無憂無慮。「你需要小睡一會兒。」趙小姐說：「扶著我，不然你會摔倒。來，扶好。」

他扶著趙小姐的雙肩，在她的幫助下站了起來。「能給我叫個計程車來嗎？」他說：「我渾身無力，實在是開不了車了。」

「好的，我給你叫輛計程車，」她把他扶到臥室：「在我床上躺一會兒，稍微打個盹。你一醒來，我馬上給你叫計程車來。」

王大倒在柔軟而又寬大的床上，每一塊肌肉、每一根骨頭都覺得十分放鬆。有生以來，他還沒有這樣放鬆過。他閉上眼睛，感覺到自己是世界上最幸福的人。他渾身軟癱癱地，根本不想再睜開雙眼，甚至這輩子再也不想動一根小指頭。趙小姐幫他脫下鞋子，把他的雙腳移到床的中間，然後給他蓋上一條散發著香水味的毛毯。他不知道，也不在乎自己這樣半醉半醒地在床上會呆多久。即便此時房子著火，甚至天塌下來他也不會在乎。他聽到一點沙沙作響的聲音，好像趙小姐正在幹什麼事。他沒有在意，實際上，不論趙小姐現在在幹什麼他都不會感到好奇。他想做的事情祇有一件，就是躺在那裡享受此刻幸福的半醉半醒狀態。

過一會兒，他感到床的一邊沉下去一點兒，有人從他身邊爬到了床上。一陣强烈的香水味道撲鼻而來，他沒有移動。這時，他身邊那柔軟而又溫暖的身體靠得更近了些，緊緊貼住了他。那是一個全裸的身體，他沒有感到驚奇，也根本沒有在意…。

他整夜都是在這張床上度過的。直到第二天早晨，當他發現自己光著身子躺在床上的時候，才回憶起到底發生了什麼事情。他回想起發生的事情，感到十分震驚，罪惡、羞恥和憤怒的感覺一起湧上心頭。他立即跳下床，急忙穿上衣服，顧不上洗臉梳頭，衝過客廳直奔前門。「什麼事讓你這麼著急？」趙小姐喊著，從廚房跑出來追到客廳：「我正在給你做早飯。」

「我不吃。」他看都沒敢看她一眼，急忙走出公寓，砰地一聲關上門。

他十多天沒有給趙小姐打電話。罪惡感逐漸消失了，他感到自己的行爲很粗魯。趙小姐對自己一片好心，爲自己燒飯做菜，每當自己不開心和心情失落的時候，都會給自己帶來安慰。再說，那個夜晚自己的感覺並不壞，所以，自己沒有任何理由生氣，並表現得那樣粗魯和殘酷。他在自己的房間裡踱來踱去，拿不定主意該做什麼。是不是該給趙小姐打個電話或寫封信，表示一下歉意？

他走到客廳，拿起電話。但剛剛撥完號碼，又把電話扔回到電話機上。他不願意和她講話，害怕自己讓她聽上去顯得傻乎乎的。他回到房間，開始給她寫信，但是怎麼下筆呢？「親愛的趙小姐…。」，不合適。他撕碎信紙，又拿出一張來。「親愛的海倫…。」，不對，又太親暱。或許應該給她寫一封中文信。在中文信裡，就可以表現得禮貌且不生硬，親近而不親暱，最起碼，可以減少一些個人情感的色彩。

他寫好中文信，自己讀了一遍，感到很滿意。他把信裝入一個素白信封裡封好，塞到衣服口袋裡，準備在晚飯後寄出去。在他等著吃晚飯的時候，他躺在床上，思緒又回到趙小姐公寓的那個晚上。她的激情，她的動作，她的情話，當時讓他多麼心醉，如今又栩栩如生地重現在他的腦海裡。此刻，他能夠感受到她身體的溫暖，她皮膚的光滑。在半明半暗中，她的相貌並不難看，而且身材豐滿勻稱，平日裹在衣服中難得一見的乳房不大不小，也很堅挺。事實上，他以前從來沒有注意到她有這樣的好身材。當他想到這些事情的時候，心房開始猛烈跳動起來，臉也燒得發熱。他從床上起來，喝了一口冷水。在地板上走來走去，試圖讀書，又喝了一口水，繫緊鞋帶，又在地板上走來走去…。喔，見鬼，他實際上根本就不餓，他弄不懂自己爲什麼要等著自己根本不需要的東西。他又走到客廳，拿起電話撥她的號碼。她的聲音很熱情：「…我一直不明白那天你發生了什麼事。你喜歡吃鹹魚蒸肉沫嗎？我剛剛蒸了一碗，你爲什麼不來幫我一起吃呢？」

「好的。」他猶豫一下後說：「我大約在半小時以後到。」他回到房間，把信撕成碎片，扔進廢紙簍。他的心激烈地跳動起來，卻弄不清自己爲什麼這樣激動。當他鑽進自己的汽車發動汽車的時候，發現自己的手在顫抖。

那天晚上以後，王大每周去看趙小姐兩次，很有規律。他都是晚飯去，並在那兒和她一起呆到深夜。但他再也沒有帶她外出。趙小姐建議過好多次去看電影或去跳舞，可王大總是對她說，還是呆在公寓裡比較舒服。他告訴她，他很不喜歡跳舞，討厭看電影。他討厭這些謊話，但既然他和趙小姐的關係發生了變化，他有點莫名其妙地感覺到，非常不願意在公共場合再讓別人看到他和她在一起。「怎麼回事？」一天晚上，趙小姐氣憤地說：「你從來不想和我一起出去了。看場電影花不了幾個錢。如果你缺錢花，我這裡有。」

王大楞住了。他的心被這些話深深刺痛，就像被刀子戳中一樣。「妳想看哪部電影？」他站起來說，極力克制著自己的厭惡和離她揚長而去的强烈慾望。

「什麼電影都行。」趙小姐笑著說：「我祇是想和你一起出去，去看什麼電影都無所謂。咱們開車到馬基特大街去，看看那裡今晚演什麼電影。」

他們開車悄悄地來到馬基特大街。星期六的夜晚，燈火輝煌的大街景色十分迷人。街上車流滾滾，交通擁擠，成群的人們在整潔寬敞的人行道上轉來轉去，彩色的燈光閃閃爍爍，計程車在車流狹窄的縫隙中搶道而行，試圖搶在綠燈前面，不耐煩的司機們使勁地按著喇叭。一位女司機把車拐到單行道上逆行，祇聽到一片刹車的刺耳聲；一個不知從哪兒冒出來的警察，不知出於什麼原因，騎著摩托車追逐著不知哪一輛汽車；一陣警笛不知在什麼地方尖叫著，很快又在遠處消失。王大喜歡馬基特大街，但討厭開車到這裡來。「看什麼電影？」他問：「妳想好沒有？」

「什麼電影都行，無所謂。」趙小姐說。

王大把他的四八款順風車直接拐到埃利斯大街，開進一個停車場。他們停好車後，走回馬基特大街。「爲什麼你走得那麼快？」趙小姐問：「電影是連場放映的，你不會漏掉什麼。」王大一句話也沒說。他走到最近的電影院，看也沒看貼在電影院旁邊華麗而又俗氣的告示板上的彩色海報，就買了兩張票。倆人一言不語的進了電影院。

電影院放映的是一部彩色電影，以外國爲背景，演員們身著色彩鮮艷的服裝。劇情中充滿折磨和殺戮，攙雜著做愛、色情舞蹈、爭辯和難以置信的特技以及大膽。還有不少女奴和女兵，在馬背上舞刀弄劍的同時，並沒有忘記裸露她們的大腿。這場電影看得王大心頭深感鬱悶。他在椅子中坐立不安。他以前可從來沒有這樣不安和難受過。電影一結束，他馬上迫不及待地站起來說：「咱們走吧。」

「還沒看新聞片呢。」趙小姐說。

「妳已經在報紙上看到了。」他說：「咱們走。」

在電影院外邊，趙小姐看了看手錶說：「時間還早，咱們到唐人街去吃碗餛飩吧。」

王大非常想回家。他意識到，和她一起出來簡直是在忍受折磨。他說：「對不起，海倫，我必須早點回家。」

「爲什麼？」

「我必須早點起床。」

「從前你的時間觀念從來沒有這樣强烈過。」

「我需要更多的睡眠。」

「現在才九點。今天又是星期六的晚上。咱們到唐人街去，在格蘭大道去散散步。我有很長一段時間沒有在星期六的夜晚去格蘭大道散步了。」

王大向埃利斯大街走去：「過來，我開車送你回家。」

趙小姐站在電影院外邊沒動，怒目注視著他。「快走。」王大不耐煩地叫她：「咱們走吧！」

「到哪兒去？」趙小姐問，聽上去很氣憤。

「回家！」

「哦，你想要的祇是那個，對嗎？」她說。

「妳說的是什麼意思？」王大問道。他一想到和她的肉體關係，突然感到一種強烈的厭惡。

「妳是什麼意思？聽著，我想把妳送到家門口，然後馬上回我自己家。」

「和我在一起使你感到恥辱！」她說：「不論是和我一起出門，或是在唐人街讓人看見和我在一起，你都感到恥辱。從上星期起我就開始懷疑，今天，事實證明的確如此！」

王大更生氣了，因爲她的話一針見血。「聽著，海倫，理智一些……。」但她不搭理他。她突然轉身離去，消失在人群裡。王大試圖追上她，但心中的不情願拖住了自己的身子。是的，和她在一起，他是覺得羞於見人。他再也不能像對待一位姐姐一樣對她，再也不能非常自然和舒適地與她一起在公共場所露面了。

他已經有兩個星期沒有到她那兒去了，但趙小姐一直給他打電話，向他道歉，請他原諒，邀請他共進晚餐。王大一直很冷淡，又過了兩周，她不再打電話了。隨著時間的推移，王大的良心開始愧疚。不管怎麼說，他覺得自己對海倫非常不公平。他對她的粗暴態度使他感到自己就像是個美國人所說的「發出惡臭的人」。他用英文給她寫了一封信，請求她原諒。但這封信沒有回音。然後他又在唐人街一家花店買了一打玫瑰，讓花店送到她的公寓，可是，這一次仍然沒有回音。他幾次想給她打電話，但每次拿起電話以後又改變了主意。他以爲，假如她拒絕給他回信，那麼肯定也會拒絕在電話上與他交談。好吧，他聳聳肩膀自言自語說，就那麼回事吧。既然已經在那封長信中向她道了歉，也就已經沒有任何理由再爲此事感到內疚了。他發現，如果沒有愛情的糾纏，忘掉一個女人竟然會是這麼的容易。

兩個月過去了。王大努力學習，大部分晚上都呆在家中。有時他到王山的房間幫助王山學算術。有時王山因爲對學習孔夫子的學問實在感到厭倦，就對王大抱怨一番。「你沒有什麼可抱怨的。」王大對他說：「你知道我學的是什麼嗎？醫學。那要比孔夫子複雜一百倍。而且我將來還得靠它謀生。」

「雖然是這樣子，可你用不著把你學過的每一個字都記住呀。」王山說：「我必須把孔夫子的書都背下來，然而對那些廢話卻一竅不通。」

「但你不會用你所學的東西去毀掉別人的生命吧，我就有可能。」王大回答說：「在你背誦孔夫子的《四書》時，你可能毀掉的人祇有你自己和孔夫子，而他已經死了幾千年了。好了，集中精力做你的作業吧。」

王老爺注意到王大的變化，非常高興。一天晚上，他把王大叫到自己房間，誇獎了他的良好表現，然後又給他講了一大套孔夫子的仁義道德。王大專心一致地聽著，控制著自己想就幾個他認爲過時的觀點進行爭辯的强烈慾望。他認爲，孔夫子的道德觀，實際上是一些被不同的宗教普遍接受並仍在不斷進行說教的陳腔濫調。在他看來，基督教聖經中的十誡都有可能是由孔夫子寫的。他對孔子學說中最有意見的，就是這位聖人過於强調在人的心靈中製造不必要的禁錮和抑制思想自由的「克己」。他認識到，在這個世界上，如果一個男人對生活少動一點情感，別那麼嚴肅認眞，就會更幸福一些，正像張靈羽經常說的那樣。不知怎麼地，他突然感到自己的不幸是出自於一種難以戰勝的禁錮，這種禁錮所製造出的許多心理障礙，有時會使他的行爲舉止表現得愚蠢而又可笑。他總是感覺到責任、歉疚、羞恥、自責，有時自己和自己嘔氣，因爲在他脫胎於孔夫子的道德觀的良知聲音中，一直在喊著他錯了，他做了很多極不公平的事情⋯。

「你在聽我說話嗎？」他父親咳嗽著問。

「是的，我在聽。」他說完，突然擔心起父親的咳嗽來：「爸爸，你應該到醫生那裡去看看咳嗽，你的咳嗽越來越嚴重了。」

「一位醫術高超的中醫師正在爲我治療。他是我的一個好朋友⋯。」

「我覺得中醫不一定能眞正查出你的病因，爸爸⋯。」

「你對咳嗽一竅不通。」王戚揚打斷了他：「我現在談的是你個人的抱負，請你豎起耳朵聽著。」他咳嗽一聲，清了清嗓子繼續說：「一個人應該有抱負，而一個人要實現抱負必須跨越四個基本階段。首先是修身；第二步是齊家。假如他不能成功地跨越前兩個階段，那麼就沒有能力實現第三步和第四步，即治國和平天下。你的第一步一直做得不錯，我很高興。至於第二步，我和我的朋友，就是我剛才提到的那位醫術高超的中醫師，在成熟的時候會幫助你的。」

王大對父親和中醫師到底會怎麼幫助他，心中一點數也沒有，但他對自己的未來，也並不是很樂觀。當他回到自己的房間時，發現桌子上有一封信，信封上分別用中文和英文寫著自己的名字，字體秀麗。他撕開信封，看見一封短信：

王先生：

你好。非常感謝你的信和玫瑰，它們在我的公寓門前已經躺了兩個多月，因為那段時間我不在家。

趙海倫

她爲什麼要離開家兩個多月？王大猜測了好一會兒。難道說是病了？或者是他讓她太傷心，她衹好離家去換換環境？他給她打了通電話，起初她的聲音很冷淡，但當他再一次爲自己的失禮行爲向她道歉後，她才熱情了一些。

「妳到哪兒去了？」他問。

「我不在家。」她說。

「妳病了嗎？」

「沒有。」

「妳聽上去神神秘秘的。」

「謝謝你來電話，改天再見。」說完再見後，她就掛上電話。

王大感到如釋重負。他認爲她是對的，他感到終於償還了已經壓在心頭很長時間的債務。他給張靈羽寫了封信，告訴他自己對生活的新態度。他寫道：「無論從精神上還是物質上，再也不欠任何人任何東西了。我現在絕對相信，假如每個人都欠我一點債或一點情，我會活得更幸福些。但是，當我欠別人某些東西時，內疚感就會爬進我的心，好像一隻牛鳥擠進並强佔另一隻鳥的鳥巢一樣，永遠剝奪鳥巢合法居民的和平。我不知道你的看法如何，然而我擔心，這種態度將會受到美國人的投資公司和分期付款的百貨商店的强烈反對……。」

三天後，張靈羽回了信：「…希望你使自己變得更堅强些，我的朋友。我仍然能夠看到你對永遠擠佔別人鳥巢的牛鳥心太軟。我是說，你要使自己變得更堅强。下一段我用英文寫，免得你老父親看到信，不然他會監視你的行動。你知道那個唐小姐是什麼人嗎？她是上海百樂門舞廳的舞女。

她是以美國大兵的新娘來到美國的；自從三年前和她的丈夫離婚後，就一直做「自由人」。你要小心不要落入她那「哥哥」的騙局。那純粹是胡編亂造的。這裡有關一個朋友經歷過一些刻骨銘心的事實，領教過她所有那些伎倆。她說她要向男人報復。她對生活的態度恰恰和你的相反。有人說她有一副鐵石心腸，你一定要注意！順便問一句，你和她的關係發展到了什麼地步…？」

王大馬上寫信回答了這個問題：「…我正好和她發展到「哥哥」的地步。我們曾經打算像夫妻一樣到卡梅爾去度周末，可是汽車拋錨了。眞是天意！我接受了天意的暗示，和她在「哥哥」階段就戛然而止…。」

王大從來沒有把他和趙小姐的事情告訴任何人，雖然有一次在信中差點把它吐露給張靈羽，但他還是忍住了。現在他認爲整個事情已經過去，並爲此感到高興。

一天早晨，他在整理早晨的郵件時，看見一個粉紅色的信封上寫著自己的名字，字體也很秀麗。他啓開信封的時候，微蹙起眉頭。正像他猜測的一樣，這是趙小姐寫來的信。信是用中文寫的，口氣很親密，邀請他到她的公寓去吃火鍋。「我終於買到了從香港進口的火鍋。」信中說：「儘管它不像上海火鍋那樣好，但也是用上好的紫銅製作的，中間的炭爐大小也挺合適。火鍋本身大得能放六碗水。火鍋裡的東西足夠我們兩人吃得飽飽的。你喜歡吃白菜粉條肉丸湯嗎？那是我最愛吃的火鍋菜。你能過來和我一起分享嗎，親愛的？」

這封信使王大感到很不舒服。它聽上去過份親熱，也許是用中文這種保守的語言寫的緣故。用英文寫信帶點感情色彩聽上去很自然，但一用中文挑明就不太舒服了。「親愛的」這個詞眞讓王大傷透了腦筋。他決定拒絕邀請。他給她寫了一封客客氣氣的信，告訴她他正在忙於準備即將到來的考試。正當他準備外出寄信的時候，電話鈴響了。他走到客廳去接電話，是趙小姐，她的聲音非常快活。「你收到我的信了嗎？」

「收到了。我，剛剛給妳寫好回信……。」王大說。

「明天你能來嗎？」她熱情洋溢、充滿期待地問。

「恐怕不能。馬上就要期末考試……。」

「哦，還是抽空過來吧。」她打斷他的話說：「明天是我的生日，請你過來，但不用帶任何的東西。我在生日裡是從來不接受禮物的。」

王大感到很爲難。如果沒有充分的理由，沒有一個人會拒絕別人過生日的邀請；再說，她提到了禮物，假如他不去，她也許會覺得他捨不得給她買件禮物。最後，他接受了邀請，但對她拒絕任何禮物的聲明感到有點生氣，那句話好像是在說：「噢，你來吧，我不會向你要任何東西。」

第二天，他爲她買了一對玉石耳環，但念頭一轉，又把它退掉，換成一個銀煙盒。他覺得耳環的意味太親密了。他不想送給她任何可能會產生誤導的生日禮物。他心中也暗自決定祇在她那兒呆個幾分鐘就走。他希望，明天的宴會最好是一個生日聚會，而不是兩個人的約會。那樣他就可以隨時離開，而不會傷害到任何人。

他於晚上七點鐘來到她的公寓。她來開門的時候，讓他大吃一驚。她打扮得很漂亮，穿著一件織有金絲浮花的錦緞旗袍，佩帶著珍珠耳環和項鍊，但是她的臉龐卻特別的紅，讓他一開始幾乎沒有認出來。假如不是她向他打招呼，他肯定會以爲自己走錯了門。他感到很奇怪，她的臉到底發生了什麼事？「進來。」她高興地說：「火鍋快好了。」

他走進客廳，把禮物送給她。「噢，我告訴過你不要帶任何東西。」她說話的時候，深情地望著他。當他很快迴避了她火辣辣的目光的時候，出現了一陣尷尬的沉默。房間裡面昏昏暗暗，衹有兩根蠟燭在牆角的收音電唱組合機上面閃爍不定。房間裡沒有其他客人：「我來得太早嗎？」他問。

「不早。」過了一會兒，她說：「你來得正好。我不是請你七點鐘來嗎，對吧？」

「其他客人在哪裡？」

「我沒有請其他客人。火鍋不大，衹夠兩個人吃。請坐。我去給你拿杯酒來。」

「不用，不用。」他急忙說：「今天晚上我不能喝酒。我得準備功課，衹能呆一會兒。」

他們沉默了一陣：「當然可以，」她說：「我馬上把晚飯準備好。」她把禮物放在收音電唱組合機上，差點碰倒一根蠟燭。她有點神經質地笑了一下，急忙進了廚房。

王大被她臉上的變化搞得迷惑不解。她的臉紅得看上去讓他覺得有點滑稽可笑。他眞想打開燈好好看一看。到底出了什麼問題。她的臉被火燒過嗎？她難道剛剛得過猩紅熱嗎？他坐在長沙發上胡亂猜想。他非常不自在地等著吃晚飯，順手拿起身旁茶几下面的幾本雜誌。當他翻閱著這些雜誌的時候，發現了一本名爲《砂紙療法》的小冊子，夾在一本婦女雜誌的中間。他看著小冊子中的圖解，立刻恍然大悟。他把小冊子靠近燭光，看了幾段。怪不得她的臉紅得像個猴屁股，原來如此。她剛剛接受過砂紙療法—治療麻臉的最新方法。他以前好像在哪本文摘雜誌上見過介紹。他暗自笑了笑，趕緊把小冊子塞進雜誌，放回茶几下面，然後打開收音機。不一會兒趙小姐就走進客廳宣布開飯。她的聲音快活得有點做作，使王大感到更不舒服。

廚房裡面更暗，因爲祇有一根蠟燭，而且不是放在飯桌上，是放在足有十五英尺遠的冰箱上面。他一坐到飯桌旁，趙小姐就忐忑不安地給他倒了一杯酒：「祇喝一杯。」她說：「這是長壽酒。你必須得喝。一會兒我們還要守著火鍋吃點長壽麵呢。」她拿下火鍋的鉛皮鍋蓋，火鍋放在桌子中間的一塊方木板上。木炭在火鍋中間的炭爐內燒得正旺，食物在火鍋的沸水裡輕輕地翻滾著。這時，她拿起一把大湯匙從熱氣騰騰的火鍋裡給王大盛了一碗湯。她說：「肉丸子和白菜你自己隨意夾，裡面的粉條很長，你要往外夾的時候恐怕得站起來。」她神經兮兮地笑了笑，急忙去看正在爐子上煮著的長壽麵。廚房裡面熱氣騰騰，滿室飄散著香味。王大並不餓，但他發現火鍋裡的菜餚很可口。「快坐下吃火鍋吧。」他說：「相當不錯。」

「你眞喜歡嗎？」她的聲音顯得非常高興：「假如我能買到正宗的金針菇和木耳的話，可以做出更香的火鍋來。可惜我騰不出時間到唐人街去買這些進口乾貨。下次我給你做一頓眞正的火鍋宴。」

王大本來想問一問她有關治療的事情，但念頭一轉又改變了主意。那是個敏感的問題。既然她連所有的燈光都不願意打開，她很可能對這個問題非常敏感。她那神經質的笑聲，她那遮遮掩掩和極力取悅他的舉止，都讓他感到不舒服。他迫切希望儘快結束這頓晚飯，早點離開她。

長壽麵做好了，裡面放了蝦仁和松蘑，裝在精致的瓷碗裡。「麵條也很長。」她說著，遞給他一小碟醬油：「你可以把麵條捲在筷子上吃。但請你不要把麵條咬斷。你要一口把它吃完。今天晚上我可是很迷信呀。」

「妳自己也快來坐下吃點東西吧。」王大說著，拿起酒杯客客氣氣說了一句祝酒辭！「祝妳壽比南山，福如東海。」

她坐下乾了一杯，然後耳語般地說了聲：「謝謝你，大。」她那感激涕零的音質讓王大緊張不安地皺起了眉頭。為什麼她覺得要感激並且費這麼多心思來取悅自己呢？她這樣祇會使他更加不自在。他偷偷瞥了一眼自己的手錶，但是光線太暗，根本看不清楚是幾點鐘。他本想祇在這裡呆幾分鐘；可現在起碼也得超過一個半小時了。他想，假如他們之間仍然保留著柏拉圖式的純潔關係，他該會是多麼地喜歡享受這樣的美食和夜晚呀！以前他們總是有說不完的話，天下地上的事情無所不談。可是現在，每時每刻似乎都會尷尬得冷起場來，能找出點談論的話題竟是那樣費勁。他放下碗筷抱歉地說：「我真得走了，我必須得抓緊時間準備考試，非常感謝妳招待的這頓火鍋。」

趙小姐放下筷子，又拿起來，雙手在發抖。廚房裡的黑暗使王大感到慶幸。他不想見到她臉上受到傷害的表情。「當然可以。」過了一會兒，她說話了，聲音顯得蠻愉快，但聽上去她是做了很大的努力。「喝杯茶再走。我去把水燒開。你一定得嚐嚐我的烏龍菊花茶，是一個朋友從台灣給我帶來的。稍等兩三分鐘就好。」她從椅子上站起來，急忙走近爐子。「你願意的話，可以到客廳去等。」

王大去了客廳。他決定再呆十分鐘，最多十分鐘。很快，她就進來了，手裡拿著兩個酒杯和一瓶威士忌。「你還沒有喝完我的長壽酒呢。」她說：「長壽酒不喝完是不吉利的。」她把給他的酒杯放在他身邊的茶几上，他注意到杯中已經被她增添了一些酒。「來，乾杯，乾杯。」她說著，把自己手中的酒一飲而盡，極力表現出高興的樣子。

「抱歉，我可不能乾杯。」他說：「我必須回家溫習功課了。」

「就喝這一杯。」她催促道：「茶一會兒就好。來，乾杯。」

王大端起杯，祇呷了一口酒，而趙小姐卻一杯見底，緊接著給自己再倒滿一杯，她的雙手抖得厲害，把酒杯和酒瓶子碰得叮叮噹噹響。王大注視著她，發現她的變化確實驚人。她看上去似乎受到了嚴重的摧殘。她坐在他對面的一把椅子裡，又喝下一口後，把酒杯放到地板上，然後又把酒杯拿起來，好像正在進行一場激烈的思想鬥爭？「你會娶我嗎，大？」她突然問道，雙眼巴巴地望著王大。

王大吃驚地楞住了。「娶我吧，大。」她又說了一遍。撲到王大腳下。她跪在地板上，抓住他的雙手，懇切地望著他。「娶我吧。我可以爲你做任何事情，大。」強烈的厭惡使王大想把雙手從她的緊握的手中抽出來，但她卻緊緊抓住不放。「看看我的臉。」她急切地說：「我現在已治好了。今天早晨我摘掉了繃帶。醫生保證說，再有一兩個月我的皮膚就會恢復正常。我有他的書面保證。如果你想看的話，我可以拿給你看⋯⋯。」

王大絞盡腦汁，尋找著合適的話—不會對她造成傷害的話。「我還無法獨立生活。」他儘量迴避著她的目光說：「我在醫學院畢業以前根本不可能結婚。」

「我用不著你供養。」她急忙說：「我自己能夠維持富裕的生活。」

「不，我不能那樣做，海倫。」

「爲什麼?告訴我爲什麼。」

「我⋯我⋯不想結婚，就爲這個。」

「愛情會發展的，大。」她說著，雙手抓得更緊了：「結婚以後愛情還會進一步發展的。」

王大渾身僵住了。他不知道爲什麼，但是她說的「愛情」這個字眼讓他反感。「對不起，」他直率地說：「我不能娶妳。我們別再討論這個問題了。」他試圖站起來，但趙小姐緊緊抓住他的雙手不放。

「好吧，你不用娶我。」她聲音有點嘶啞地說：「但你每星期要來看我。你也用不著帶我出去。我們就呆在公寓裡面。我來給你燒飯，爲你做任何事情…。」

「我認爲我們不應該再見面了，請讓我回家…。」

「答應我每星期來看我一次，大。」她說著，聲音都絕望了：「每星期就那麼一次，我來給你燒飯，你什麼時候想走就走，隨你…。」

王大使勁把自己的手從她的緊握的手中抽出來，然後站起身來。「抱歉，我必須得走了。」

趙小姐立刻站起來，回到自己的椅子上。她從地板上揀起酒杯，喝了一大口酒。她說：「你還是覺得我給你丟人。」

「我並不是覺得妳給我丟人。」王大說：「我祇是不愛妳。我覺得我永遠不會和妳墮入情網，我無能爲力。我不能強迫自己去愛…。」

趙小姐突然把手中的酒杯揑碎。「好吧，你出去。」她說著，目光一片茫然，沒有喝完的酒滴落在地板上，鮮血開始從她的手指往外滲。王大急忙衝出公寓，他感到非常不愉快。趙海倫在他眼中顯得十分可憐，但他也不能僅僅因爲可憐一個女人而去愛她呀，而在此時，他也因爲自己太殘酷而恨自己。面對這樣一次痛苦的經歷，他眞希望自己從來沒有認識趙海倫。

回到家後，他想專心準備功課，但他實在無法定下心來。這次痛苦事件仍然煩擾著他，就像嘴巴裡有一股驅除不掉的異味一樣。在中國長大的他，像同情那些因患小兒痲痺症導致腿瘸的人一樣，同情因天花而落下一臉痲子的人。他對待趙海倫的態度，使他覺得自己就像剛剛踢過一個瘸子似的。他聽到父親在招呼劉媽給他熬藥。過一會兒，他又聽到劉媽叫她的丈夫劉龍，告訴他去爲王老爺買糖漬冬瓜。他記得，父親喝完中藥湯後總是要吃點甜東西，以去除舌頭上的苦味，或許自己也該做點類似的事情，於是，他闔上書本去看電影。

隨後兩周他看了不少電影，其中有些電影眞是上好的「糖漬冬瓜」。它們不僅幫助他去除了口中的異味，有時甚至會使他精神振作。一天晚上，他看了一部名叫《小劫持者》的外國電影。走出電影院時，他感覺心情舒暢，因爲感人的故事爲他提供了一個發洩某些被壓抑的情感的渠道。那是一部少有並能夠溫暖他心靈的電影，而不是那種僅僅用色彩的富麗堂皇取悅視覺的電影。他走在大街上，感覺就像一個鼻塞的人突然清爽了一樣。他買了一份晚報，深深吸了一口清涼的新鮮空氣，然後走進街道拐角的一家餐廳去喝咖啡。

他一邊啜著咖啡，一邊瀏覽著晚報，第二版一角的一個小標題引起了他的注意。這個標題是《海灘發現溺斃華人女子》。

「昨天早晨，正在休假的法律秘書珍妮•帕爾克小姐發現了一具華人女子的屍體。帕爾克小姐報警後，警方判斷，在海灘上已被沙子部分掩蓋的屍體，顯然是在前一天夜晚被衝上海岸的。死者的身份已經查明，她的名字是趙海倫，四十一歲，是在位於斯托頓街的世界服裝廠工作的一位裁縫。晚些時候，在金門公園附近的公路上，發現了她停在那裡的汽車。她的手袋開啟著放在汽車前排座位上，裡面裝有她的駕駛執照及其他身份證明；她的錢包空空如也，扔在車內地板上。警方現在還不能確定她是遭遇搶劫被人謀殺，還是自己溺水死亡。目前尚未發現有關自殺的遺書。」

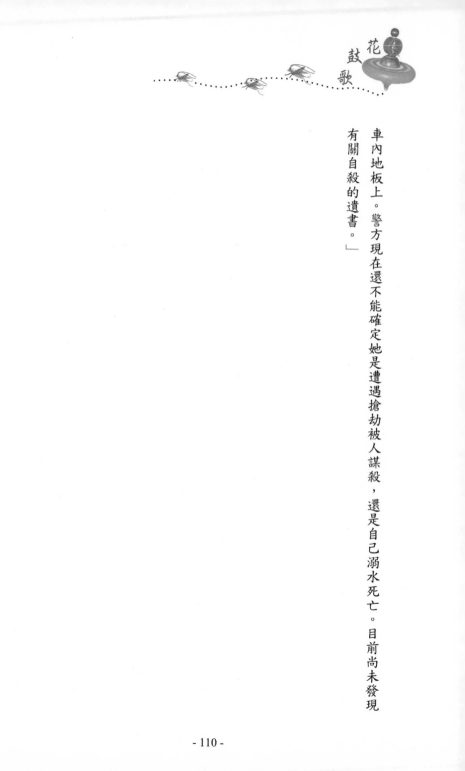

第二部

一

王大在安安藥店把他的一百美元支票兌換成現金，並決定花掉其中的一部分。他弄不清楚父親爲什麼把自己的月開銷翻了一番。也許是老爺子認爲自己已改過自新，想給自己某種獎勵。他認爲，假如父親多給的這部分錢，確實是意味著對自己的良好表現或道德生活進步的獎勵的話，自己必須把它當作偷來的錢扔掉。因爲自己的生活一直是一場糊塗，不僅僅是不道德，而且還在沉重的罪孽感壓抑之下。自從趙小姐身亡以後，他一直覺得自己就是謀殺者。

他在北海灘胡亂閒逛，但總是繞開燈光明亮的地方走。路過維蘇羅—他和趙小姐曾經常去的藝術家酒吧—的時候，他急忙轉過身，橫穿哥倫布大街而過。一個騎摩托車的人按著喇叭向他吼道：「嗨，亂穿馬路的傢伙！怎麼回事？活夠啦？」

他喜歡維蘇羅酒吧，特別欣賞酒吧牆上那些不知名的藝術家畫的畫。他喜歡那裡的氣氛，既不沉悶也不酒氣衝天，不像別處的大部分酒吧那樣。維蘇羅酒吧在他眼中，就像一個學院式咖啡廳和藝術家型酒吧的結合，光顧這裡的多是黑人音樂家和身著休閒上衣、寬鬆粗布褲子、臉色蒼白的年輕人，看上去都像是潦倒失意的作家或藝術家。他們喝著啤酒，和十分迷人的女孩們親密或熱烈地聊著。從某種意義上說，它有點像中國的茶館。顧客可以買一瓶啤酒，在這裡泡一個晚上，一口一口地啜著，談天說地，最後抱著幾近空空如也的酒杯慢啜慢飲。那眞是一個在寂寞的夜晚排遣孤獨的理想場所；但今晚王大卻覺得它慘不忍睹。他衹想在暗處行走，似乎他的靈魂在强烈光線下經不起檢視一般。

他穿過哥倫布大街，在太平洋街區和蒙哥馬利街區的昏暗處逛來逛去。他走過一家酒吧，看到一個矮個子菲律賓人和一個高個子金髮女郎從裡面出來，鑽進一輛等客的計程車。那是個漂亮女郎，已經喝得爛醉，她手裡揚著一塊手帕伸出車窗向王大招手，醉醺醺地喊道：「嗨，寶貝。」他也眞想喝個爛醉。他推開轉門，走進燈光昏暗的酒吧，自動點唱機播放著西部牛仔音樂。他在人造棕櫚樹附近的一個小圓桌旁坐下，一位金髮女招待過來微笑著向他打招呼。他弄不懂酒吧裡爲什麼有這麼多金髮女郎。吧台旁還坐著一位金髮女郎，她正在和另一個菲律賓男人爭吵。「閉上你的臭嘴。」她說：「我告訴你，那種廢話，我不管是誰說的，一概不聽。」

「好的，我不說。」菲律賓人說。

「先生，你想要點些什麼？」金髮女招待問道，她講的是標準英語，帶點英國口音。王大要了一份蘇打威士忌。坐在附近另一張圓桌旁的，是一個紅臉龐、長著棕色大鬍子的中年美國人。他一邊喝著啤酒，一邊講著話，卻沒見有什麼特定的聽眾，他的桌子上擺著四個啤酒瓶，三個是空的，一個祇剩下半瓶。他給自己又倒滿一杯，望著杯中溢出的啤酒泡沫。「金錢萬能，完了。」他說著：「晚安，完了。」

「下一次你那張臭嘴少開口。」吧台旁的金髮女郎訓斥著。

「看在上帝的份上，別生氣。」菲律賓人用一口菲律賓腔英語說道：「我不是向妳道過歉了嗎，還不行嗎？」

「好了，好了。」吧台招待說：「少說幾句吧，讓小姐單獨安靜一會兒。」

「你說你是警察，那我就是電影明星麗塔·海華絲。我告訴你，你假冒的本事還不如我呢。」金髮女郎說：「假如你是警察，請把你那該死的徽章亮出來看看呀！」

「我祇是和妳開個玩笑。」菲律賓人說：「我已道過歉了。妳還想要我幹什麼？」

「我說過，讓小姐單獨安靜一會兒。」吧台招待說。

女招待端著王大要的酒走過來。「其實這裡有不少相當不錯的人。」她抱歉地說：「看到坐在那邊的那位女孩了嗎？她是個詩人。」王大看了一眼那個黑髮白種女孩，略顯豐滿，坐在吧台的另一端。「她詩寫得確實不錯，是個聰明女孩。一共是五十美分，先生。」

王大付了酒錢，給了她十五美分小費。

「金錢萬能，完了。」紅臉男人說道：「不掏錢，就什麼也得不到。完了。」

女招待走到他的桌旁，收走空啤酒瓶，給他又拿來一瓶。她從桌上拿了一美元鈔票，把該找給他的零錢放在桌上，一句話也沒說。「沒有生意，就沒有錢，就一無所有，完了。」紅臉男人說著，從新酒瓶裡給自己又倒了一杯：「完了。」

「別告訴我你是個警察。」金髮女郎還在罵著：「我幹什麼事情，關你屁事…。」

「嗨，小姐，注意嘴巴乾淨一點。」吧台招待說：「周圍還有不少紳士呢，」話一出，頓時引起一片笑聲，金髮女郎更顯得生氣了。她大聲叫喊起來：「我坐在這裡幹我自己的事情，可那個狗娘養的非要到這兒來說他是警察。有本事就把你的徽章掏出來給我看看，冒牌貨！」

「好了，好了。」菲律賓人說：「我已經道過歉了，對吧？還想讓我怎麼樣？」

「讓你閉上你的臭嘴。」金髮女郎說著，更瘋狂了：「告訴你，我不想聽任何人在我面前吹牛！你是冒牌貨！你要不是冒牌貨，那你就是大明星克拉克．蓋博…。」

「我說，寶貝…。」

「不要叫我寶貝！」金髮女郎尖叫著。

「好，好！今天吵夠了吧！」吧台招待說：「讓我們肅靜一會兒。我這裡從來沒有出過亂子，我也不希望現在出…。」

「噢，是嗎？」紅臉男人說。有幾個人笑了起來，紅臉男人舉起一隻手，似乎是在面對著熱烈的掌聲一樣：「完了，完了。」

「這才是恰當的氣氛。」吧台招待用手掌拍拍吧台：「祝大家快樂！那也是我開酒吧的目的！薩利，給那位先生再拿一瓶啤酒來。記在我的賬上。」

轉門又旋轉起來，進來兩個墨西哥人。他們經過吧台時，順手把金髮女郎拽了起來。他們走到角落的一張桌子旁坐下。其中一位臉龐較黑，長著一頭濃髮，留著西班牙式小鬍子，他瞥見女詩人時猛地扭了個頭。另一位胖子說了幾句西班牙語，然後他們一起笑了起來。「她是誰？」黑臉龐問女招待。

「她叫瓊。」女招待說完後問道：「想點些什麼？」

「兩份蘇打威士忌。」黑臉龐說：「我還想給她買一份。」

「給誰？是瓊嗎？」女招待問。

「就是。」

女招待走開後，這兩位用西班牙語聊得更熱乎了，不時放聲大笑。他們的酒端上來的時候，黑臉龐從他的後面褲兜口袋裡掏出錢包，從中拿出一打美鈔，用口水把手指弄濕，在鈔票堆中撚出二十美元，拍在桌上。不知胖子又說了什麼俏皮話，他們的笑聲更大了。女招待拿走鈔票去找零錢。

黑臉龐墨西哥人一隻手把錢包放回褲兜口袋，另一隻手理著自己油光鑠亮的長髮，胖子不停地說著、笑著。

王大望著兩個墨西哥人，心想自己要是能像他們那樣快活和無憂無慮，該有多好。他看見酒吧招待給女詩人另倒了一杯酒，然後指了指墨西哥人，可那位女孩看都不稀罕看他們一眼。黑臉龐墨西哥人看著她，用手指在桌子上敲著鼓點。胖子用西班牙語叫了烤麵包，然後端起杯來一下子喝掉一半。「叫她過來。」黑臉龐在女招待送來零錢時對她說。

「她不會來。」女招待說。

女招待找完零錢以後，黑臉龐輕輕彈了彈一張一美元鈔票：「給她再買一杯。」

「你給她買十杯也行，但她就是不會過來。」女招待說。

「給她再買一杯！」

「好的！」女招待拿走鈔票，然後走到王大桌旁，笑著問道：「先生，想不想再來一杯？」王大搞不懂，爲什麼她一跟我說話，口氣和態度就會變得和對別人不一樣。難道她認爲我是聯邦調查局的密探，或者是尋覓新電影演員的星探什麼的？他百思不得其解。他又要了一杯蘇打威士忌。

「你不知道吧？」女招待對他耳語道：「瓊是瘸子，是車禍造成的，你就是給她買十杯酒，她也不會動地方。她整個晚上都衹會坐在那個角落。她寫的詩確實很棒，上星期她還上電視呢。如果你想和她聊天，你可以過去，她是個相當不錯的女孩。」

「完了，完了！」紅臉男人突然又叫起來。惹得一些人大笑起來。一位黑髮西班牙女郎轉過身去問他：「什麼完了，啤酒嗎？」

紅臉男人抬起一隻手，自言自語地叫道：「完了！」

除了女詩人，每個人都轉過身來看他。王大注視著女詩人，突然對她產生了一種強烈的同情心。他不清楚什麼事情正在煩擾著她。除了殘腿以外，她一定還有其他的煩惱事。既然大家都是如此不幸，惺惺惜惺惺，王大決定去結識她，和她聊聊。他拿起酒杯，走到那個角落，坐在她身邊的凳子上。

「我知道妳是詩人。」他禮貌地說：「我能請妳喝一杯嗎？」

她稍微轉了下身，問道：「是誰告訴你的？」

「女招待。她告訴我，妳寫的詩很美。」

「噢。」她端起自己的杯子喝了一口，端杯的手在輕輕顫抖。

王大為她要了一杯酒後問她：「妳寫的詩是屬於哪一類？」

「哦，怎麼說都行。」她說著，點上一根煙，手顫抖得更厲害了。

「妳的詩出版過嗎？」王大問道：「我很想拜讀一下。」

「沒出版過。」她不停地一口口噴著煙，好像感到很不舒服似的。有一陣兒，他們誰也沒有說話。王大深深吸了一口酒後說道：「聽說妳遭遇過車禍，我覺得十分惋惜。那是什麼時候的事情？」

女孩轉過身來凝視著他：「誰告訴你的？」

「女招待，她告訴我妳的腿殘廢了，我覺得十分惋惜。」

「我不需要任何人的同情。」她氣沖沖且又不安地捻滅香煙，對吧台招待說道：「喬，告訴帕特，好事不要做得太過份，我不需要任何人可憐我！」

「怎麼了，瓊？」女招待趕緊走過來問她：「出了什麼事？」

「祇要管好妳的嘴巴，少談我的事就不會有事。」她生氣地說。

瓊喝了一口酒，砰地一聲把杯子摜在桌上，一些酒濺到杯子外邊。「我用不著妳來廣播，讓全美國都知道我是個瘸子，這與其他人毫不相干……。」

「好的，好的。」女招待急忙說：「不要那麼生氣。我祇是想儘量幫助你……。」

「而且我也不是詩人。」瓊說：「閉上妳的嘴巴，少扯我的事情；我不需要任何人來他媽的……。」

這時，女招待把一枚硬幣投進自動點唱機，强烈的音樂轟然響起，淹沒了瓊的抱怨聲。「打擾了，我很抱歉。」王大對瓊說：「請妳再來一杯。」他把五十美分放在吧台上，起身離開。當他推開轉門的時候，聽見紅臉男人的聲音壓過了音樂聲：「完了，完了！」

走出酒吧後，王大毫無目標地瞎逛了一會兒。剛才發生的事使他感到鬱悶。瓊的不安使他聯想起趙海倫。爲什麼人們對自己的生理缺陷如此敏感，他搞不懂。瓊是個漂亮女孩，她相貌出眾，鼻樑筆直，雙唇豐潤，天庭飽滿。假如她能夠接受人們的善意，他很願意請她去看電影和吃飯。生理缺陷對他不會帶來任何煩惱了。假如碰上一位好女孩即便是個瘸子，他也會毫不猶豫地娶她。

他拐過克萊大街，向卡尼大街走去。當他路過位於舊市政大樓的警察局時，一位警察叫住了他，用廣東話和他打招呼：「你好，你好。」警察拿出兩張門票給他看，並叫他買下。王大雖然不知道那是什麼票，但也花了兩美元把它們買下：「帶你最要好的女朋友去。」警察對他說：「再見，再見！」

王大把門票塞進口袋，穿過卡尼大街，向格蘭大道走去。狹窄的街道上交通和平時一樣擁擠。人行道上，年輕的情侶們手挽著手漫步閒逛，瀏覽著櫥窗裡的商品；老夫老妻們則仰望著塔式建築的頂部，研究著貼在餐館門外的菜譜；一位禿了頭頂的丈夫，抱著一個嬰兒，不情願地跟在妻子後面進了一家禮品店。他們的小女兒尾隨著他們，望著櫥窗裡的展品，高興地尖叫起來。街道上生氣勃勃，但王大的心情充滿憂鬱。輕快活潑和光明正大的地方似乎使他的存在看起來更爲一無所有和無所作爲。

他急急忙忙回到家裡，往自己的床上一躺，試圖驅走心中強烈的沮喪。他掏出警察賣給他的門票，仔細地看了看，祇見上面寫道：「警察年度舞會」「理查德・斯特恩舞曲伴奏和管弦樂隊…。」還有警察說過的那句「帶上你最要好的女朋友」。他望著天花板，祇想大笑一場。他甚至連一個女朋友都沒有，到哪兒去找最要好的。而且舞會訂於星期五晚上舉行。他想了想，那就是明天。就算他有女朋友可以邀請，這也算得上是緊急通知了。他把門票扔到廢紙簍裡，打開收音機。一場喜劇正演到高潮之處－充滿歌聲、笑聲和歡呼聲，他關上收音機。一陣强烈的孤獨感突然向他襲來。他馬上起床，來到書桌旁，然後給張靈羽寫了封信：

「…我想我呆在美國純粹是在浪費我父親的錢；再說，他現在也許沒有那麼多錢財了…。我認爲，在這裡我的存在毫無意義。一無所有、無所作爲和沒人需要我的感覺幾乎讓我崩潰…。你可能認爲我精神不正常，但此時我正在嚴肅地考慮回大陸去…。」

第二天早晨，他把信發出去以後，感覺心情稍微好了一些。兩天以後，他收到張靈羽的回信：「我曾想給你發個電報，但又改變了主意，因爲我怕嚇著你家老頭子，而且他可能要你把電報翻譯出來。後來我想給你發一封航空信，然而從洛杉磯寄航空信，與寄平信的區別不過是幾小時的事情，所以我想我還是省下那三美分吧。猛地一看，你的問題似乎十分緊迫，但是現在，在我寫這封信的時候，我想你的問題一定並不比一個屁股欠揍的街道頑童的問題更爲嚴重了吧？周末我將要坐飛機去舊金山。請你在星期六下午四點鐘左右等我的電話。」

星期六下午，王大去機場接張靈羽。張靈羽看上去比以前更健康、更有精神了。他還是穿著四年前在柏克萊買的那件減價便裝。在他們開著王大的車回唐人街的時候，他對王大說：「看看我的雙手。幾個月的艱苦勞動眞起了作用，把它們改造成爲典型的無產階級的雙手。自從我退出知識分子生活，最明顯的變化就是我這雙手。」他攤開自己的雙手，讚美地望著它們：「這雙有力而又粗糙的手幫助我把飯吃到嘴裡，幫助我的夥計們吃上了馬鈴薯。自從我成爲雜貨商，我獲得了一種被人所需要和有所作爲的强烈感覺。」

王大看了看那雙手，發現它們變粗糙了，有不少已經癒合的傷口，指甲也有不少劈痕。「你是不是認爲我該步你的後塵？」他問張靈羽。

「看在上帝的份上，千萬別那麼做。」張靈羽說：「假如我像你那麼幸運，我根本不會變成一個體力勞動者。學醫有什麼不好？你父親有錢，而你又有青春。」

「你在傳經佈道嗎？」

「是的，我在說教。但我不會用那些抽象而又空洞的廢話對你說教，諸如『知足者常樂』『隨遇而安』等等。我想爲你分析一下當今的世界形勢，讓你得出你自己的結論。你還在考慮回中國的事情嗎？」

「是的。」

「那好。你給了我一個說教的機會。當今世界上分爲兩大陣營，蘇聯陣營和美國陣營。回到中國就意味著加入蘇聯陣營，你意識到這一點了嗎？」

「沒有。」王大說：「我祇想過正常生活，做些事情，有點用處。我不想做我不願意做的事情，我討厭非得讓我去做我沒有能力去做的事情。」

「那好。」張靈羽說：「你是個誠實的人。但你必須意識到，在這個國家也許你是唯一拒絕能做你想做的事情的機會的人。我說的這些聽上去好像是宣傳，但這正是我們所面對的事實；你必須時刻牢記，共產主義和資本主義就像水與火一樣，永遠不能相容。祇要資本主義存在，共產主義就要和它鬥爭。而且你很清楚，資本主義並不像後院裡那些可以輕易拔掉的雜草。」

「我並不認爲每個人都有必要參與鬥爭。」王大說。

「我的意思是，假如你回到中國，那是絕對必須的。」張靈羽說：「你忘了幾年前毛澤東是怎麼說的？你或是轉向左派，或是轉向右派，不存在中間道路。」

「難道你眞站在右派一邊了？」王大問道。

「如果不是的話，我會對你進行說教嗎？聽著，除了思想原因之外，從實際情況來說，你也得站在右派一邊。首先，你和我一樣，並不適應共產主義。就改變信仰而言，你的年齡太大了；即便仍能改變，他們也不會相信你。哦，我簡直像一個街頭的演說者，一直滔滔不絕。我餓了，咱們到哪兒去吃飯？」

「你在其其居吃過嗎？」

「何止是吃過！五年前我在舊金山住的時候，因爲我常去那兒吃飯，那裡的老板開始對我直呼其名，新年時還送我聖誕卡呢。依我的猜測，他大概不懂英文。走，咱們到那裡去。我最喜歡吃那裡的藥膳豬尾湯和豬肉炖鴨掌。我想再去看看查理，看看他是否還是笑口常開。自從十五年前他買下那家餐館，他的笑臉就沒有停止過。他打算掙上一百萬就退休還鄉，回到中國鄉下去。喂，你現在還琢磨回中國的事嗎？」

「我不知道。」王大說：「不過，你已經使我有點動搖了。」

「好，那麼我就可以不談政治了。我從來沒有這樣長篇大論地談過政治，儘管我能談個通宵。你知道我自從成爲雜貨商後整天談的是些什麼嗎？保齡球。現在我成了保齡球高手，是我的雜貨商同行們組織成的黑龍保齡球隊隊長。不要瞧不起保齡球，它不僅是一項很好的體育運動，對陶冶情操也有好處。」

「我不懂你的意思。」

「換句話說，它對精神健康也有好處，它肯定能把很多人從發瘋的邊緣拯救回來。假如你和你的老板發生了衝突，爲了保住飯碗又不得不忍氣吞聲，你就可以到保齡球館去發洩一通，去擊倒那些球瓶，並把它們想像成爲你的老板和他的家人，甚至包括他的丈母娘。當你打完保齡球回到家，你，就會感覺很開心，再也不會對整個世界充滿敵意。我有許多打保齡球的朋友都同意我這個觀點。現在我已經買了自己的專用球和背球的帆布球袋。或許你也該試試。」

「我已經試過，我連保齡球都打不好。」

「那是你的問題，你害怕傷害任何東西，甚至包括保齡球球道上的球瓶。」

「我祇是不喜歡打保齡球，那與我心腸太軟什麼的沒有任何關係。」

「我想給你講個故事。」張靈羽說：「不過現在我都餓得講不動了。快開車去吧。天哪，我都聞到查理店裡豬尾湯的味道了！」

他們開車來到唐人街，把車停到距離傑克遜街的其其居幾條街遠的停車場。停車在唐人街是個最大的難題，而王大已經學會搶佔看到的第一個空車位，根本不考慮多走幾步路的問題。張靈羽眞是餓了，在去其其居的路上買了一包花生邊走邊吃。「我這個人可不能忍受飢餓。」張靈羽說：「這也是我呆在這個國家的眞正原因。你至少可以說出美國的一個好處－沒有一個人挨餓。」

他們爬上老式紅漆木建築的樓梯，查理在這座樓房裡經營典型的廣東餐館已經十五年了。張靈羽抓住查理的手握了好半天，老板才把他認出來。「唉喲，張先生！」小個子老板高興地叫道：「是你呀！剛才我還以爲你是土匪呢！」

「我知道你被嚇壞了。」張靈羽說：「實際上你的笑容都消失了有十秒鐘。怎麼樣，掙夠一百萬了嗎？」

「還差點。」查理說：「不過得兌換成中國的錢。你精神不錯，像個大砲彈。你到什麼地方去了？」

「我搬到洛杉磯去了。我這次是專程到這兒來吃你的藥膳豬尾湯的。」

「你來得不巧，」查理說：「今天是紫菜湯。也很可口。請到這個房間。這是最好的房間－好像就是爲你預留的一樣。」他把他們引入面向大街的四個小單間中的一間，爲他們放下白色的門簾，然後馬上拿來今天的菜單，並給他們倒上茶水。他們點了魷魚白菜、苦瓜牛肉、燒豆腐、鴨掌炖豬肉，最後一道菜原本當日菜單上沒有，但查理堅持爲他們專門做一個。

王大以前來過這家餐館兩次，他喜歡吃這裡的正宗廣東菜。餐館裡沒有擺設專門取悅旅遊者的裝飾，所以幾乎沒有旅遊者知道這家餐館的存在。紅漆牆面由於經年累月已經變成暗黑色，食客們在光禿禿的燈光下，坐在長條木凳上就餐。廚師們做菜的大號鍋沒有把手，就像一把倒置的雨傘。除了沒有古老算盤的劈哩啪啦聲，餐館裡的一切都是中國式的。它不可避免地使王大回想起中國小鎮上的餐館，勾起他的思鄉情。「該講講你想給我講的故事了吧？」喝完紫菜湯，王大問道。

張靈羽津津有味地吃著魷魚。「這是一個有關一對浪漫的連體雙胞胎兄弟的故事。」他說：「也許他們是中國唯一活著的連體兄弟，他們是江西省的一對姓劉的兄弟，也許你也聽說過他們。」

「好幾年前我在報紙上見過。」

「好的，在六十五歲的時候，他們仍然到處展示自己，爲他們的孩子掙學費。他們長得完全一模一樣。爲了避免弄混，人們祇好用一塊寫著他們名字的小金屬牌來分辨他們，比如說，牌子上寫著「劉順棣，右，哥哥；劉順凱，左，弟弟。他們很小的時候，父母用盡各種辦法想把他們分開，有一次竟用一根琴弦綁在他們連著的胳臂下面，以阻止血液流通。結果他們差點死掉。從那以後，父母再也不敢嘗試要把他們分開。」

「後來，兄弟倆通過展示自己掙了很多錢。他們都結了婚，生了很多孩子。一天，劉順凱，左邊的弟弟，想娶一個小老婆。但是，劉順棣，右邊的哥哥，堅決反對。他們爭吵起來，很快就發展到大打出手。他們相互用頭撞擊對方，一直打到他們的父親找來一個木匠，做了一塊木板把他們隔開。可是，事實證明，木頭隔板十分礙事。幾個月後，兄弟倆一致同意取下隔板，並向父親保證不再打架。然而，左邊的弟弟劉順凱，還是堅持納妾…。」

張靈羽從嘴裡摳出一根魚刺，嚼都沒嚼就咽下一口米飯，然後接著講：「好，這個問題必須得到解決。經過朋友們的調解和說服，右邊的哥哥劉順棣，終於同意了弟弟的要求。」他吞下一口茶水，停了一會兒，表示了一個簡短的時間間隔。「弟弟納妾三天後，出於這樣那樣的原因，哥哥也決定娶一個。那就是說，他們六個人—連體兄弟，他們的妻子，他們的小老婆—在一起幸福地生活了一段時間，直到有一天，其中一個小老婆同另外一個男人私通並決定和他一起私奔。」

王大略略笑了起來：「這個故事的寓意是什麼？你在鼓吹什麼東西吧？」

「那當然。」張靈羽吞下一口茶水後說：「當你告訴我你根本不喜歡保齡球的時候，你讓我想起劉順棣，那位最初討厭納妾的哥哥。」

「你現在是不是想推銷幾條保齡球球道？」王大笑著問。

「我正在向你推銷一種新的人生觀。」張靈羽說：「許多人對他們喜歡的和厭惡的東西抱有過於固執的成見。他們從來不願妥協。就拿我來說，我是博士的時候，算是一名知識分子。許多東西我都看不起，許多人我都不願意接觸。一年夏天，在我伯父的影響下。我到華盛頓特區旅遊了一趟，並和中國大使住了一段時間。我和大使閣下全家去了紐約，住在華道夫一阿斯多里亞飯店。在紐約州州長舉行的宴會上，我和一些外交官們共進晚餐，和一位歐洲公爵夫人跳舞。我原以爲我屬於那個社會。假如那時我知道今天會變成一個雜貨商，恐怕我得剖腹自殺。」他放下筷子，往米飯碗裡倒了一些鮑魚的菜湯，然後接著講下去：「但是，現在我發現了一個新的世界，就像哥哥劉順棣一樣，發現了小妾的妙處。現在我已經認識到，某些所謂的知識分子和貴族階級實際上是多麼無聊。從另一方面說，我發現樸實的勞動人民很快活，並且更爲容易相處。這在我成爲其中一員以後，體會就更深了。而且那些人都是多年以前我連做夢都想不到會和他們交往的人。在那些日子裡，我有一個根深蒂固的思想，認爲他們不過是一群冒失鬼、不開竅的傻瓜，缺乏文化教養。上星期我在一位同行家裡碰見一個洗衣女工。她在橋牌桌上和填字遊戲中把我打得落花流水，她的丈夫是位更夫，卻是我所遇見過最好的人生哲學家。而且他們直率、樸實，容易溝通，和他們在一起生活，你會發現生活更爲輕鬆。噢，我最好打住，不談這些樸實的勞動人民了，否則我會沒完沒了。」

「我聽懂你的意思了。」王大說：「我認爲那是一個調整的事情。」

「完全正確。」張靈羽說：「通過妥協，變得更爲現實，通過調整，你會在所有事物中發現一些好的東西。噢，天哪，現在聽上去我又像個中學教師了。咱們趕緊吃完飯後到其他一些地方去看看。唐人街上還有幾個地方，我想再去看看。它們都是我舊日狩獵之處。」

「狩獵之處？」王大好奇地問：「你狩的什麼獵？」

「尋覓一時的快活和放鬆，我認爲我在那些日子裡非常孤獨。喂，你吃得不多嘛，怎麼回事？」

「我不怎麼餓。」

「我也不餓了。」張靈羽說：「但我還要接著吃，下星期我回去又得吃美國牛肉了，牛肉我是吃夠了，可美國牛肉的批發價是那麼的便宜，不吃簡直就是一種罪過。」

他們吃完飯付了賬，向查理告別後，走下搖搖晃晃的樓梯。他們誇獎著查理的烹調技術，一致認爲應該把他的烹飪配方偷來，然後寫上一本書。傑克遜街的交通十分擁擠，整條大街都閃爍著那些大餐館彩色霓虹燈的招牌。滿街充斥著粵劇鑼鼓伴奏著的音樂聲，粵劇演員唱戲的尖聲劃破了涼爽的夜空，吸引得每一個過路人都不由自主地把頭扭向熱鬧的環球餐館的二樓，那裡正在舉行結婚宴會。「看吧，一個有錢人的女兒出嫁了。」張靈羽說：「我還從來沒有參加過唐人街的婚宴，不知道和中國的婚宴是否一樣。」

「除了新娘一點也不羞澀以外，其他完全一樣。」王大說：「去年我跟父親參加過一次婚宴。宴會剛剛開始不久，新娘就拽著新郎告辭了，理由竟是他們渡蜜月的汽車停在某個違反交通法規的地方了。長輩們居然也忍受著他們的謊言，把宴會一直進行到午夜之後。好啦，咱們現在到哪兒去？」

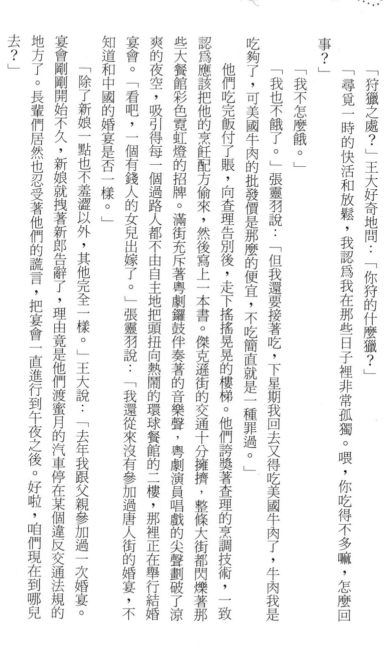

「跟我走就是了。」張靈羽邊說邊向格蘭大道走去：「唐人街邊緣地區有個地方，幾年前讓我流連忘返。那是個藝術家聚會的地方，我們可以買瓶啤酒，坐在角落裡聊天，還可以看看那些人物。那裡沒有嘈雜的音樂，沒有人干涉你幹什麼或談什麼。有一次，我看到一個大鬍子用竹抓手搔背整整搔了兩個多小時，連一句話也沒有和他女朋友講，結果她和一個帶著算命小鳥的男人走了。我猜，肯定是那隻算命的小鳥幫她算了命，勸告她趕緊換個男朋友。」

「你說的是維蘇羅酒吧？」王大問道。

「對，就在格蘭大道的街口，就像長江三角洲中一個令人流連忘返的島嶼，你到那裡去過嗎？」

「如果你不介意的活，我寧願換個地方。」王大說。

「你眞是個人物。」張靈羽說：「我認爲所有不喜歡那個地方的人都是人物，不過，對你來說，還有更多不到那兒去的理由。」

「不是我不喜歡維蘇羅。」王大說：「我不願意到那兒去完全是因爲有我個人的原因。」

「哦，那倒有點意思。」張靈羽說：「爲什麼？是什麼人在那裡給你的心靈留下創傷了嗎？」

王大告訴張靈羽趙海倫的事情，他們的感情糾紛以及她的死亡。張靈羽專心聽著，沒有插話，甚至在王大講完之後還沉默了一會兒。「你知道你爲什麼經常不開心嗎？」張靈羽最後說道：「你缺乏傾訴。你把什麼事都悶在心裡，讓它毫無必要地成年累月折磨你。你早就應該把這個秘密告訴我。」

「我幾幾乎就要告訴你，但我改變了主意。孔夫子說，家醜不可外揚，我覺得它是我生活中的一件醜事。趙小姐和我以前常來維蘇羅聊天，現在每當我路過那個地方的時候，都會使我想起她，並且讓我覺得自己就是謀殺犯。」

「我想再為你講一個故事，不過我還是要先帶你去另一個地方。」張靈羽說著，轉過身來：「那個地方充滿鬼氣，卻因此提供了適當的氣氛。」

他們走回傑克遜街，拐進王大以前從未去過的一條黑暗小巷弄。那是一座夾在破舊的二層樓房中間的狹窄過道。巷弄裡所有的門都緊閉著，連個鬼魂都沒有。「人們說這裡曾經發生過黑社會的大火拼。」張靈羽說：「許多偵探小說家都選用這裡做他們描寫暗殺事件的場所，但到現在為止，我還沒發現有那個小說家在書中將神秘地道描寫得栩栩如生。」他走進一個直徑約八英尺的圓門。王大跟在他的後邊。一輛漆著紅漆的老式人力車停在走道的一個角落。「據說這個地方曾經是一個赫赫有名的黑幫的總部。這個門是鋼製的，圍牆像城堡的牆一樣厚。現在卻變成了一個雞尾酒吧。這個月亮門，實際上根本沒有安裝門，象徵著和平。我以前經常獨自來這裡渡過一個安寧的夜晚，它讓我回想起我在鄉村的老家。我爺爺的房子在外表上和這座房子大體差不多，有一個通往竹林的月亮門。走，進去，這家酒吧的主人曾經當過電影演員，他講起這個巷弄來可有說不完的故事。」

他們進了第二道門，走進暗得像個廟宇的酒吧，祇有天花板上掛著三盞馬燈。一進酒吧，迎面的牆上有個神龕，供奉著一座塗金的神像，也不知道是哪路神仙，神像的兩側是擺滿了古董罈罈罐罐的架子。酒吧的另一面牆上，擺設著搜集來的形形色色閃閃發光的鼻煙壺。「咱們就坐在這兒吧。」張靈羽指著神像旁邊的一張圓桌說：「不要懼怕這位塗滿金粉的先生，他或許還是中國神話中的『酒神』之一呢。」

王大坐在一把藤椅上，瀏覽著像博物館般沿牆擺設的銀質和琥珀製的鼻煙壺，以及蘇州朱砂漆器上面光澤耀人的珍珠母。「店主今天晚上不在這裡。」張靈羽說著，從吧台拿來兩瓶啤酒放在桌子上。「你知道我爲什麼會喜歡這個地方嗎?因爲這裡很安靜，沒有年輕小夥子到這裡來玩自動點唱機，所以我們聊天用不著高聲大喊大叫。而且這裡是自助酒吧，不會有女招待每隔五分鐘就來看看你的空杯子。」他坐下後倒滿啤酒：「你還覺得自己像個謀殺者嗎?」

「在某種意義上說，仍然有那種感覺。」王大說：「我認爲，我會永遠覺得自己是個謀殺者。我還記得讀到有關趙小姐死亡新聞的那個夜晚。那時我剛看完一場好電影，正在一家餐館喝咖啡。我當時心情特別好。但是，當我讀完那條新聞後，我突然覺得變成了一名逃犯。報紙上說：『警方尚未確定她是否遭受了搶劫或謀殺……。』我差點因爲出於好意而給警察打電話，告訴他們我就是殺人犯。」

「我想這就是你麻煩的根源。」張靈羽喝下一大口啤酒後說：「你想回中國大陸的想法也萌生

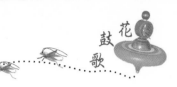

於這個根源。我再給你講一個故事，是我自己的故事。你願意聽嗎？」

「你講吧。」

「幾年前，我在舊金山有一個女朋友。因爲這並不是個光彩的事情，所以我就不講她的名字了。她性格開朗，對我很好，也很具魅力。我們經常約會，她所有的女朋友我都認識。我們在一起的時候相當多。每到星期天晚上，她都在她的公寓裡舉行飲料派對。我和她約會了幾乎整整一年，但從未在星期六和她約會過。星期六她總是很忙，忙著洗衣服、熨衣服、打掃房間等等，等等。但有一個星期六早晨她打電話給我，那眞是出乎我的意料之外。她說想讓我開車帶著她和她的一個女朋友一起到鄉下去兜兜風。她的女朋友是兒童醫院的一個病人，有輕微的小兒痲痺症。我很高興，我甚至爲了和她們一起出遊而取消了另一個約會。因爲我和女朋友在一起的時候總是很開心。她因性格開朗，幽起默來頭腦相當敏捷。」

他講到這裡停了下來，把酒瓶裡的啤酒全都倒入自己的杯中，然後接著講：「我們開車到半月灣。我們說著笑話，唱著歌，海闊天空地聊著。在回來的路上，我的女朋友突然變得不安起來。她不停地催促我踩油門加速，說時間太晚了。我問她爲什麼這麼急著回家。她說她有許多事情要做，像是洗衣服、熨衣服、打掃房間等等。但是，我懷疑她另有約會，因爲那是星期六，她欺騙不了我，我一下子感到非常嫉妒。」

張靈羽喝了一口啤酒，抹了抹嘴巴繼續講：「所以，我故意放慢速度。我女朋友氣得夠嗆，她開始出言不遜。那更是火上澆油。當車子駛入舊金山的時候，我故意拐錯了彎，並迷了路。我開著車轉來轉去，假裝找不到回家的路。我女朋友叫我停車，讓她下去。她想坐公共汽車回家。她那麼急著回家，甚至連她那個患有小兒麻痺症的女朋友都顧不上了。我堅持讓她先把她女朋友送回醫院。她氣得開始打我，揪我的耳朵，甚至去抓方向盤，以便強迫我把車停下來。我差點撞到一輛大卡車上。這才把她嚇得不敢再抓方向盤，且終於鬆開了手，她的手攥得那麼緊，使得指關節都變成蒼白色了，她在我身邊坐立不安，不停地亂叫亂罵。而這時，我在舊金山城內錯綜複雜的道路上卻眞的迷了路。」

張靈羽點燃一支煙，吐著煙圈，沉湎於往事的回憶之中。「你要知道，她緊攥的拳頭眞把我嚇得夠嗆。」他接著說。「她的行爲讓我想起薩默賽特・毛姆在他的一本小說中描寫的一個性慾衝動的慕男狂。我認爲，她一定在預感著和她情人的銷魂夜晚，這使我感到妒火中燒。但她心中的怒火卻更爲旺盛。當她看見一輛黃色計程車的時候，就尖聲大叫起來。我趕緊把車停到路邊，讓她下車。在女人所有的武器中，包括拳頭和牙齒，最讓人可怕的就是尖叫。身爲這個國家的一個僑民，我不想讓自己留下捲入一位女人尖叫事件的記錄。所以，我讓她下了車，並開車把她的女朋友送回醫院。但是，我心中的妒火越來越旺。」

「我把病女孩送回到她的護士那裡之後，就抄了一條近路趕到我女朋友的住處，把車停在她的門前注視著。那時，天都幾乎快黑了。她客廳的軟百葉窗已經放下，但裡面有燈光，所以我知道她回來了。我等了足足有二十分鐘，胡亂地猜想著她正在幹什麼事情。突然駛來一輛轎車，它放慢了速度，顯然是想尋找一個停車的位置。它拐到街角處，大約三分鐘以後，一個男人出現了，他穿著一件春裝，頭戴一頂帽子。我看不清楚他長得什麼樣子。他走上台階，按響了我女朋友的門鈴。房門馬上打開了，把這個男人迎了進去。我坐在自己的車中望著窗子，讓自己的想像力折磨著自己。而實際上根本用不著怎麼想像，就能知道裡面發生的是什麼事情。十幾分鐘後，房子裡面的燈光就滅了。」

張靈羽把杯中的啤酒一飲而盡，又使勁吸了一口煙，噴出一股濃濃的煙霧。「那一週我成了一個死人。」他接著說：「我成了一塊行屍走肉——吃喝，呼吸，但心中萬念俱灰。可是在這一週還沒有過完，我就好了。那是因爲那時我是個魔鬼，想到了做一些破壞性的事情。到了又是星期六的時候。我走進一家百貨商店，做了一件我再也沒有勇氣做第二遍的事情。我走到一位女售貨員身邊，要求買一件女式內衣。我沒敢正視她的臉。儘管我是個魔鬼，還是有點不好意思。她問我要多大尺碼，我說多大尺碼都行。她肯定以爲我是一個剛剛從精神病院後門跑出來的精神病患者。不過她還是幫我選了一件粉紅色內褲賣給了我。它的尺碼差不多正合適。我把它包在女朋友上星期忘在我車上的一塊頭巾裡，然後我就回到家中，等著演出我的大作。

「好，到了晚上。差十分七點的時候，我開車來到女朋友的家。我把車停到半條馬路遠的地方等著。她的情人那天來晚了，一直到八點才出現。當他正往台階上走的時候。我追趕上他：『你是去看某某小姐嗎？』我問他。他看著我猶豫了一會兒，然後答道：『是的，有什麼事？』『她昨晚在我公寓忘了一些東西。』我邊說邊把小包遞給他：『我正急著去趕飛機，沒有時間再去見她。另外，請你告訴她明天我不在。多謝了。』我一演完我的角色，趕緊衝到自己的車裡，開車跑了。以後的事我就不用操心了。一位紳士可能不會在意那塊頭巾中包的是什麼東西，但那位男人在我眼中並不像個紳士，他是那種鬼鬼祟祟的人，他也許是城外來的，有家室妻小。不管怎麼說，我把我的炸彈扔了出去，那顆炸彈是否會爆炸，我不知道。」

「你對那位女孩導演的是一場非常下流的惡作劇。」王大說。

「相當殘酷。」張靈羽說：「你要知道，她對那位男人一定非常在意。可是我卻成了一個大傻瓜。我認爲我眞的愛她。正像莫泊桑所說的那樣，假如一個男人對一個女人愛到極點的時候，他的眼光都會變得盲目起來，同時他本人也會變得愚蠢和粗暴無禮。我就像一個瘋子一樣粗暴，極富毀滅性。那位女孩對我祇不過好友而已，她從來沒有說過她愛我，而我卻把她認定爲自己的人，而且我對她搞了一個如此愚蠢的惡作劇。現在每當我想起這件事，眞想狠狠踢自己幾腳。我認爲趙海倫小姐和我犯的是同一種錯誤，她變得有了毀滅性，唯一的區別是她毀滅了她自己。」

「我們的情況各不相同。」王大說：「我和她有非法的肉體關係。」

「我還沒有碰見過一個男人，在酒精的刺激下，能夠抵擋得住一個女人的誘惑。」張靈羽用手敲打著桌沿一字一句地說：「你知道，我認爲她實際上是華人婦女短缺這種特殊情況的犧牲品。正因爲華人婦女不多，她就不由自主地抬高了自己的身價，或者說高估了自己的價值。結果，她祇能對你這樣的傢伙感興趣，年輕、英俊、受過良好教育，等等，等等。而且她認定你會娶她。她祇是不能面對你根本不愛她的現實。就像我不能面對我的女朋友和其他男人戀愛－而且出於這樣那樣的原因，她還得要保守秘密，或許她正在等待著那男人和他妻子離婚－的現實一樣。我認爲，在這個世界上，有許多毀滅性事件的發生，原因其實很簡單，都僅僅是緣於我們之中的許多人害怕面對現實。唉，現在我講起話來眞像個牧師。你還想喝點啤酒嗎？」

「不要了，啤酒讓我發昏。」

「走，咱們到格蘭大道去轉轉。」張靈羽說：「天黑後的格蘭大道景色相當不錯。我希望有一天能有時間寫上一本書，一本充滿浪漫傳奇色彩的書，書名就叫《夜幕下的唐人街》。我敢打賭，我肯定能寫出這樣的一本書，因爲我已經把我的博士學位扔到陰溝裡去了。」他喝完杯中的啤酒，然後站起身來：「咱們走。」

他們走出巷弄，穿過華盛頓大街向格蘭大道走去。他們還沒有到達格蘭大道，就聽到一聲槍聲。「好，」王大笑著說：「看來現在有人正在爲你的書寫第一章呢。」

「那是爆竹聲。」張靈羽說：「你沒有意識到再有兩個星期就過春節了嗎？」

王大看看晴朗夜空中圓圓的月亮。「二月中旬。對，再過兩個星期，馬年就要到了。你會到這裡來過年嗎？」

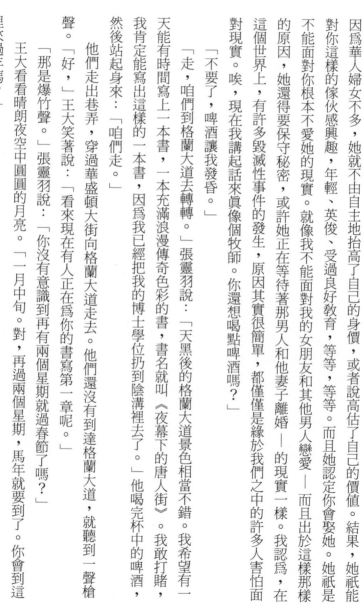

「我年年都在舊金山過年，從來沒有漏掉過。我喜歡遊行、爆竹聲、龍舞、扭秧歌、賭博等等。你是知道的，唯有在春節期間，你才能在這裡眞正獲得某些中國人的精神—馬馬虎虎精神。甚至警察都會有點寬容，也打算對某些限制寬鬆一下。就舉停車爲例吧，你甚至可以把車停在一塊『此處任何時候均禁止停車』的牌子下，而不會得到罰單。再說爆竹，法律禁止放爆竹，但在春節期間，法律就閉上了一隻眼說：『買賣爆竹是違法的。』可法律對放爆竹卻一句話也沒說。所以，大家把爆竹扔得到處都是。那就是馬馬虎虎精神的極好範例，這個城市眞正抓到了它的眞諦⋯⋯。」

他們正在邊走邊聊地往南向格蘭大道走去的時候，被另外兩聲槍聲嚇了一跳。許多人都停下腳步，轉身向傳來槍聲的方向望去。突然，一個人猛地從薩克拉門托大街衝出來，衝上面對鮑威爾街西側的小山坡。很快，另兩個人衝過格蘭大道，其中一位正在朝天放槍，喝令逃跑的人站住。張靈羽和王大加快了腳步；當他們走到薩克拉門托大街時，一輛警車正鳴著尖叫的警笛疾駛而過。

「剛才那聲不是爆竹。」王大說：「那是你《夜幕下的唐人街》的第一章！」

「看。」張靈羽叫道。他趕緊轉過來向薩克拉門托大街的東頭望去，大約一條馬路遠的地方有一輛紅燈閃爍的救護車。一小群人圍在附近，指手劃腳地議論紛紛。王大和張靈羽急忙趕到現場，祇見一個人正被抬上救護車。「好了，咱們走。」一個警察說著，打開他停在救護車旁邊的巡邏車。兩個男人正在安撫車內一個哀鳴的女人。

「簡直不可思議。」張靈羽說：「那不是唐小姐嗎？」

「對，那正是唐小姐。」王大說。

「還有誰是證人？」警察問道。

「我們跟你去作證。」一位衣冠楚楚的年輕華人說著，拽著一個身穿淺藍色晚裝的女孩，和警察一起上了車。

救護車發動起來，往北向卡尼大街開去。警車跟在後面。呼嘯的警笛聲很快就在遠處消失了。

「發生了什麼事情？」張靈羽向一個旁觀者問道。

旁觀者聳聳肩膀。「某個人爲了一個女孩向另一個人開了槍。」他說：「你會在報紙上看到的。」

人群開始逐漸散去。「又一個毀滅性事件。」張靈羽說：「那就是和像唐琳達這樣的小姐攪在一起的結果。」他們開始朝格蘭大道往回走的時候，張靈羽又補充了一句：「你知道，那個人也可能就是你。」

王大好一會兒沒有做聲。「我會是哪一位？」他最後問道，儘量不被這個事件所壓抑：「是逃跑的開槍者，還是救護車裡的那位？」

「自然，是救護車裡的那位。」張靈羽說：「你知道，你也許是那種罕見類型的男人，不會因爲愛得太深而變成有毀滅心理的人。你衹是變得不快樂，如此而已。」

「我說不準。」王大說：「有時候我眞想去炸或開槍去打什麼人，我們還要到什麼地方去？」

「這個晚上讓槍聲給破壞了。」張靈羽說：「我祇想到旅館去睡覺，我不能見到鮮血，我痛恨暴力。」

「可是你卻還想寫一本《夜幕下的唐人街》。」王大說。

「我想寫的是它的浪漫，它的特色，它的奇趣和安詳。暴力祇能扭曲唐人街的美好畫面。我覺得這次槍聲又是一種此類特殊情勢的結果—沒有足夠的女人交往。在上海，像唐琳達這樣的小姐成打成打地大把抓，套用一句美國人的話說，沒有人會爲她動一下指頭，更不用說開槍了。」

「看來你把一切過錯都歸咎於女人的奇缺上了。」

「是的，你的事情就是一個好榜樣。像你這樣的人早就應該結婚了，正在家裡和三個孩子一起享受天倫之樂呢。可你還是這個樣子，在這種不合時宜的時間在街上閒逛，爲自己的不幸傷心。你知道，我越是琢磨這種情勢，就越相信女人的奇缺是唐人街一切悲劇的根源。你信不信，趙海倫小姐是被一只雙筒獵槍殺死的。」

王大看著張靈羽，皺起了眉頭。「我不懂你說的是什麼意思。」

「第一只槍筒，是她在這種特殊的情勢下過高地估計了自己，正像我已經說過的那樣；第二祇槍筒，是因爲在這種情勢下，像你這樣英俊瀟灑的男人不得不和她這樣的醜女人周旋——」

「我們還是談點別的事情吧。」王大打斷張靈羽的話：「我們就此結束有關她的話題。」

「我想到旅館去。」張靈羽說：「槍聲把我的心情攪得一塌糊塗，現在我一句話都不想說了。」

王大陪著張靈羽走到布什大街的旅館後，就穿過斯托頓街回家了。這條路還眞不短。他回味著張靈羽所講的話，發現在他的玩世不恭中還是有一些基本的人生哲理。王大發現一個人既能玩世不恭又很樂觀，眞是不尋常的事情。毫無疑問，張靈羽就是這樣一個人物。或許他的態度正是這種特殊情勢下的特殊產物；或許那就是一種正確的態度，甚至那就是一個中國難民在面對這種情勢時，如果想在節制中獲得快樂，所應該採取的唯一態度。當他回到家裡的時候，感覺到心情稍微好些，就好像為一種痛苦的疾病找到了一個暫時的解脫一樣。

二

爲了便於塡寫支票，王老爺一直在努力學著寫英文。每天他都以他練習書法的同樣熱情和一絲不苟的精神練習書寫「one, two, three…。」一直寫到一百。譚太太給他買了一支原子筆，他握著原子筆感到有點彆扭，就像一個美國人第一次使用筷子一樣。

不管怎麼說，王老爺決心學會寫到一千，因爲那是他打算在支票本上經常保持的數目。他發現寫支票有著極大的樂趣，那似乎能夠給他極大的權威感覺，使他覺得自己很重要，另外，知道能讓收取支票的人和銀行裡的人們看到他的書法，也使他產生了一種滿足。

這是一個寧靜的晚上。吃完晚飯，享受了一陣咳嗽的樂趣之後，他就開始練習寫英文字，一直練到手指發麻。他把原子筆放到一邊，按摩著自己的手指，並把指關節掰得軋軋作響，同時滿意地欣賞著自己寫在上等證券紙上的英文字的效果，感覺十分開心。他想著，假如老婆仍然在世的話，不知會對他所獲得的新本事作何感想。她對他的書法一直欽羨不已。現在這種奇怪的文字肯定也會激起她的仰拜之情，不過他拿不準自己寫出來的是否缺乏勁道和特色。在這些日子裡。曾經有一天，當他對這種文字此較熟悉以後，他突發奇想，要是用英文寫上一幅對聯貼在牆上，看上去不知道會是什麼效果。今天寫得已經不少了。他把寫字的傢伙放到一邊。招呼劉媽把人參湯和中文報紙送來給他。

劉媽馬上進屋來，好像她一直就在門口等候著老爺吩咐。她的胖臉激動得發紅，薄嘴唇閉得緊緊的，似乎嘴中含著一些炸藥，隨時準備把炸藥吐出來一樣。「老爺，」她一邊把中文報紙放在王戚揚的桌上一邊說：「請你讀讀登在這裡的這篇配有插圖的新聞。」

那是一個女孩的照片，她長著一副鴨蛋形臉龐，留一頭披肩波浪長髮，戴著七層寶塔形的耳飾。王戚揚想，又出了一個女魔鬼。他微皺眉頭讀著新聞，標題是《唐人街上的槍戰》。「昨晚，兩位男人為一女郎大打出手，其中一人被槍擊中。女郎名叫唐琳達，乃一離婚女子。她昨晚與一位她聲稱為其哥哥的男子同在薩克拉門托大街的一家商人俱樂部跳舞。她在同『哥哥』跳貼面舞的時候，沒有理睬向她打招呼的前男友。她的前男友名叫魏迪克，是個海員，他拍了拍她裸露的肩膀，問她是否聽見他的招呼。唐小姐睜開眼睛，抖了抖睫毛。魏對她的冷漠態度非常不滿，又拍了拍她的肩膀，告訴她先別跳了，他想要和她談談。接著就發生了一場爭吵。她的舞伴，據後來證實名叫孫喬治，是位保險商，請魏出去理論。他們二人走出俱樂部。當孫在脫外衣的時候，魏掏出一支槍對準孫。孫此刻表現出了非同尋常的勇敢，毫不在乎指向自己的槍口，猛然向魏撲去，結果他的腹部立刻中了一槍。魏在鮑威爾街被警方逮捕，已被指控涉嫌以致命武器謀害人命。孫被送往東華醫院救治，據院方稱尚未脫離險境。」

王老爺不過一會兒就讀完了這篇報導，抬起頭來說道。「一個女魔鬼的新聞，我平常根本不會把自己的時間浪費在這類胡說八道上面，妳爲什麼讓我看這篇報導？」

劉媽一句話也沒說，從衣袋中掏出一張照片，擺在王老爺面前。王戚揚皺著眉頭看著它。「這是那個女魔鬼的照片，妳從哪裡弄來的？」

「在大少爺的房間裡。」劉媽有點得意地說：「我是在他書桌的抽屜裡找到的。」

「叫大少爺馬上到我屋裡來。」

「他不在家，吃完晚飯就出去了。」

「不可救藥的喪家犬。」王戚揚氣憤地叨咕了一句。他把照片扔到桌子上，問劉媽：「他每天晚上都出去嗎？」

「我不知道，老爺。」劉媽說：「但我每次在晚上路過他的房間時，他房間的燈總是關著。」

「他有沒有把壞女人帶回家裡來過？」

「我不知道。」劉媽答道。然後她俯身湊上前去吐露道：「劉龍告訴我，有一天晚上他聽到少爺房間聲音不對勁，我可以去問問劉龍他聽到的是哪種聲音。」

「山少爺在哪裡？」王戚揚問：「今天晚上家裡人都跑到哪兒去了？」

「山少爺和譚太太一起去看電影了，還沒有回來。廚子有一個客人…。」

「我對廚子不感興趣。」王戚揚打斷她的話：「譚太太回來時請她來見我，把這碗人參湯端走，今天晚上我一點也不想喝。」

「老爺，我給您捶捶背好嗎？」

「用不著。」

劉媽離開以後，王戚揚在屋裡踱來踱去，對王大的雜亂生活咬牙切齒。他決心要管教王大，卻又不知如何做起。假如他斷絕他每月的開銷，人們可能會說他吝嗇，而這小子也可以從他姨媽那裡要到錢，假如他痛罵他一頓，他的話可能會從這小子的一個耳朵進去，馬上又會從另一個耳朵出來。而且他也不能用管教王山的竹棍子打這個成年人的手心。他突然懷念起過世的老伴來，感到有些事情沒有她還眞是無能爲力。她是一個好女人，家教有方，總是把家裡的事整治得井井有條。自從她去世以後，似乎所有的事情都失去了章法。兒子們變得難以管教，傭人們越來越懶，也不如過去那般忠誠了，現在這個新家，遠不如在中國的老宅寬敞，卻也顯得空空盪盪，孤獨淒涼，而且家庭的溫暖也一去不復返了。

他走進客廳，這是唯一一間能和他中國老宅的中廳相比的房間。他在老宅的時候，總是喜歡在中廳踱步，坐在炕上抽水煙袋。炕，就像一個大雙人床般寬敞，中央擺著一個小炕桌，桌上放著紙捻、西瓜子、茶和各種蜜餞，他衹須一伸手就夠得著。炕桌的兩邊放著老伴親手做的繡花枕頭，他習慣於飯後躺在炕上打個盹。中廳裡供奉著寬額頭、大耳垂的老壽星，擺放著堆滿新鮮水果的果盤、鍍金的時鐘、香爐，還有一個向外能看見竹林花園的月亮形窗戶……。可這間外國式樣的客廳裡有什麼東西呢？除了直背椅子外，其他什麼也沒有。這房間幾乎就是一塊鬼魂不散、滿目遺棄相的不毛之地。他馬上回到自己的臥室，拿出一張紙，開始列出他想要購買的東西。他必須爲了馬年的到來重新裝飾客廳，而客廳確實也該裝飾裝飾了，他一定要用古老的精神和過世老伴所創造出的老宅溫暖來驅走這座外國房子的鬼魂氣息……。

十點鐘左右，譚太太來到他的房間。「劉媽告訴我你想見我。」譚太太說著，坐到一把藤椅上：「出了什麼事了？」

王戚揚的咳嗽正好發作起來：「妳看到中文報紙了嗎？」他清了清嗓子問道。

「看過了。」譚太太說完，瞇起眼睛看著王戚揚，皺起了眉頭：「你的咳嗽越來越嚴重了，如果中醫不能徹底治癒的話，你最好還是去看看西醫。你應該好好治一治……。」

「此刻我擔心的並不是我的咳嗽。」王戚揚打斷她的話：「假如我的兒子們沒有忙著毀滅他們自己，我的咳嗽就會好得多。報紙上說，一個男人爲了一個壞女人殺死了另一個男人，妳看到了嗎？」

「那個男人沒有被殺死。」譚太太說：「我認識他，他還在醫院裡。這類事情在美國社會非常普遍，不過在唐人街這倒是十五年來的第一件。」

「妳知道王大也和這個壞女人在一起糾纏不清嗎？」

譚太太看上去是頗爲震驚：「不，我不知道。」她說：「警察來過了嗎？」

「沒有，但是劉媽在王大書桌的抽屜裡發現了這個女人的照片。」

譚太太盯著她的姐夫看了一會兒，然後失望地搖了搖頭。「我的姐夫，有她的照片未必意味著和她糾纏不清。剛才你可毫無來由地把我嚇了一跳。這個女人可能想成爲一個歌星什麼的，因此就像一個街頭散發傳單的，到處散發她的照片。我不相信王大會和像她這樣的女人交往。她以前是個舞女，合法的非法的都算上，至少結過十二次婚。」

「王大和那個麻臉女人——屍體在海裡被發現的那個——也交往過。」王戚揚說：「爲什麼他總是和這些女人來往，不是捲入殺人案件就是死於暴力？」

譚太太飛快地瞟了一眼門口，湊上前去警告王戚揚說：「我的姐夫，我希望沒有人聽見你剛才說的話。照你的話去理解，王大簡直就是一個專門謀殺女人的黑幫頭子。趙小姐是死於自殺，報紙上說警方已經證實了這一點。你再也不能像這樣談論這件事情了！」

「我的妻妹。」王戚揚嘆了一口氣說：「王大是在羊年出生的，他應該是一個天性善良的人。但是，現在我開始懷疑這座房子裡有一個鬼魂一直糾纏著他，領著他往邪路上走，帶著他捲入血腥和死亡…。」

「那是迷信！」譚太太斬釘截鐵地說。但王老爺沒有理會她，他站起來，在屋裡走來走去。然後說道：「妳姐姐所創造出來的古老精神已經消失了。新房子和老宅總是不一樣。也許這就是鬼魂侵入這座房子的根源。今天我做了一個決定，我想把客廳裝飾成老宅中廳的樣子，一切東西都要像老宅裡妳姐姐擺放的那樣佈置，妳知道唐人街那裡有賣炕的嗎？」

「我認識的一位商人那裡可能有賣的。」譚太太說，她的聲音變得柔和了些：「你是對的，姐夫。自從我姐姐去世以後，事情就不那麼對頭了，她那座鍍金時鐘還在嗎？」

「還在，我已把它帶到美國來了，而且我還有老壽星的畫像。現在缺的就是炕，祇要房子裡恢復了老宅氣氛，也許馬年就不一樣了。」

「或許是。」譚太太說：「假如你早就想起我姐姐來的話，或許任何鬼魂都不會出現，也許你的咳嗽也不會這麼嚴重，現在你終於認識到這一點，我非常高興。」

在譚太太離開王宅去唐人街尋找炕之後，王戚揚打開他鎖著的另一個櫃子，取出老壽星的畫像和鍍金時鐘。鍍金時鐘是他老伴生前在老宅最爲珍愛的一件東西。在王戚揚看來，這兩件東西在中廳具有驅除任何鬼魂的神力，可以把它們擋在所有房間的過道之外。然後，他又把最好的墨汁倒在大硯台裡，再用最大的毛筆寫了幾幅對聯。對聯的詩句和當年在老宅所寫的詩句一模一樣。一切準備就緒以後，他把劉媽叫到房間裡，將他的打算告訴了她。

第二天，劉媽和劉龍開始重新裝飾客廳，重新擺放傢俱。一張配有小炕桌的黑漆柚木大炕被送到王宅。它被擺放在正對著門口的牆邊，炕的兩邊貼上了對聯，老壽星的畫像被掛在小炕桌右邊的牆壁上，桌上呈三角形方式擺著一個香爐和滿滿兩盤桃子作爲供品。鍍金時鐘擺在香爐的前面。按照老式擺法，所有這些東西都應該靠左邊牆壁擺放，但是這座外國房子的左邊牆上有一個壁爐，在王老爺看來，這個壁爐除了給鬼魂當作另一個出入口以外，沒有任何其他用途。所以，他決定把老壽星掛在對面牆上，好讓神仙能夠有一只眼監視著「牆上的鬼洞」。當幾盆蘭花被擺定在房間的各個角落以後，他們又用椅子和紫檀木茶几沿牆填滿了空餘的地方。劉媽更把各個房間的門口都掛上了從老宅帶來的絲綢繡花門簾。除了六個銅痰盂，劉媽把所有能帶的東西都帶來了。譚太太說在這個國家很難買到銅痰盂，因此，房間裡也就祇好不擺它們了。

與此同時，廚師也忙著為過年清掃廚房。他清洗了所有的東西，還把地板刷洗乾淨。他取下成年掛在爐灶上方的灶王爺畫像，在它的大嘴唇抹上蜂蜜後把它燒掉，為的是讓它升天以後幫這家多說點好話。接著他把一張新的灶王爺畫像貼回爐灶上方。但有件事情多年來一直煩擾著他，那就是外國的廚房裡沒有灶王爺的傭人——蟑螂。這事在馬年一定要想法子妥善解決。他把事件報告給了王老爺，王老爺又告訴了譚太太，請她想想辦法。譚太太討厭蟑螂，不過既然這不是她的廚房，她答應可以向任何一家報社的廚師去要幾隻，因為報社都有唐人街上歷史最悠久的廚房。

到了臘月二十九，王宅徹底打掃乾淨。兩隻大蟑螂也被放進廚房，薰肉臘腸也掛到了廚房的牆上，象徵著宅子的繁榮昌盛，兩條活魚在一個水盆裡游來游去，一隻老母雞的腿拴在廚房裡的桌腿上，在案板下面咯咯地叫著。海參、燕窩、魚翅也正在大碗的清水裡發泡。廚師正在磨著菜刀，準備在做年飯時大展一番身手。

劉媽和劉龍從他們的箱子底翻出他們最好的衣服，把所有的舊衣服都洗得乾乾淨淨，並把被褥晾曬出來。王老爺請來了一個廣東理髮師，讓王宅裡的所有男性都理了髮，王老爺付錢給理髮師時，特地把錢用紅包包起來，包含著幸運的祝福。王老爺另外也準備了十幾個紅包，有的包著五美元，有的包著十美元。他要把這些壓歲錢發給他的傭人和兒子們，以及可能會來給他拜年的朋友的孩子們。

到了大年三十，一切準備就緒。這一天最主要的事情就是除夕的年夜飯。在中國，年夜飯可能會是至少二十桌酒席的盛宴，客人和親戚們可能會打麻將賭錢玩到天亮，那時門前接連不斷的鞭炮聲，將會久久不能平息，歡呼迎接新一年的到來。可是在這個國家裡，王老爺除了譚太太，沒有其他的任何親戚，所以盛宴也不過是「一桌酒席」的事情而已。但那可是精心製作的一桌，所有的佳餚都用雞湯烹製，用蘑菇和竹筍刻成的花朵裝飾一番。十五道菜中包括兩道湯和廚師的拿手戲——八寶飯，那是一道甜點，設計複雜的糯米飯裡攙雜著紅棗、蓮子以及各種各樣顏色的蜜餞。樣子就像一座嵌滿珠寶的人造小山，盛在一個景德鎮大瓷碗裡。

在年夜飯桌上，每個人都把個人的悲傷和憂愁置於腦後。王老爺，坐在面向門口的主座上，實際上滿心歡喜，但並沒有笑得失去他的尊嚴。譚太太，坐在他右邊的次席，一直不停地往她的外甥們碗裡夾菜。王大慢慢吃著，顯得很有節制，偶爾咧嘴一笑，顯示出他對傳統的尊重，準備以全新的身心進入新的一年。昨天晚上剛剛看過一場羅賓漢電影的王山，手裡拿著一隻大雞腿在啃，這在一般情況下可是會惹得長輩生氣的不雅舉止，今天卻沒有一個人爲此生氣，王山知道這一點，所以他充分利用這個難得的機會。

「我希望你們每個人都把你們的舊債還清。」王戚揚慈眉善目地對兩個兒子說。在春節來臨之前把舊債還清是件十分重要的事，所以王戚揚提前把家中所有的帳單全部付清了。王山再一次充分利用了這個機會，他說他訂購了一輛自行車和兩個網球拍。

「爲什麼要兩個網球拍？」譚太太問。

「學校裡的每個人都有一個備用球拍，姨媽。」王山說。

王老爺不知道網球拍是什麼東西，而且他對弄清此事也不感興趣。「你這些東西一共需要多少錢？」他問道。

「七十五美元。」王山答道。

「把商店的地址給你姨媽，然後我們給他送一張那個數目的支票去。」王戚揚說。

王山謝過父親，很快就吃完了年夜飯。他偷偷溜出家門，趕緊去訂購自行車和網球拍。他很後悔沒有對父親說需要一百美元。

「你怎麼樣，王大？」譚太太問。

「姨媽，除了欠你的五百三十美元，我沒有外債。」王大說：「不過，今年我可還不起欠你的錢。」

「我寫給你姨媽一張五百三十美元的支票。」王戚揚急忙說道。

「謝謝爸爸。」王大說：「假如你和姨媽不介意的話，我想還是我自己來還這筆債⋯⋯。」

王戚揚抬起頭來看著自己的兒子，好像有點不高興。「你將用什麼東西來還⋯⋯。」

「哎嗨，哎嗨。」譚太太咳嗽了幾聲說：「王大，你的車怎麼樣？還能跑嗎？」

「還行，還能跑。」王大說：「這車不錯。」

他們相互對視了一下，就不再談論錢的事情了，他們談論起愉快的話題，表達著沒有任何爭吵餘地的一致意見。他們吃完年夜飯後，傭人們坐到桌旁，年夜飯繼續進行，直到餐桌上的佳餚被吃掉大半。年夜飯吃得非常愉快，每個人心情都很好，那是新的一年繁榮昌盛的好兆頭。

第二天清晨，整個王宅都被劉龍在前門燃放的一掛十五英尺長迎接馬年的鞭炮喚醒。在王老爺的監督下，中廳裡的香火被點燃，食品和水果等供品被供奉到祖宗的牌位之下。十點鐘，一頓豐盛的早餐—有稀粥及多種冷菜，包括臘肉、香腸、各種下水和雞鴨肉等—過後，拜年正式開始了。

譚太太早早就來了，她向王老爺鞠了個躬，王老爺雙手抱拳，微笑著禮貌地作揖還禮。然後王大和王山給長輩們各鞠了三個躬，兩位長輩點了點頭，算是還禮。行禮過後，父親和姨媽各自從他們新緞子長袍的口袋中掏出紅包遞給王大和王山，他倆按照習俗和良好教養所要求的那樣，假意推辭了一番就收下了。

傭人們不願意用鞠躬的方式拜年。他們堅持讓王老爺和譚太太坐在劉龍擺在大廳中間面對門口的兩把太師椅上。他們坐好之後，傭人們在廚師的率領下，挨個向他們磕頭拜年。王老爺非常高興。傭人們還是那麼忠誠老實，即便在外國的土地上仍然不願意放棄老習慣。他一邊微笑著接受他們行磕頭禮，一邊揮著一隻手說：「好了，好了。別弄髒你們的衣服，別弄髒你們的衣服。」

譚太太坐在椅子上掙扎著，就像一位正在被她不喜歡的男人糾纏著的十六歲大女孩。她把頭扭向一邊，半帶微笑半皺眉頭，連連擺著一隻手說：「起來，夠了，起來吧！」

傭人們磕完頭後，王老爺和譚太太又一次把手伸向口袋，他們各自掏出三個紅包散發給傭人們。傭人們推辭著：「不要，不要。你們對我們太好了，老爺，譚太太，請不要給我們錢，我們不配！」直到他們迫不急待地往自己口袋裡裝錢的時候，嘴上還在推辭著。

「王大，王山。」譚太太對她的外甥們說：「今天我在紅瓦樓餐廳預訂了春節晚宴。你倆六點鐘到那兒去。不要晚了，否則我們就會錯過八點半格蘭大道上的新年遊行，你們聽清楚了嗎？」

「聽清楚了，姨媽。」王山說著，急急忙忙往外走。他口袋裡的紅包包著十個美元，個個都在那裡等得坐立不安了。「我會去的，姨媽。」然後他又用英語補充了一句：「現在有新年遊行！我可以走了嗎？」

「你可以走了。」譚太太說。

王大也向門口走去。「謝謝你們給我壓歲錢，爸爸，姨媽。」他說：「我會準時到餐廳的。」

兒子們走了以後，傭人們也告退了。王戚揚長嘆了一口氣，對他的小姨子說：「我很高興，至少還有一個兒子沒忘了他是個中國人，仍然懂得一點禮節。」

「王山的年齡正是調皮的時候。」譚太太說：「我對他倒不擔心。等他長到王大的年齡，他會更懂事的。」

「王大都快三十歲了。」王戚揚說：「按孔夫子的話說，三十應該而立了。」

「孔夫子生活在兩三千年以前。」譚太太說：「現在的標準不同了。在當今的現代世界，有不少人過了四十歲還在上學，男女都有⋯⋯。」

「是的，是的。」王戚揚急忙打斷她；「可王大還是個單身漢，我一直爲這件事操心。哦，我忘了告訴妳，妻妹，在一位中醫的推薦下，我已經通過香港的媒人在爲他尋親。前天我收到一張照片。那女的相貌不錯，是兔年出生的。我想先聽聽妳對這位女孩的意見，然後再對王大講。」他從衣袋裡掏出一張小照片，遞給譚太太。譚太太端詳了一會兒，臉上沒有現出任何表情。

「妳覺得她怎麼樣？」

「我喜歡這張臉蛋。」譚太太說：「可她的四肢和體重如何？你有對她的身體的全面介紹嗎？」

「沒有生理缺陷。」王戚揚說：「這是打了保票的。她有點豐滿，這從她的臉上可以看出來。她眞可說是稱我心如我意，因爲豐滿預示著多子多福。」

譚太太又端詳了一會兒照片，然後笑著說道：「我喜歡這個女孩。她眼光穩重，長著一雙厚嘴唇，說明她老實可靠。她的家庭背景如何？」

「她父親是一位中學教師，死於三年前的香港大火。」

譚太太點了點頭。「我先把照片拿走，請一位著名的相面大師仔細給她相相面。假如她成了王大的妻子，早晚有一天她會分享我的財產，所以我必須對她的品德了解清楚。」

「妳是對的，妻妹。」王戚揚說：「可現在我們面臨著一個難題。即便這位女孩就像媒人擔保的那麼好，我們又怎麼能把她弄到這個國家來呢？中醫說，假如王大不是這個國家的公民，辦起來可相當麻煩。」

「我把這事和蕭女士談談。」譚太太說：「蕭女士是我的公民課老師。我們向她咨詢一下。今天晚上你就會見到她，我已經邀請她來參加我們的春節晚宴了。」

她又端詳了一番照片，然後點了點頭，飛快地把照片放進手袋。「我喜歡這位女孩。」她平靜地說，儘量掩飾著自己的激動：「我希望這張照片是最近的照片，唐人街上一個開餐館的娶了一個香港的照片新娘，結果這新娘瞞了他整整十五歲。」

「我相信這一位不會有詐。」王戚揚說：「照片看上去是新的，再說媒人的聲譽不錯，是一位已經成爲我好朋友的中醫推薦的。」

「我倒想見見這位中醫。」譚太太說：「咱們請他也來參加我們的春節晚宴吧。趕緊給他寫一個請帖，叫劉龍給他送去。他作爲你的好朋友，如果沒有其他約會的話，也該來喝上一杯酒呀。」

王戚揚同意了。他趕緊走進自己的房間去寫請帖，而譚太太在中廳裡踱來踱去，用手帕當扇子給自己扇著。當她看到王大的婚姻有了眉目，女孩那天眞無邪的面孔又很稱心如意，變得越來越興奮。她自己沒有孩子，因此非常希望看到姐姐家不斷發展壯大。而且，既然她的錢財最終總是要用於如同給這個家庭的大樹施肥般，所以，她覺得照顧著這棵大樹，別讓不受歡迎的種子和其他植物糾纏上並汲取它的養料，是自己義不容辭的責任。當她一想到這一點，立刻變得著急和緊迫起來。「劉龍，劉媽！」她叫道：「你們都過來，告訴廚師也過來！」

傭人們聚集到中廳的時候，譚太太從錢包中掏出一張二十美元的鈔票交給劉媽。「今天晚上我在餐廳舉行晚宴。你們三個沒有什麼特別的事情，也可以去餐館吃頓飯，飯後去看看遊行。這些錢你們拿去花吧。」

劉媽笑容滿面地接過二十美元。她謝過譚太太後，讓她丈夫和廚師也趕緊向譚太太表示感謝。

「姐夫，你的請帖還沒有寫完嗎？」

王老爺急忙拿著請帖走出房間，譚太太馬上接過來交給劉龍。「趕緊把它送去。請告訴中醫一定要賞光參加。」

「嗯？」

「噢，我忙死了。」她說著，從聾子傭人手裡奪下請帖交給廚師。

「老馮，你去送請帖。地址寫在信封上面。姐夫，咱們六點鐘紅瓦樓見。」

「你這麼急著要走嗎？」王戚揚問。

譚太太急著想去見相面大師，儘快爲照片上的女孩好好相相面，但她不想表現得那麼迫切。

「是的。」她說：「我得回家睡個午覺。」

王老爺笑了。他坐到炕上，又享受了一陣自己的咳嗽。

三

整個唐人街都響著震耳欲聾的鞭炮聲。唐人街有一條非正式的邊界線，東邊從卡尼大街起到西邊的拉爾金大街止，中間有九條大街，南邊從布什大街到百老匯大街，一直延伸到北海灣的意大利「僑民區」。但是，在格蘭大道和斯托頓街——唐人街的商業中心——春節的鞭炮聲整整喧鬧了一天。

從早晨六點鐘起，格蘭大道滿街都是火藥味、飯菜香和酒氣。許多商店都歇業放假了，但舊金山灣的微風還是吹來了音樂和笑聲。美國星條旗、國民黨的青天白日旗在各種彩色的旗幟和燈籠中迎風飄揚。人行道變成了花市，到處都是粉紅色和白色的杜鵑花、山茶花、水仙花、蘭花草、睡蓮、梅花和桃花，陶土花盆都用代表吉祥的紅紙或金紙包著。

李老頭和他十九歲的女兒李梅，背著他們的破包裹走在格蘭大道上，不停地東張西望，顯然是被街上的景象迷住了。他們剛剛乘坐長途汽車從洛杉磯抵達舊金山。李老頭懷中揣著兩件重要東西：一封介紹信，以及他的抱負——在舊金山唐人街開一家正宗的北京菜餐館。他和女兒來到這個國家才三個月：是隨懷特將軍一起來的，懷特將軍是一位退役軍人，在中國居住過二十多年。李老頭跟隨著懷特將軍從中國大陸撤退到台灣，最後來到洛杉磯，將軍在那裡建立了自己的新家。在將軍於七十八歲高齡撒手人寰的時候，李老頭傷心得一直過了三個星期才戰勝了隨他而去的念頭。

李老頭一直把將軍看作是恩人。十五年前將軍僱用了李老頭，那時他和妻子一起在北京著名的天橋唱花鼓歌，並在晚上經營一個小小的飲食攤。將軍經常到地攤上去買古董，也常去吃李老頭的油煎熱饅頭和木耳炒雞蛋，他太過於喜歡吃這些東西了，以至於最終把李老頭僱到家裡專門爲他燒飯。李老頭薪水高得驚人，每月十美元，幾乎是小攤販利潤的三倍。在與懷特將軍相處的十五年間，雖然他那沒活幹就覺得難受的妻子死於積勞成疾，李老頭卻一直過著十分舒服的生活。現在，他來到了美國最大的唐人街，雖疲憊卻異常興奮，準備著重操舊業。

他在格蘭大道和佩恩大街交會的街角處停下腳步，用一根食指抹去額頭上的汗水。

「噓，我們從汽車站到這裡，走了足足有五里地了。」他一口國語：「妳累嗎，李梅？」

「有點累。」女孩回答。她穿著一件淺藍色旗袍，大辮子盤在頭頂上，漂亮的臉蛋雖然未施粉黛，卻煥發著健康的光芒。

「爸爸，我們現在就去找潘先生嗎？」

「哦，別犯傻了。沒有人這麼早就去找人。這是春節，人們大清早都還在睡覺，滿肚子都是酒肉，不希望別人打攪。我們自己先吃早飯，趁機歇歇咱們的腿。」他又抹了抹額頭上的汗水，向四處張望了一番。

「爸爸，這是一家茶樓。」李梅指著一塊寫著「蓮花屋」的紅招牌說。

「好，咱們進去。」李老頭說完後，一看到樓梯又皺起眉頭來：「不，李梅，我可不想背著這麼大的包裹爬樓梯。」

「我來幫你背包裹，爸爸。」李梅說。

「不了，妳背的東西已經夠重的了。」

「我還可以背得更多。」李梅托著李老頭的帆布包，一直托到他屈從了她。李老頭搖著頭說。

「李梅呀，妳就像妳媽媽一樣。四十年前她像妳這樣大的時候，一天能背著一百斤麵粉走七十里路。她就像一頭母牛一樣壯，一樣和藹可親……。」

「爸爸，我們吃點什麼？」李梅問。

「看看再說。」李老頭一邊艱難地爬著樓梯，一邊說著：「我們該吃點年飯。不過我們點菜得當心。這家餐館的老板可能很貪婪，不然的話就不會修這麼高的樓梯。因爲他知道人們爬完這麼高的樓梯以後，一定會多吃一些。哼！」

當他爬完樓梯到達樓上，立刻就改變了他對老板的看法。裝飾著紅漆木花格窗的寬敞餐廳非常清潔，裡頭幾乎擠滿了顧客，一進門就給人以深刻的印象。他認爲，祇有聲譽好的地方買賣才會這樣興隆。笑容滿面的經理招呼著他們，把他們領到一個靠窗的空桌旁坐下，然後遞給他們兩份菜單，菜單上面都是他們正想要的春節特菜。李老頭緊張地舉著菜單，雙眼掃視著那些價錢昂貴的大菜，咽著口水抵制著誘惑。他什麼東西都想吃，但是他節儉的本能就像栓住一條狗的鐵鏈一樣抑制著他。他很快合上菜單，擦了擦脖子上的汗。「李梅，妳來點菜。」

「我們是不是吃點年飯？」她問。

李老頭咽著口水說：「當然，當然。但現在已快到午飯時間了，我們用不著吃得太多。」

李梅點了一美元的炒麵和一份年飯—大肉蒸餃。年飯上來的時候，李老頭在三個蒸餃中拈起一個之後，把剩下兩個推給李梅。「都是妳的了，李梅。」

「別，你吃吧，爸爸。」李梅又把盤子推了過去。「妳吃掉它。」李老頭說著，眼睛儘量不去看那兩個蒸餃：「我的胃是越長越小了，現在已用不著吃那麼多的東西了。祇要喝上幾口『社交飲料』也就飽了。」他從口袋裡掏出一個酒瓶子，喝了一口。「噓，好酒。快趁熱吃，李梅。別等蒸餃放涼了再吃。」

李梅節制地吃著蒸餃的時候，李老頭倒著茶，分著炒麵。「李梅，妳在美國過得幸福嗎？」他問。

「幸福，爸爸。」

「那就好，那就好。妳知道我除了想在美國開一家最好的北京風味餐館外，還想幹什麼事情嗎?我還想給妳找一個體面的男人，他應該是個有學問的人，要有當大使的抱負。」

他又喝了一口酒，嘆了口氣說：「李梅，假如我娶了另外一個女人，我也許就學會了念書寫字，也就可能成了一個學者或政府官員，但我娶錯了女人。」

「爸爸，難道是我媽媽給你帶來那些壞運氣嗎？」

「很多壞運氣都是她帶來的。妳知道，假如不是妳媽媽拖累我，我早就去上學了。可妳媽媽她太好了，太好了。她自己純粹是累死的，可憐的女人。」

「噢，你總是一想起媽媽就那麼傷心。」

「好人總是不長壽呀。」李老頭搖著頭說：「懷特將軍也是個好人，現在他也拋下我們去天堂了。」

「我們還可以交新朋友，爸爸。」李梅說：「我們在舊金山將會結交新人的。」

「我希望潘先生也是個好人。」

「他肯定是，不然總領事不會推薦他來幫助我們。」

「我不知道總領事在他的介紹信中是怎樣介紹我們的。」李老頭說著，從胸口的衣袋中掏出一封信來。他在手中擺弄著信說：「我們可不想看別人的信件，李梅，偷看別人的信件是一種罪過。」

「你不是想看看這封信嗎，爸爸？」

「當然不是⋯不過，不過妳知道我也不認識幾個字⋯對我來說看上一眼或許也沒有什麼害處。

那祇不過就像一個瞎子走進一個有女人在洗澡的浴室一樣。因爲他是瞎子，所以沒有造成什麼危害。」

「我想也是沒有什麼危害。」李梅說。

李老頭吹開信封，往裡邊窺測了一番。然後他小心翼翼地把信抽出來，在手中擺弄了一會兒。「哎，李梅，妳來看一眼。」他邊把信遞給李梅邊說：「既然信沒有封，別人看上一眼，潘先生或許不會在意。」

「我想不會在意。」李梅說道。她打開信一看就皺起了眉頭。「爸爸，信是用外國字寫的。」

「噓，把它還給我。看別人的信是個罪過。」他馬上拿回信來疊好，又放回信封中，然後裝進衣袋裡。「趕緊把妳的炒麵吃完，李梅。我們在唐人街轉一轉，先熟悉一下這個地方。」

「我喜歡格蘭大道。」李梅說：「我們的餐館將開在格蘭大道上嗎？」

「是的，祇要有足夠大的地方。我們將在唐人街開一個最大的餐館，專門供應北方菜和酒水。或許我們也要搞些娛樂活動。妳還記得懷特將軍是怎麼評價妳的花鼓歌嗎？」

「他從來沒對我談過我唱歌的事情。」李梅說。

「妳唱得簡直就和妳媽媽一模一樣。那就是他沒有對妳談的原因，他不想讓妳變得驕傲自滿起來。妳知道他臨死前說過什麼嗎？他眨著眼對我說：『李，你那個女兒如果能夠被人發現的話將前途無量。總有一天，她的花鼓歌將會讓人們吃掉她那雙小手。』就是懷特將軍說的這些話，讓我產生了開一家餐館的念頭。我們的餐館開張以後，李梅，妳什麼也不用幹，祇管給顧客們唱歌跳舞就行。」

「然後讓他們吃掉我的雙手？」李梅笑著問道。

「那麼，假如顧客在點菜時徵求妳的意見，妳就可以儘量給他們提些建議。這可比在餐館內修個樓梯使他們多吃一些的辦法要好得多。妳吃完了嗎？」

「吃完了。」

「那好，咱們走，先去熟悉熟悉這個地方。」

他們離開茶樓，順格蘭大道往北走去。「咳，背包太重了。」李老頭說：「咱們先去找個旅館吧。」

「也許我們應該先去拜訪潘先生，爸爸。」李梅說。

「不行，我們是陌生人，不能在春節這天去拜訪他。明天下午我們再去見他。走，咱們先去找旅館。」

「我來幫你背背包。」

「不用，我還沒有那麼老。」

「爸爸，如果我背上你的背包，我們兩個人都省勁。」

「怎麼個背法？」

「把你的背包放下。」

李老頭放下了他的背包。李梅把它和自己的背包拴在一起，然後把它們甩到左肩膀上。「看到了嗎，現在我連自己的雙手都解放出來了。」

「眞像妳媽媽一樣。」李老頭搖著頭說：「她可以肩上背著一百斤麵粉爬西山。」

「爸爸，這兒有家旅館。」李梅說著，停在一家大飯店門前，飯店的旁邊有一家很大的餐館，寬敞的大理石門廊直通二樓。李老頭望著氣派非凡的門廊猶豫不決。

「這是一家一流的大飯店，李梅。」他說：「在我們的餐館還沒開張之前，或許我們應該住一家二流旅館。妳會講幾句廣東話，或許妳應該找個過路人問一下，讓他給我們指點一下，在附近找一家比較便宜的旅館。」

「好的，爸爸。」

他們向北又走過一條大街。在格蘭大道和薩克拉門托大街交會處，李梅叫住一位老人，用廣東話問他那裡有便宜的旅館。老人打量著他們，扭頭指向東邊說：「便宜旅館都在卡尼大街上。從這裡再走過一條馬路就是。假如你們不在乎臭蟲的話，一美元一天的房間都有。」

李老頭聽得懂一點廣東話。他馬上在薩克拉門托大街轉向東方，並示意李梅跟他走。

「一美元的房間就不錯了。」他說：「在中國，住一個月旅館才要三美元。時代不同了，我們這幾天可以奢侈一點。」

他們走向卡尼大街的時候，到處都開始響起鞭炮聲。李老頭挺直身板，嘆口氣說：「李梅，這就像中國過去那些日子一樣。假如懷特將軍還活著的話，他會非常喜歡這種氣氛。」他在從一座兩層樓房陽台垂下的一掛正在燃放的鞭炮下面停下腳步，盡情地呼吸著鞭炮的火藥味道。他閉著雙眼站在那裡，臉上漾著笑意，像是在大熱天中享受著清涼的冷水浴。有不少的旅遊者在躲著爆炸的鞭炮，幾個女士用手指堵住耳朵快步跑過李老頭身邊，一邊跑一邊尖聲叫著、笑著。

直到最後一個爆竹響完，李老頭才睜開眼睛，抖了抖肩膀說：「好了，我去年的所有霉氣現在都被崩跑了。我們在馬年開餐館一定會獲得巨大的成功。」他抖掉了肩膀上的爆竹碎屑，用食指揉了揉耳朵：「嘿，還眞夠響的！走，咱們去找家旅館。」

他們在卡尼大街找到一家小旅館，爬上顫顫悠悠的樓梯，走到二樓的櫃台。一個廣東人領著他們看了兩間黑黯黯且充滿煙草氣味的房間。李老頭試著每個房間中吱吱作響的雙人床，點著頭說：「不錯，蠻舒服的。我們就要這兩個房間。李梅，咱們先睡一會兒。這床不錯，它們一天值一美元，我們不能讓它們閒著。」

他們小睡一會兒之後，午飯就在隔壁一家小飯館簡單地吃了碗肉絲麵。然後，他們就開始閒逛，試著熟悉唐人街的地形。街上到處依然都是鞭炮聲，人們在街上逛來逛去，相互說著「恭喜發財」。主婦們從一個食品店逛到另一個食品店，選購著最上等的雞鴨肉、最新鮮的魚和水果，以及最嫩的蔬菜，因爲家庭的盛宴要持續上兩個星期。孩子們穿上他們最好的衣服，尋找著還沒有爆炸的鞭炮，成群地擁向賣蜜餞和賣新春糖果的小攤。商人們用新對聯和盆花裝飾著自己的商店，盆花上纏繞著寫有金黃色吉利話語的紅色布條。充滿著歡樂的音樂聲處處可聞——粵劇、各種腔調的南方民歌，以及吸收了探戈和倫巴風格的現代中國音樂。

李老頭和李梅在格蘭大道上走來走去，享受著春節的景象和氣氛。到了晚上，整個唐人街開始沸騰起來。同鄉會館，在成千盞燈火的裝飾下，像鑲嵌了珠寶的宮殿一樣富麗堂皇，商店和大型商業機構被霓虹燈和新春花燈打扮得燦爛多姿，家家餐館爆滿。李老頭深深呼吸著撲鼻而來的香味，決定突破預算盡情吃上一頓，這可是十五年來的第一次。

「李梅，咱們到一家高級餐館好好吃上一頓，妳餓了嗎？」

「我現在餓得能吃掉一頭水牛。」

「那好，今天晚上咱們吃一頓四道菜的晚餐。春節這一天吃得飽飽的，就能保證一個好年景。」

他們來到紅瓦樓餐廳，等了半個小時才佔到一個雙人座位。他們要了一份四道菜的家庭晚餐，在等著上菜的時候，李老頭喝了兩口他的「社交飲料」，清洗了一下腸胃。餐廳外面，人們已經開始在街上排起了長龍。李老頭和李梅的晚餐結束時，人行道上已經擠滿了人，孩子們坐在路邊的欄桿上，老太太們安靜地坐在一些雜貨箱上，其他的人則站在他們後邊，有三四排，站在後邊的人不斷地從前面人的身後伸著脖子探望，年輕的戀人們手拉著手，在人群中鑽來鑽去，談笑風生。

看到街上的人群，李老頭很是吃驚。「這是怎麼回事？難道是什麼地方失火了嗎？」

「等著看遊行呢，爸爸。難道領事館的人沒告訴過你嗎？」

「對，對。我忘了。那好，李梅，咱們就看看遊行。噢，人真多呀！」

他拉著李梅的胳臂加入了翹首以待的旁觀者的行列。一會兒，兩名騎摩托車的警察呼嘯而過。人們都轉過頭去望著空盪盪的格蘭大道南端。此刻傳來了音樂聲；偶爾也會響起幾聲鞭炮聲，隨著一陣熱烈的掌聲，許多汽車載著那些重要人物緩緩駛進大道，遊行隊伍緊跟在其後。一個方隊接一個方隊神氣活現地沿街走來，前頭是軍人組成的方隊；隨後是衣著華麗的唐人街各中學所組織的鼓樂隊，鼓樂隊的小指揮們昂首闊步走在隊伍的前頭，滿面春風地吹著他們的哨子；然後是穿著戲裝的兒童和揮舞著小旗子的學生隊伍；後面跟著的是用燈光裝飾的花車隊伍，花車上面載著唐人街皇后和她的小王子們，都穿著中國式絲綢旗袍或長袍，笑容滿面地向觀眾揮手致意，且不停地把鮮花拋向歡呼的人群；最後是氣勢磅礡的舞龍隊伍，有一條大街長，伴隨著鑼鼓構成的特殊音樂，神氣活現地舞著長龍，跳躍、穿梭在鞭炮齊鳴的大街上，長龍閃閃發光的眼睛不停地拋著媚眼，大嘴巴張來合去，像是被新春美酒灌醉了似的。

李梅一直在忙著鼓掌叫好，李老頭被這種場面眩得眼花繚亂，心中突然湧起一陣懷舊心情，不由自主地用手抹去眼角溢出的幾滴淚水。遊行隊伍走過之後，旁觀的人群開始像洪水一樣往北滾滾而去。觀禮台上有一場演出，一位漂亮的粵劇演員正在胡琴和月琴的伴奏下演唱粵劇。李老頭看了一會兒演唱，突然產生一個念頭。

「李梅，」他激動地叫道：「我們也來搞一場演出。我回旅館去把妳的花鼓和鑼取來，我們給他們演唱一場花鼓歌⋯。」

「噢，爸爸，可別。」李梅趕緊反對。

「爲什麼不唱呢？」李老頭說：「這是表現妳歌舞才華的極好機會。妳不會害怕吧，對嗎？」

李梅被問住了：「我不怕，可是⋯。」

「那就好。」李老頭打斷了她：「到了我們開餐館的時候，妳總得爲這些人唱歌跳舞。妳在這裡等著，我去拿樂器來。等在這裡別動！」他很快就擠出人群，向旅館奔去。

十五分鐘後，他回來了，帶著一個小花鼓，花鼓上有一條皮帶，纏著幾根紅布條。他還帶來一面菜盤子一般大的銅鑼，銅鑼明鑑光亮。他把花鼓交給李梅後開始敲鑼。

「請讓出塊空地來，尊敬的女士先生們。」李老頭用並不純正的廣東話喊道：「請大家讓塊空地，我和我女兒要爲大家表演，演出鳳陽的花鼓歌，請大家讓塊空地，謝謝你們了！」

人們鼓著掌，很快給他們騰出一塊空地。李老頭敲著銅鑼，繞著圍觀者圍成的圓圈走了一圈。

「好，我的小奴才，」他非常職業化地叫道：「我們今天要唱些什麼歌呢？」

李梅神采奕奕地跟在父親的後面。「花鼓歌。」她用舞台上唱戲的腔調答道，左臂展開，做了一個舞台亮相動作。

「我們今天給大家演奏什麼？」

「花鼓和花鑼。」

「是的，花鼓和花鑼。」他敲了三下銅鑼後問道：「那好，我的小奴才，妳要給大家唱什麼花鼓歌？」

「還有什麼？」

「《鳳陽花鼓》。」

「《可憐的小秋香》」

李老頭又敲起銅鑼，對觀眾說道：「各位好心的尊貴的先生，我們兩人既能演奏又能唱。當這個小奴才唱時……。」

「那歌就像一支歌。」

「當我唱時……。」

「那噪音就像一只破鑼。」

「唉，我的小奴才，」李老頭說：「妳怎麼就不知道謙虛些？難道我沒有給妳講過孔夫子的教導嗎？」

「講過，我的老師傅，十幾年了，在我還小的時候。」

「那麼，妳就該讀過他的聖賢書，懂得他講的八種美德。」

「我怎麼可能？就連你，我的老師傅，也經常把他的書倒著拿。」

「好心的女士和尊貴的先生們，」李老頭表示歉意地說：「這個小奴才被寵壞了。你們知道我是從哪裡把她撿來的嗎？我是在…。」

「注意點，我的老師傅，我們是初來乍到這個友好的城市！」

「對，對。咱們的聖人說過：家醜不得外揚。小奴才，正像妳說的一樣，這個城市是友好的，人們也非常友善…。」

「而且我們的演出也很好，所以我們就別讓這裡的好心人等得太久！」

「那好，祇要我們的觀眾再來四十人，我們就開始唱，再來四十人。」

「不，我的老師傅，再來四個人。祇要再來四個人，我們就唱。」

「好，好。再來四個人。請耐心一點，尊貴的觀眾們，耐心是生活的補藥。」

「耐心能使白髮變黑，弱體轉强！」

「喔，來了一位尊敬的女士。」李老頭說：「請給這位尊敬的女士讓個地方。請讓個地方！喔，又來了三位先生！小奴才，現在我們又多了四位觀眾，我們該怎麼辦？」

「那我們就敲起鑼鼓開始演出了！」

李老頭跳到圓圈的中心，敲了三聲銅鑼。「小奴才，別忘了給大家鞠躬！」

李梅停止跳躍，給觀眾鞠了三個躬。「好心的女士們，尊貴的先生們，我給你們鞠躬了。」

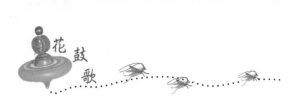

「好心的女士們，尊貴的先生們，」李老頭說：「如果她的歌唱得好…。」

「在我唱完的時候給我鼓鼓掌。」李梅說著。又鞠了個躬。

「如果她唱得不好…。」

「也請給我鼓鼓掌。」

緊接著，李老頭敲起了鑼，李梅打起了鼓，鏘咚咚鏘，鏘咚咚鏘，鏘咚咚鏘…。前奏曲過後，李老頭停下鑼來。李梅隨著自己的鼓點唱了起來：

說鳳陽，唱鳳陽，
鳳陽是個好地方，
自從出了朱元彰，
鳳陽從此遭了殃。
財主放出高利貸，
窮人賣兒賣女忙；
我也沒有兒女賣，
身背花鼓走四方。

當她唱完的時候，李老頭敲著銅鑼參加進來，他們又像開始一樣敲鑼打鼓，鏘咚咚鏘，鏘咚咚鏘，鏘咚咚鏘，鏘咚咚鏘。

「喂，我說小奴才。」李老頭說。

「怎麼，我的老師傅。」

「那麼說，妳是從那富饒的鳳陽來的？」

「是的，我的老師傅。可我是被賣出來的。」

「可憐的女孩，妳沒有親戚嗎？」

「我有上百個親戚，有胖有瘦，有老有少。」

「在妳有錢的時候…。」

「他們像狗一樣追在我的屁股後面。」

「在妳貧窮的時候…。」

「他們像風一樣，都不知吹向何方。」

「可憐的女孩，妳需要有人來供給妳吃…。」

「現在，我可以吃下一根一里長的廣東香腸。」

「嚄！不用說，沒有人敢要妳這個小奴才。我更糟糕，現在我可以吃下一頭水牛，包括它的犄角。」

「食品不會從天上掉下來；黃金不會從地上長出來。」

「說得好，我的小奴才。那妳說我們該做什麼？」

「敲起鑼，打起鼓，唱出我們最好的歌！」

他們又敲起鑼打起鼓，還是原來的節拍。前奏曲過後，李老頭和李梅一起唱起來：

鳳陽鼓，鳳陽鑼，
敲起鑼鼓唱起歌。
我們唱個什麼歌？
我們祇會唱鳳陽。
唱唱鳳陽花鼓歌，
鳳呀鳳陽花鼓歌。
哎呀哎呀哎嗨喲，
得兒隆冬飄一飄。

然後李梅接下去獨唱：

我的命運好淒慘！
嫁人嫁個花鼓郎。

他是一個大癡漢，
又癡又呆讓人煩。
整日就知鼓花鼓，
花鼓伴奏歌聲朗。
哎呀哎呀哎嗨喲，
得兒隆冬飄一飄。

這時李老頭接著唱起來：

我的命運真悲慘！
娶了一個醜婆娘。
見過女人千千萬，
偏偏娶了這婆娘。
她那一雙大腳板，
世上最大獨一雙。
哎呀哎呀哎嗨喲，
得兒隆冬飄一飄。

李老頭和李梅合唱起來：

哎呀哎呀哎嗨喲，
得兒隆冬飄一飄。
哎呀哎呀哎嗨喲，
得兒隆冬飄一飄。

他們演唱完畢之後，李老頭把銅鑼放在地上，對著觀眾鞠起躬來。「各位好心的女士，各位尊貴的先生，如果這歌聲讓您感到順耳，請給這個小奴才捧捧場。」

在觀眾鼓掌的時候，李梅微笑著給大家行禮。李老頭拿起銅鑼，把它當作盤子，繞場一周開始收錢。「各位慷慨的女士，各位大方的先生，如果你眞的喜歡這些歌，請給這個小奴才一點賞錢，給多給少隨您方便，祇是一點賞錢……。」

雖然許多人聽不懂他講的廣東話，但都知道他的意思，紛紛掏出錢來。不一會兒，李老頭的銅鑼裡裝滿了硬幣，有的旅遊者看得高興，甚至也把鈔票往銅鑼裡扔。

回到旅館後，李老頭數了數那些錢。一共是七美元三十五美分。他這一輩子，還從來沒有在一個小時裡，掙過這麼多的錢。他把這些錢用紅紙包起來交給了李梅。李梅也正和她父親一樣，爲這意外的收獲激動不已。「這是妳馬年的壓歲錢。」李老頭說：「裝在妳貼身的衣袋裡，不要花它。我說李梅，舊金山的人們蠻大方的。這是一個好兆頭。有妳的花鼓歌和我的廚藝，我們將會在這個城市幹一番大事業。咱們明天多睡一會兒，一吃完午飯，我們就去找潘先生。」

第二天午飯後，他們去傑克遜街拜訪潘先生。他們按響了那座二層樓的門鈴，一個胖女人開了門。「我們來拜訪北京來的潘先生。」李老頭用帶有濃重國語口音的廣東話禮貌地對她說。

「這座房子裡沒有什麼潘先生。」胖女人用帶有濃重湖南口音的國語說。

李老頭看了看門牌號碼，用手搔搔脖子說：「房子的門牌號碼就是這個呀。」

「這裡沒住有什麼潘先生。」胖女人說著，關上了門。

他們又按了一次門鈴，胖女人猛地拽開門，氣衝衝地說：「我告訴過你，這座房子裡沒有什麼潘先生！」

「可是門牌號碼…。」李老頭還沒說完，胖女人就砰地一聲關上了門。「咳，真是個脾氣暴燥的老潑婦！李梅，妳再看看這房子的門牌號碼，看看它是否是對的。也許是我老了…。」

「門牌號碼就是這個，爸爸。」李梅檢查了信封後說：「不過，也可能總領事先生把地址寫錯了。」

「這是傑克遜街嗎？」

「是的。街頭的路標上寫的是。爸爸你看，路標上的外國字和信封上的外國字是一樣的。」

「唉，所有的外國字在我的眼中都一樣，也許我們該問問什麼人。奇怪，怎麼整條大街都見不到一個男人或女人呢？人們都那裡去了？李梅，把妳的包袱放下，咱們歇上一會兒。噓，我從來沒碰到過這麼不禮貌的人。她不是廣東人，噓，這女人的脾氣真火爆！」

他們放下包袱，坐在台階上歇了一會兒。有一輛轎車路過此處。李老頭急忙站起來向它喊叫著，但它沒有停下。「也許我們該在這裡演唱一曲。」他說著，又坐下去。

「這條街上將不會有人來看我們的演出。」李梅說：「這裡這麼安靜，讓人感到冷清清的。」

「冷清？我的銅鑼一敲起來，沒有一個地方還能冷清得了。」李老頭從他的包袱裡拿出銅鑼：「李梅，給妳臉上撲點粉，咱們再演上一場。」他站起來開始敲起他的小銅鑼。幾個家庭主婦推開窗子探出頭來，看看到底發生了什麼事。「爸爸，我現在看見一些人了。」李梅激動地說。

「我怎麼對妳說的。」李老頭說著，鑼敲得更起勁了：「我的銅鑼一響，人們就會出現。李梅，拿出我的鞭子和鬍子來，妳也把花鼓紮好！快點！」

李梅按照爸爸說的，拿出那些東西，然後打起花鼓加了進來，照著他們平常的節奏敲打起來，鏘咚咚鏘，鏘咚咚鏘，鏘咚咚鏘，鏘咚咚鏘，鏘咚咚鏘，鏘咚咚鏘……。

突然，胖女人打開門叫道：「誰在這座房子門前這樣亂吵亂鬧？你們怎麼還沒有走？」

「我們祇是在這裡演奏一點音樂。」李老頭說：「這是音樂，婆娘，根本不是亂吵亂鬧。」

「這是王老爺的宅府，絕不容許要猴的打擾他的午休。滾開，趕緊滾開！」

「我們不是耍猴的。」李老頭氣憤地說：「我們祇是唐人街的初來乍到者。該走的時候我們自然會走，妳用不著這樣呲牙咧嘴地亂叫。」

劉媽邁出大門，用一根手指指著李梅說：「假如妳不趕緊離開這裡，妳就會看到你們會有什麼結果，妳這個要飯的臭丫頭！」

李梅哼了一聲坐在自己的包袱上，「爸爸，我們就在這裡呆著。我想看看到底我們會有什麼結果。」

「你們會有什麼結果？你們會被逮捕，你們會被關進監獄！你們將會死掉爛掉，而且你們的骨頭會被扔到山上去餵野狗！你們的魂靈將永遠在外國飄盪，永遠回不了中國…。」

「謝謝妳，謝謝妳！」李老頭打斷她的話：「我們自己已經安排好我們的未來，用不著妳來操心，婆娘。妳現在可以做的事情，就是去通知妳家老爺，如果他不喜歡音樂和唱歌，他可以用棉花塞住他的耳朵，用三床濕被子蒙住他的頭…。」

「啊，你竟敢在我們老爺家門口辱罵我們老爺，當心遭天打五雷轟！」劉媽說道：「假如你是在中國的話，早就把你抓到監獄裡關起來了…。」

王大這時正好放學回家。他趕緊走上台階問道：「這裡發生了什麼事？」

「這個老頭剛才還辱罵老爺。」劉媽說：「而這個要飯的丫頭…。」

「我們是歌手。」李梅說：「我們剛才祇是演奏了一點音樂—。」

「他們是耍猴的。」劉媽叫道：「他們剛才在這裡亂吵亂鬧，打擾了老爺的午休…。」

「讓這位小姐說完。」王大打斷了她。然後他轉向李梅問道：「妳剛才想說什麼？」

「我剛才想說的是，這家房子的老爺一定是僱這個女人來看門的。我從中國走到美國，從來沒見過一條比她叫得還兇的看家狗。」

劉媽大叫起來：「好啊，妳這個要飯的丫頭！但願讓一千個驚雷把妳劈成灰⋯。」

「別再叫了。」王大說：「我看是妳自己正在打擾老爺的午休。」

「好啊！」劉媽說：「我就去告訴老爺。你們將會看到自己會有什麼結果。哼，你們這對不要臉的叫化子。」她匆匆衝進院子，砰地一聲關上門。

「爸爸，咱們走。」李梅說著，把花鼓放進包袱裡。

王大感到這種場面很有意思。他咯咯地笑著說：「不要害怕，這女人祇不過是個傭人。她還以爲自己是在中國的湖南省，在那裡老爺可以爲所欲爲。妳剛才說妳是個歌手？」

「是的。」李梅說：「我們是唱花鼓歌的⋯。」

「我還是個廚師。」李老頭趕緊說：「我爲懷特將軍做了十五年飯⋯。」

「妳會唱些什麼花鼓歌？」王大問李梅。

「我會唱孝順父母的故事、清官的故事、鬼魂的故事、愛情故事和悲劇故事⋯。」

「我們是高檔歌手。」李老頭說：「我們不唱『愛戀枕頭的女人』或『面對兩雙筷子嘆氣的小寡婦』之類的低俗色情歌曲。懷特將軍非常喜歡聽我們唱歌。」

「哦，先生。」李梅問道：「你可知道北京來的潘先生住在哪裡嗎？」

王大眉頭微蹙：「北京來的潘先生？不知道，不過我可以在電話簿裡查一查，幫你們找到他的地址。他的全名是什麼？」

「我們有他的地址。」李梅說：「他就住在這座房子裡。」

「噢，我知道你說的是誰了，」王大說：「怪不得名字這麼熟悉呢！他以前是這座房子的主人。四年前他把房子賣了，搬到夏威夷去了。你們認識他多久了？」

「我們沒有見過他。」李老頭說：「洛杉磯的總領事是懷特將軍的好朋友，他給我們寫了這封介紹信。他說潘先生能夠幫助我們在舊金山開一家北京餐館。」他急忙掏出介紹信給王大看。

「那麼，你是一位正宗北京菜的好廚師了。」王大看完信後說。

「我和我女兒打算在唐人街開一家唯一的北京餐館。」李老頭說：「同時提供歌舞表演⋯⋯。」

「哦，爸爸。」李梅打斷了他：「現在談這些沒用。潘先生不在這裡，不能幫助我們。我們在這個城市又不認識任何人。」

李老頭聳聳肩膀。「我想妳是對的，李梅。也許我們要改變計劃。但馬年肯定是我們的好年頭，李梅。我們用不著著急。咱們回旅館去吧。」他轉身向王大問道：「先生，請你告訴我們，在哪裡可以找到一家價錢公道又沒有臭蟲的小旅館？」

王大看了看李梅。「好的。不過，雖然可以找到沒有臭蟲的便宜旅館，卻又有一些醉漢。爲什麼你們不找一個條件較好的住家呢？請等一會兒，我幫你們找個地方暫時住一下。」

「先生，請你不要給我們推薦價錢太高的地方。」李老頭說。

「你們一分錢也不用花，李先生。」王大笑著說。

「慈善院？」李老頭急忙說：「可別，先生，我在慈善院住過一次，我雖然一分錢沒花，可我的褲子丟了。」

「跟我走，李先生，在這座房子裡保證你什麼也不會丟。」王大用自己的鑰匙打開大門。

「什麼？」李老頭說著，從台階上倒退了一步：「這座房子？」

「爲什麼不行呢？」王大說著，爲他們敞開門：「這是我家，老爺是我父親。」

「噢，不行，不行。」李老頭連連擺著手說。

「至少在我們去其他地方找房子的時候，你可以先把包袱放在這裡，李先生。」王大笑著說。

「走，進去，爸爸。」李梅高興地一邊拽著父親往門口走一邊說：「請不要害怕，我們是少爺的客人！」

四

今天是馬年初三。王老爺決定早晨在床上多躺一個小時，恢復一下過年以來消耗掉的元氣。他津津有味地享受著早晨的咳嗽和過年的回味。他這個年過得心滿意足，沒有遇到一點不吉利的兆頭。他希望新的一年裡娶上一個兒媳婦，來年再抱上一個孫子。他希望從馬年開始家庭眞正地興旺起來。懷著和商人盤算增加利潤一樣的激動心情，王老爺躺在他的大床上，盤算著王宅下一個五年中的成長情況。

他的希望，在譚太太的公民課老師蕭女士的意見支持下，得到了進一步的增強。據蕭女士說，把王大的照片新娘辦到美國來有兩種途徑：一種是申請移民名額，另一種是等王大成爲美國公民之後。蕭女士在譚太太舉辦的年宴上說，這兩種途徑都需要一點時間。不過，她馬上又補充了一些吉利話，諸如「上帝會保佑這對有情人的」之類。

王老爺對蕭女士的說法十分滿意；再說，他那過世的妻子，由於她的靈魂有老天爺的保佑，也會神靈暗助。她的魂靈一定會影響每一個關心和幫助王宅成長興旺的人。他想著這些，感覺到一種似乎幸福已經降臨的滿足。他在大床上換了一個姿勢，咳嗽了幾分鐘，舒服地輕聲呻吟著，琢磨著自己是否應該起床了。這時，他聽到劉媽咒罵什麼人的聲音。他不想制止她的咒罵聲，因爲在這個宅子裡，除了他那把祇能用於管教王山的竹棍子外，她的咒罵似乎成了唯一的懲戒法寶。他聽著劉媽的咒罵聲，讚許地點著頭。但是，當他發現劉媽祇是在責罵她那聾子丈夫的時候，覺得那簡直是浪費唾沫，對牛彈琴。

「劉媽，」他叫道：「劉媽……。」

劉媽，正在中廳裡一邊擦桌子一邊罵劉龍，聽到王老爺的叫聲，趕緊進了他的房間爲他準備漱洗用具。洗臉是王老爺早晨的主要大事之一，所以他要求務必精心準備，臉盆裡的水溫度要恰到好處，香皂要放在他不用看一伸手就夠得著的準確位置，毛巾必須灑上香水，牙膏必須擠好在牙刷上，牙刷也得在微溫的漱口水水杯上擺好—所有這些事情都要爲他準備好，而王老爺所需要的這一切都是依賴劉媽給準備好的。

劉媽在爲老爺準備洗漱的時候，腦子一直不斷的仔細考慮著如何用最有效的方式，向老爺透露王大請了兩位不受歡迎的客人進入家門的新聞。她討厭他們倆，特別是臉蛋紅撲撲的年輕女子，昨天竟然在門前把她刻薄地比作兇猛的看家狗。她越想那個女孩就越生氣。她決定在老爺洗臉的時候先不告訴他來客的事情，她需要更多的時間講述這個新聞，一定要引起老爺的全面注意。

當她回到中廳的時候，她丈夫劉龍還在那裡賣勁地掃地。因爲客人的緣故，整個早晨她的心情就不痛快，所以她不知不覺地又開罵了：「劉龍，你當丈夫已經合不了格了，難道你連做個好傭人也不能努力做到嗎？」

劉龍把一隻手攏在耳朵後邊問道：「嗯——？」

「難道你不知道怎麼掃好地嗎？」她奪下他手中的掃帚，對著他的耳朵喊道：「掃地要慢要輕，不要像風車一樣，呼啦呼啦搞得滿屋都是塵土！」

「喔——。」劉龍點著頭說。

「那好，再試試。」她說著，把掃帚扔回到他的手中。

劉龍重新開始掃地的時候動作依然如故，劉媽看著他，火氣越來越大。她雙唇緊閉，叉著腰看著他，直到實在看不下去了。「我告訴過你掃地要慢點輕點！」她跺著一隻腳喊道：「你看看那桌子。我剛剛才把它擦乾淨，現在又落上了一寸厚的灰塵。每次你一掃地，所有的東西我都得擦兩遍。難道我幹的活還不夠累嗎？非得要你給我再添麻煩？」

劉龍把掃帚交給老婆，然後說：「妳來掃地，我擦桌子。」

劉媽從他手中奪過掃帚。「唉，爲什麼老天爺這麼懲罰我，非得把你這樣的廢物甩給我？」

「嗯——？」

「我說你是個沒用的白癡，是又聾又啞的老烏龜！」

「哦，」劉龍說：「我聽妳說過。」他撿起老婆扔給他的抹布，平靜地擦起桌子來。

「唉，我真命苦。」劉媽一邊掃地一邊氣憤地說：「男人一個比一個差勁。而你是我遇見的最差勁的一個。」她把灰土掃成一堆，掃到炕的下面。然後她把掃帚放到一邊，回來繼續發洩她的怨氣。「劉龍，我問你，你喝酒花了多少錢？」

「花多少錢？一分沒花。」

「你撒謊。你呼出的氣味聞上去就像一座釀酒廠！」

「我沒有喝酒。我祇是從那個老頭的酒壺裡撮了一口。」

「哪個老頭？」

「嗯——？」

「我說是哪個老頭？」劉媽問。

「哦，李老頭，就是昨天晚上住進來的老頭。」

劉媽聽到這個消息，就像已經潰瘍的傷口又被馬蜂叮了一下一樣。「好啊，你這個沒用的白癡，」劉媽極力控制著不提高自己的聲音，以免讓整個宅子都能聽見：「你真給我丟臉！如果我再看到你和那個骯髒的老叫化子搭腔，你就給我滾到別的地方去睡覺，再也別想靠近我！」

「嗯——？」

「我說，你從我身邊滾開！」劉媽叫道：「你到地下室去和耗子一起睡覺！」

劉龍陰沉的臉突然晴朗起來。「永遠嗎？」他滿懷希望地問。

劉媽知道，和自己的丈夫吵架簡直太費勁了。每當她和他吵架的時候，她總是越吵越生氣，而他卻越吵越開心，結果是她似乎一直未能得到過勝利。「唉，你這個又聾又啞的老烏龜。」她失望地說：「跟你叫喊簡直就是浪費我的生命！」

她坐到一把椅子上，點著一根煙，可這時又聽到了一陣咳嗽聲。她把抹布扔向劉龍，吩咐他說：「老爺已經洗漱完畢，去把人參湯端來，把抹布和水桶帶走。」

王戚揚一邊咳嗽一邊走進中廳。他決定從現在起每天早晨在炕上喝人參湯，就像在中國老宅子的習慣一樣。他認爲，假如他逐漸回歸過去的生活方式，恢復他所有的老習慣，就好像一切都沒有改變的話，這將會讓他過世妻子的魂靈感到高興。他咳嗽著緩慢地坐到炕的左側。因爲昨天累了一天，他現在仍然有些疲勞。接連兩場唐人街的宴會使他有點消化不良，晚上的那場粵劇更使他筋疲力盡。在某種意義上，春節每年衹有一次，眞讓他感到慶幸。

「老爺，劉龍給你端人參湯去了。」劉媽說著，準備報告兩位不速之客的壞消息。

「過來給我捶捶背。」王老爺說完，在炕上側了側身。

劉媽走到他的左邊，開始用手掌給他捶背，敲著較快的花鼓點，等著老爺開口詢問家務雜事。

「唔，唔。」王老爺舒服地咕嚕著問：「今天是星期幾呀？」

「星期六，老爺。」

「唔，山少爺今天早晨在哪裡？」

提起王山，劉媽的心情非常糟糕，就連這個偶爾的同盟，似乎也變成了她鞋中磕腳的一粒石子。「他和平常一樣，正在街上和那些淘氣孩子玩。我眞替他擔心，老爺。」

「劉媽，」王老爺說：「妳已經爲王家幹了二十多年。自從女主人過世以來，妳是家中，也是我信任的唯一女人。從現在起，妳多關照一下王山。明天妳把他關在他的房間，讓他讀讀孔夫子的書。告訴他，假如他要是再去和街上的淘氣孩子玩，我會打斷他的腿。」他又咳嗽了一會兒，劉媽捶背的節奏趕緊加快了一點。「早飯做好了嗎？」

「還沒有。」劉媽說：「廚子越來越懶。昨天晚上他又來了一位客人……。」

「告訴他，我一喝完人參湯，早飯就得準備好。你們過世的女主人說過：『一年之計在於春，一日之計在於晨。』從現在起，我要求家裡的每一個人都要早早起床，就像在中國的老宅一樣。假如哪個人沒趕上吃早飯，就讓他勒緊褲帶，等到午飯再吃。這一點特別要對兩位少爺講清楚。」

劉媽突然停止了捶背。她覺得，此時正是告訴壞消息的好時機。她靠近王老爺的耳旁，極爲神秘地說：「老爺，你知道大少爺今天早晨做了件什麼事嗎？太陽還沒有出來他就起床了，早早洗了臉，穿好衣服。而且他已經和傭人們一起吃過早飯了！」

王戚揚微微蹙起眉頭。「怎麼？他決定要開始一種新的生活嗎？今天早晨他在哪裡？」

「整個早晨他都和他的新朋友在一起。」劉媽加重了語氣說。

「唔，唔。」王老爺點著頭讚許地說：「我很高興，他終於能在星斯六的一大早起床和人們交往了。這些人是誰？」

「是兩個叫化子，老爺。」

「什麼?!」

「一個髒老頭和他的醜女兒。昨天，大少爺把他們請進家裡。昨天我就想告訴您，可您睡完午覺之後就出門了，一直到深夜才回來。」

「他們在家裡過夜了嗎？」

「他們睡在樓上的客房裡，我真害怕他們把跳蚤和臭蟲帶到家裡來。」

「等他們走後把被褥洗一洗。」王威揚說：「什麼叫化子？我在唐人街還從來沒見過叫化子。」

「他們是從中國來的，講的一口北方話，尤其是那個丫頭滿口都是髒話。」

「唉，這個不孝之子。」王威揚搖了搖頭，深深嘆了一口氣說：「自從他信奉了那個釘在十字架上的人的宗教，這裡就開始變成慈善院了。去年，他請來三個一文不名的窮學生在這裡住了五個星期，現在又是兩個叫化子。學生我倒不在意，他們是來自良好家庭的落難者，可是那些叫化子，劉媽，在他們離開的時候，注意監視他們一下，看看他們的口袋是否鼓著。」

「放心吧，老爺。」劉媽一邊說著，一邊又開始捶背：「祇要我留意監視，沒有人能把一粒塵土帶出這個家門！」

王戚揚的咳嗽逐漸平息下來。他本來可以在緊湊的春節慶典之後，好好享受一天的放鬆，可現在有關叫化子的消息卻攪得他心煩意亂。「不用捶背了。」他說：「叫大少爺過來。」

「他和他的新朋友一起出去了，老爺。他們和我們一起吃的早飯，剛一吃完就出去了。天哪！那個要飯的丫頭眞能吃！」

「大少爺一回來就讓他來見我。」王戚揚一邊從炕上起身，一邊對劉媽說：「叫劉龍把人參湯端到我房間來。」

「是，老爺。」

王戚揚回到自己的房間。喝完人參湯，吃完早飯，抽過水煙袋後，他根本沒有心情再練習書法和英文數字。他弄不清那兩個叫化子到底是王大從哪裡撿來的。這孩子也眞是的，在把陌生人帶到家裡之前，至少也應該獲得父親的許可。他的妻子過世以後，兒子們就變得更加難以控制了。他眞的希望，香港的那個女孩會像過世的夫人那樣，對付男人總有一套自己的聰明辦法。就對付他而言，他回想起她最有效果的武器之一就是她的「抵制法」。那辦法雖然沒有嚴格得讓他產生納妄的慾望，卻也嚴格得足以讓他的行爲舉止一直沒有脫離她意志的軌道。如今每當他想起「抵制法」來，自己都禁不住點著頭表示佩服。他拿不準是不是那個辦法使他減少了子嗣的數量。假如眞是那麼回事的話，他也覺得應該爲它感到高興。在現代這個世界裡，多養孩子並非確實就是多子多孫多福氣。也許王大能夠多生幾個孩子，給這個損失獲得一些補償。

午飯前，他回到中廳，在炕上坐了一會兒。這炕和中廳的裝飾幫助他回顧起已逝去的中國老宅的美好時光。或許從現在起他應該養成午飯前在炕上沉思半個小時的習慣。他剛閉上眼睛，思緒剛剛飛回到湖南老家，就聽到劉媽招呼他小姨子的聲音。

「妳好嗎，譚太太？」

「不好。也不壞。」譚太太說：「早安，姐夫。」

王老爺的思緒被打斷，有點氣惱。他睜開眼睛。「早安，妻妹。」

譚太太看上去和平常一樣忙碌。她在炕的另一邊坐下後說：「今天，我有些重要事情要和你商量。吃過午飯了嗎？」

「還沒有。」王戚揚答道。

「那好。劉媽，告訴計程車司機別再等了，我在這裡吃午飯。」

劉媽正在餐廳爲午飯擺桌，答應了一聲，就急忙出去了。

「姐夫，我有好消息告訴你。」譚太太一邊說，一邊把一支煙插在象牙煙嘴上。「我給女孩的照片仔細相過面了。唐人街的頭牌相面大師馮先生向我打了保票，照片上的女孩命中有五大福分，就是欠缺長壽的福分。這個女孩下巴太短，面相上就意味著年輕時就會夭亡；另外，我就她來美國的機會諮詢過。申請移民名額，大約需要十年的時間，等王大成爲美國公民，需要五年的時間，但是等到他獲准把妻子移民來美國的時候，還要再等上五年，總共也是十年。因此當她抵達美國的時候，她的壽限也就到期了⋯。」

「妻妹，」王戚揚氣惱地打斷她的話：「這就是妳給我帶來的好消息？」

「我馬上就給你講好消息。」譚太太說。她放下煙，從手袋裡掏出女孩的照片還給王戚揚。

「請把這照片退回去。告訴中醫，由於移民的困難，所以不能訂婚。如果你願意的話，你可以爲他費心安排這樁婚事付給他一百美元⋯。」

「我們不能這樣草率行事。」王戚揚說：「中醫本人就是一位相面大師，假如這個女孩命中注定要夭亡的話，他早就告訴我了⋯。」

「姐夫，」譚太太說：「她是短命還是長壽並不是具有重要意義的議題。你能等到十年以後再讓王大娶媳婦嗎？那時他四十歲，而你也七十歲了，或許你將永遠沒有機會看到你的孫子了。」

「肯定還會有別的辦法。」王戚揚說：「肯定會有一些其他途徑把這個女孩弄到這塊外國的土地上來。」

「是有，還有一條途徑—非法途徑。」譚太太說：「你可以僱一個美國公民做這件事。你僱的人可以去趟香港，在名義上和這個女孩結婚，把她帶到美國來，然後再和她離婚。那要花很多錢，再說，你在這種事情上永遠不能相信一個僱來的人。那就像請一個陌生人跨海越洋給你的親戚捎帶一包糖果一樣，就算這個陌生人幫你帶了，又有誰能保證他不會打開包裹偷上一兩塊呢。而最重要的是，那是非法途徑，難道你想讓你的兒媳婦在進你家門之前就已經被⋯。」

「妻妹，」王戚揚趕緊打斷她的話：「妳扯得太離譜了。婚姻是神聖的事情，不能扯得那麼離譜。妳的好消息是什麼？」

譚太太噴了幾口煙：「你還記得盧先生嗎？」

「上海的盧先生還是廣東的盧先生？」

「上海的，就是當過杭州市長的那位盧先先。」

王戚揚記得那個人。他是譚太太丈夫的一個朋友，戰爭期間曾經爲日本人做過事。王戚揚對他並沒有多好的印象。「我記得他。」他說：「一個留著日本仁丹鬍的傢伙。」

「他已經剃掉了。」

「唔，唔，我想，他的老婆一定還是那個日本婆娘。有什麼好消息？」

「盧先生請我給你帶來一份口頭邀請—請你參加下星期五晚上七點鐘在他家舉行的魚翅宴。」

「喔，我不明白，他爲什麼會變得如此好客？」

「這就是我爲什麼來和你商量的原因。」譚太太興趣盎然地說：「他的三個女兒都長大了。如果他不邀請經過挑選的一些人多吃幾頓飯，又怎麼能把她們嫁到好人家去呢？」

「妳是說他打算把其中一個女兒嫁到我家來嗎？」王戚揚皺著眉頭問道。

「或許是兩個。」譚太太加重語氣說：「假如他知道你的二兒子王山很快就要長大的話，或許會嫁給你家兩個。不過你也別擔心，他一見到王山那孩子，就不會再有什麼幻想了。可是就王大來說，我知道那老傢伙一直喜歡他。我每次去他家時，他都要問起他。我說姐夫，這還不是像明鏡一樣清楚嗎？」

王戚揚不喜歡不同種族間的聯姻，而且討厭把一個有一半日本血統的女孩娶進家門的主意。他急忙說：「我還沒見過他的女兒們……。」

「二女兒可是長得不錯。」譚太太說著，情緒又高漲起來：「就連原來的河北省省長都看上了她，可他那傻兒子非得要自己選擇妻子。現在連那個劉將軍，就是以前四川省的大軍閥，也開始和他家交上了朋友，不過他的兒子卻是個一事無成的花花公子。假如那女孩落到他手中，那簡直就是一朵鮮花插到了牛糞上。我的姐夫，假如我們想娶那個女孩，就得趕緊行動，不然劉將軍就會搶在我們前頭。」

「很抱歉，妻妹。」王戚揚說：「我不能接受晚宴的邀請。」

「為什麼？」譚太太問道，看上去她震驚不小。

王戚揚從景德鎮瓷壺中給自己倒了杯茶。「我不能接受這種邀請，名義上是請朋友赴宴，實際上是在飯桌上討論兒女婚嫁之事，我不能接受。盧先生的女兒我一個也不認識。」

「姐夫，」譚太太生氣地說：「像你這種年齡的人，哪個不想抱著自己的大胖孫子，享受逗弄孫子的樂趣。你好像對這種樂趣不感興趣。真是令人不可思議！」

「我就對妳直說了吧，妻妹。」王老爺一邊說，一邊吹著茶水，一口一口地啜著，儘量降低爭論的激烈程度：「我不希望我的家中攙雜外國血統。」

「這些日子日本血統最時髦了。」譚太太說：「許多美國白人都娶了日本人做老婆，並把她們稱爲『玩具娃娃』，這是美國人對妻子最親熱的稱呼。再說，這女孩祇有一半日本血統；她孝順、嫻靜，又有知識，而且不是說漂亮得張揚，她天生就是一個理想的兒媳婦！」

「我下不了決心，我下不了決心。」

「劉媽，」譚太太站起來喊道：「去叫輛計程車來。」

「是，譚太太。」劉媽在餐廳裡答道：「不過，午飯已經準備好了……。」

「討論結束了。我絕不在這棟一切事物都如此過時的房子裡吃午飯，去叫計程車。」

「是，太太。」

「我的姐夫，」她氣憤地轉過身對王戚揚說：「你將會後悔的。總有一天，你會因爲沒有抓住那位女孩而後悔莫及！」

王老爺一邊吹著，一邊啜著茶水說：「我下不了決心，我下不了決心。」

譚太太揣著一肚子氣離開王宅。在辯論中敗下陣來，對她來說這還是首次。她可以誘惑王大把那女孩娶回來，可在辯論中一敗塗地卻是另一回事，這事攪得她心煩意亂。在她坐著計程車往商業區駛去的時候，已下定決心晚上還要再到姐夫家來繼續舌戰，直到取得最後的勝利。

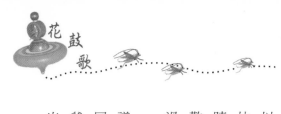

五

王宅的客房，對李老頭而言，已經是非常奢侈了。床是那麼柔軟和寬敞，被褥是那麼潔淨，所以他能肯定臭蟲不可能在它們中間生存。和他住過的那一天一美元，而且臭氣薰天的旅館小房間相比，這裡簡直就是天堂。他和李梅能夠在這樣一個大房子裡自由自在地住上一夜，也簡直是一個奇蹟。儘管那怒目橫眉的胖女人有點讓人感覺不太愉快，但從整體上說，這是一次愉快的經歷。他喜歡這座宅子的年輕主人和聾子傭人劉龍，劉龍對他來說似乎就像一個失散已久的兄弟。馬年的開端過得還不錯。

但是，他不願意利用當前這種形勢再住一個晚上，否則就不識大體了。所以，當王大早飯後建議幫他們去找可以寄宿的房子的時候，李老頭莫名其妙地感覺到遺憾和解脫，兩種完全相反的感覺同時油然而生。他希望能在附近找到一個住所，以便和這樣好的家庭交往。雖然他還沒有見過老爺，但他確信，像王大這樣樂善好施、待人友好的年輕主人，祇有非常有教養的老紳士才能養育得出來。

找住宿地方的事情進行得並不是很順利。他們看過的地方不是太遠就是價錢太貴。李梅似乎並不在意；她非常喜歡坐在王大的汽車裡兜風，甚至天眞地承認說，她喜歡每天都這樣找房子，希望明天還像今天一樣。李老頭被她的直率弄得很不好意思，他不停地向王大表示歉意，說她不過是一個鄉下的黃毛丫頭。王大喜歡直率的女孩們，因爲她們很快就能讓他感到無拘無束。他也喜歡和李梅在一起，暗自爲找房子的事情一無所獲而高興。

他們在晚飯前回到了家裡，雖然計劃落空，卻很開心。劉媽一見到他們，就非常嚴肅地叫住了王大，同時用不懷好意的眼光瞥著李老頭和李梅。「少爺，老爺叫你去見他。」

王大來到父親的房間，除非必要，他平時很少到這裡來。他發現姨媽正在那裡和父親激烈爭吵，但他們一見到他就立即停止爭吵。他們倆看上去心情都不怎麼好。他笑著向姨媽打了個招呼：「妳好，姨媽！」

「馬馬虎虎。」譚太太說。

「爸爸，你叫我嗎？」王大問道。

「你竟敢不經過我的允許就把陌生人領到家裡呢？」王老爺問：「他們是什麼人？」

「他們是好人，爸爸，在這樣寒冷的夜晚，他們租不起旅館的房間過夜。」

「很好。」譚太太讚許地點點頭，然後對她姐夫說：「他本性慈善，是我姐姐遺傳給他的，她天生就是一副慈善心腸。」

王老爺哼了一聲。他轉過身來對王大說：「我問你，他們是什麼人？」

「他們是藝術家，爸爸。他們會唱歌、表演。」

「什麼？」譚太太有點驚奇地問：「演員在這裡住了一夜？」

「是的。假如我不請他們住進來，他們或許已經在某個公共場所被凍死了。」

譚太太對演員的評價可不高，尤其是連張睡覺的床都沒有的演員。她指著外甥問道：「你是說你和他們是在公共場所搭識的？」

「不是的，姨媽。」王大急忙解釋說：「他們正在尋找這座房子原來的主人。他們不知道他四年前已經搬到夏威夷去了。他們沒地方可去，所以我把他們請了進來⋯。」

「那你首先也應該經過我的允許。」王戚揚說：「如今這世界到處都是壞人！」

「噢，爸爸，一個孱弱老人和一個年輕女孩又能做出什麼壞事呢？」

「什麼？」譚太太說著，感到更驚奇了：「一個年輕女孩？」

「是的，姨媽。她是老人的女兒。」

「他們打從哪裡來？」譚太太問。

「他們是從中國大陸來的，講國語。他們沒有錢，沒有朋友⋯。」

「那女孩有多大年紀？」譚太太問。

「也許十七歲，也許更大一些。」

「年齡不好。」譚太太說。

「他們想在唐人街開一家餐館。」王大說：「老頭也會做菜。」

「眞是滑稽。」譚太太說：「他們連在旅館租個床板的錢都沒有，竟然還想開餐館。」

「是的，那也正是他們發愁的事，姨媽。」

「那老頭年齡多大？」譚太太問。

「也許有六十五歲，我不清楚。」

「他耳朵聾嗎？」

「一根針掉到草堆上，他都能聽得見。」

「我說姐夫，」譚太太說：「既然這位老頭正在挨餓，你何不把他僱用下來取代劉龍的位置？我也需要一個小奴才給花園澆澆水，如果那個女孩乾淨的話，我倒可以用她。」

「我的傭人已經夠用了。」王戚揚說。

「劉龍太聾了，哪怕原子彈在他耳邊爆炸，他也聽不見。」譚太太說：「你可以從慈善的角度出發，繼續留用他，這個老頭…。他叫什麼名字，王大？」

「李老頭。」

「好，這老頭是個來自中國大陸的難民。僱用難民做傭人總是便宜。姐夫，假如你不要這個老頭，他們兩個我都要。」

「王大，叫他們兩個進來。」王老爺說：「我要見見這位老頭，然後再做決定。」

王大本來估計會挨父親和姨媽一頓罵，但會見的結果卻發生了如此大的變化，使他非常吃驚。他擔心李老頭和李梅可能不喜歡僱用他們做傭人的主意，可是當他告訴他們想留下他們幹活的時候，他們高興地跳了起來。

王大把他們帶到父親的房間，向父親和姨媽做了介紹。李老頭謙卑地搓著手，深深地鞠躬。「王老先生，」李老頭儘可能精心挑選著他所能掌握的詞彙：「自從我一踏上這體面的唐人街，您的大名對我來說就一直如雷貫耳。能見到您確實十分榮幸。李梅，快來給樂善好施的王老先生鞠躬。」

李梅向王威揚鞠了個躬：「先生，給您道個萬福。」

王威揚很高興。他很久很久沒有接受到這種老式禮節的行禮了。他揮著手咕嚕道：「唔，唔，不要拘禮，不要拘禮。」他向李老頭問了幾個有關他過去的問題，檢驗了總領事寫的介紹信，然後就做出僱用他們的決定。「李老頭，你看上去像個好人，又是從中國大陸來，講話都能聽得懂。我想給你一份工作，你感興趣嗎？」

李老頭又鞠了個躬。「噢，我到哪兒去找這麼讓人高興的事情？我衹是希望我這把賤骨頭能在貴府效力，能夠讓您滿意。」

「我也願意在這裡幹活，王老先生。」李梅說：「您並不像我們想像的那麼尊貴和威嚴。」

王戚揚聽後目瞪口呆。譚太太趕緊用手帕捂住嘴巴，掩蓋住沒有能忍住的笑容，王大把眼光移向天花板，偷偷地在褲兜裡擦著冒汗的雙手。李老頭非常尷尬地咳嗽著。「王老先生，」他道歉說：「她不過是個鄉下的黃毛丫頭，缺乏城裡人的良好教養。李梅，來給譚太太鞠個躬。」

李梅鞠了躬：「給太太道個萬福。」

「唔。」譚太太一邊應聲，一邊抓住她仔細打量一番：「妳外表上看起來倒還乾淨利索。」

「謝謝您，太太。」李梅說。

「李老頭，」王老爺說：「我要讓你知道，我僱用你並不是因爲我的傭人不夠用。你老了，在家務活中也幫不了多大的忙。我僱用你，祇不過是出於可憐你的緣故，你懂嗎？」

「當然懂，當然懂。」李老頭急忙說：「那是您大慈大悲心腸的體現，王老先生。」

「你在這裡每天的工作就是清掃後院、打掃走廊和澆花。另外，再幹些寄信或給客人買煙之類的小差使。」

「好的，幹這些事情對我來說就像渡假一樣。」李老頭興奮地說：「我祇是希望我這把賤骨頭對您能有更多一些的用處，王老先生。」

「這裡的活雖然不多，」王老爺說：「但勤勉、誠實和守規矩是這裡必須有的嚴格要求。」

「哦，王老先生，在道德方面您不用操心，孔夫子已經全都教導過了，我也不是知恩不報的老混蛋。明天，假如您在後院看見一片落葉或在走廊見到一粒塵土，您可以罵到我們家的祖宗五代，而我不會還一句嘴。」

「至於妳，年輕的女孩。」譚太太說：「講規矩在我家是第一條原則。不許大笑，說話不能吵吵鬧鬧。」

「是，太太。」

「第二條，要乾淨。我不希望妳把妳的任何舊東西帶進我家。我家會給妳提供乾淨的舊衣服。」

「太太，妳是說我將不在這家幹活嗎？」

「沒錯！第三條，要講女德。禁止下流言行，既不許做，也不許說。」

「可是，太太。」李梅打斷她：「我想在這家幹活。」

「不許頂嘴！」譚太太生氣地說。

「噢，王先生，」李梅轉過身對王大說：「我能和我爸爸一起幹活嗎？」

「姨媽，」王大說：「或許這女孩不願意和她父親分開。妳能不能找其他人幫妳管花園？」

「不要認爲我找不到。」譚太太說著，從炕上站起身來：「唐人街上的許多女孩都想來幫我幹活。姐夫，好好考慮一下盧老先生的晚宴邀請。我明天再來看你。」

王戚揚爲李梅拒絕給他小姨子幹活而暗暗高興。他禮貌地問道：「妳不和我們一起吃晚飯嗎？」

「不吃。」譚太太一邊回答，一邊向門口走去：「我還有事。」

譚太太走後，王戚揚威嚴地咳嗽了幾聲後說：「李老頭，你可以在這裡住下來，明天開始幹活。劉媽，明天給這位女孩找點活幹。」

一直在旁邊看著僱用過程的劉媽，惡狠狠地白了李梅一眼後，加重了語氣說：「我會的，老爺。」

晚飯後，王戚揚回到自己的房間。王大邀請李老頭和李梅到中廳聊天，劉龍忙著為他們倒茶。「哦，明天開始幹活。」王大對他的客人說：「今天，你們還是我的客人，所以你們可以坐到炕上，讓自己舒服一些。劉龍，你也可以歇一會兒了，抽口煙歇歇氣。」他遞給耳聾的傭人一支煙，劉龍笑著接過來，走到一個角落抽了起來；李老頭和李梅坐到了炕上，一口一口地啜著茶水。

「這裡毫無疑問是我進過的人家中最時髦的一家。」李梅一邊好奇地看來看去一邊說：「王先生，牆上寫的這些東西都是詩嗎？」

「是的，」王大說：「都是我父親的書法。人人都誇獎他的書法，可是沒有一個人眞懂。請抽煙，李老頭。」

「好，好。」李老頭渴切地說。

王大遞給他一支香煙，為他擦著了火柴。李老頭用拇指和食指捏住香煙，戰戰兢兢地把它放在撅出來的雙唇之間。「對你直說了吧，王先生。」他一邊用鼻孔往外噴著煙一邊說：「我抽不慣這種外國玩藝兒。我本來從中國把我的水煙袋帶到美國來了，可是懷特將軍的一個女親戚把它當作紀念品給偷走了。我想，從現在起我必須得學學怎麼抽煙捲了。」

「李梅，妳抽煙嗎？」王大問。

「噢，抽！」李梅趕緊說。

「王先生，不要鼓動她抽煙。」李老頭說：「有一次，她偷抽我的水煙袋，結果咳嗽了一整天。」

「出什麼問題了？」王大問：「是不是煙進了妳的氣管？」

「不是煙，是一些水進了氣管。」

「這是乾的，很安全。」王大說著，遞給她一支煙，兩個人一起笑了起來。

他們正說著笑，突然，李老頭咳嗽了幾聲，變得嚴肅起來。「王先生，」他說：「在貴府幹活，肯定會過上許多快活的日子。但有些事情…這個…這個…。」

「什麼事情？」王大問。

「這個，是挺讓人不好意思提起的事情。」李老頭說：「這是…你知道…這是不同於我僅僅端著竹碗向人們…。」

「我知道我爸爸想說什麼。」李梅爽快地插了一句：「他想知道你們將會給他多少錢？」

李老頭尷尬地咳嗽了幾聲。「哦，哦，是這樣的，王先生。我們想在唐人街開一家北京菜館，經營最好的北京烤鴨，並提供歌舞表演，可是開這樣一家餐館需要資金。我祇是想算一算…哦…祇是想算一算我們能積攢…。」

「李老頭，」王大說：「我父親這個人並不吝嗇，或許他付給你的薪水會和付給劉龍的一樣多。劉龍，你每個月拿多少薪水？」他用兩隻手打了一個手勢，以幫助劉龍弄懂他問題的意思。

「我拿多少錢？」劉龍噴了一大口煙，在濃濃的煙霧後面開口說：「我一分錢拿不到。」

「什麼？」王大有點吃驚地問：「我父親根本沒付你薪水嗎？」

「薪水？」劉龍說：「他當然要付給我薪水。他在早晨把薪水付給我，我老婆晚上就把錢收走了，所以我一分錢也得不到。」

「劉龍，」王大皺著眉頭說：「每次我見到你，我都要下決心一輩子獨身。李老頭，不要擔心你的薪水問題，到時候你會攢夠在唐人街開餐館的錢的。等我掙錢的時候—雖然我不知道要等到什麼時候，但我想早晚我會掙錢的—我將投資在你的餐館，做你的後盾。」

「妳聽到了嗎，李梅？」李老頭高興地說：「妳好好在這裡幹活，李梅。在我們離開這座尊貴的宅子的時候，我們為他們留下一個好名聲。」

劉龍朦朦朧朧聽懂了他們一直在談的事情。他用一隻手攏住耳朵問：「李老頭，你們也要在這裡幹活嗎？」

「不能說是幹活，劉龍。」李老頭大聲說道：「祇是想在這家好心的老爺面前混碗飯吃。哈，哈哈！」

「好，好，你也在這裡幹活，好！」劉龍說。他急忙走到李老頭身旁，撩起自己的長袍，給他看拴在腰間的一個小酒壺。「你看到這個了嗎？我今天早晨買的。」他笑了笑，趕緊又把它藏起來：「我到後院再給你看，行嗎？」

「可以，可以。」李老頭理解地點了點頭說：「王先生。請原諒，我想熟悉一下貴府的情況。走，劉龍。」他們一起穿過廚房向後院走去，一路上相互拍著對方的肩膀，有說有笑。王大和李梅寬容地看了看他們倆，然後轉過臉來，面對面相視一笑。

「你喜歡這間屋子嗎？」王大問道。並介紹說：「這是道道地地我家中國老宅的一個翻版。一切東西都是按照老宅子裡我母親喜歡的樣式佈置的，包括裝潢、字畫等所有的東西。妳喜歡這些字畫嗎？」

「我喜歡那個人。」李梅指著牆上的老壽星說：「他的臉長得挺有意思，看上去就好像有人在胳肢他似的。」她走到畫像前，看著看著，咯咯笑起來。

王大也跟著她來到畫像前。他說：「你說話得注意點，他可不是一個男人。」

「不是一個男人？女人怎麼會長成這個樣子？」

「他是個神仙。」王大說：「他是天國裡的一個大官，他掌管人們的壽限。」

「你是說他是老壽星？」

「對。」

李梅趕緊向畫像鞠躬，嘴裡虔誠地念念有辭：「喔，神仙，失敬，失敬。見諒，見諒。」

「李梅，妳用不著對他這麼客套。」王大笑著說：「他是個勢利的神仙。如果妳不用大鴨梨賄賂他，他是不會保佑妳長壽的。」他從桌上的供盤中拿起一個鴨梨用手擦乾淨，嘟囔了一句「見諒」後，就在鴨梨上咬了一口。

李梅表現出害怕的樣子。「別！」

「我在中國老家的時候，經常向他借梨吃。」王大說：「他從來沒在意過。」他又從供盤上拿起一個鴨梨遞給李梅。「來，妳也替他吃一個。他不會在意的。」

李梅戰戰兢兢接過鴨梨。「你不——你不相信老壽星？」

「確實。」王大一邊說，一邊開心地啃著大鴨梨：「我父親總是把市場上最好的水果買來供奉他。在中國時，我把它們全吃了。所有這些多餘的營養倒可能會讓我的壽命延長幾年。妳喜歡這個時鐘嗎？那是我母親的東西。」

李梅看著桌上的鍍金時鐘，羨慕地瞪大了一雙眼睛。「眞漂亮。它也是用來供奉神仙的嗎？」

王大笑了起來。「哦，不是！時鐘滴滴答答送走了時間，催促著人們走向墳墓。老壽星怎麼會欣賞這樣的禮物？他肯定討厭它。但我母親沒考慮得那麼周到，她把它放在這個位置有好多年了，也許是爲了提醒神仙，別忘了他的職責。」

「你媽媽現在在哪裡？」李梅問。

「她幾年前去世了。有時候這讓我懷疑她是否眞的觸怒了老壽星。」

李梅看看老壽星，又看看時鐘。「你不打算挪動它嗎？」

「哦，這時鐘是我們家的傳家寶。」王大說：「或許我父親認爲對它來說這裡是唯一安全的地方，有誰敢在神仙的鼻子底下偷一座鍍金時鐘呢？」

「這個時鐘是鍍金的嗎？」

「是的。妳可以給它上發條，或許從現在起這會成爲妳的日常工作。」

李梅恭敬地用一根手指摸了摸時鐘：「鍍金時鐘！我這輩子還從來沒有摸過金子。」

「妳對它太恭敬了，李梅。我來示範怎樣上發條，妳要仔細看著。」王大把梨核扔在供盤上。拿起時鐘，漫不經心地上起發條來。古老的時鐘以格格的聲音回應著粗魯的動作，停了下來。王大搖了幾下後聽了聽。

「時鐘停了嗎？」李梅擔心地問。

「像塊石頭一樣沒有反應。」王大說著，把時鐘放回桌上：「明天我把它修一修。給病人看病是我主攻的學業，修理鐘錶是我的副業。走，我帶妳去看一場唐人街的電影。」他拉起她的手向門口走去。

「王先生，」李梅還在盯著牆上的畫像說：「你爲什麼不相信老壽星呢？」

「噢，忘掉那張有趣的臉吧。」王大說：「我在大學學習現代醫學。如果我學得好，我自己就是老壽星。如果我學不好，沒有人能夠阻止我縮短人們的壽命。走，我帶妳去看電影。」

六

三個星期過去了，李梅發現生活在王宅非常愉快。除了講外國話並抱著一個桔子瓣形狀的皮球扔來扔去、讓她看著有點不順眼的王山以外，家裡的每個人都吃中國飯，講中國話，做一切事情都採取典型的中國方式。是的，在這裡生活就和在中國生活一樣。除了王老爺抽水煙袋用的煙葉要從香港訂購之外，家裡所需要的一切東西，在唐人街都能買到。

她喜歡看唐人街的電影。她聽得懂廣東話，看起粵語電影來很輕鬆。外國電影雖然是彩色的並充滿激情，但她卻很難看得懂。她在看美國電影的時候，總是抓不到幽默對話的要點。每當遇到觀眾哄堂大笑的時候，她常常感覺到自己好像也很想笑，卻不能恰到好處地跟著笑起來。按說她很久以前就應該跟懷特將軍學會講外國話，但懷特將軍太喜歡講中國話，從來沒有對她講過一句英語。她跟他學會的所有本事就是喝冰水和喝牛奶。

每當她一想起懷特將軍，就非常想念他。老將軍和王老先生可不一樣，他經常開懷大笑，開玩笑，吃起飯來也挺開心；而王老先生總是一本正經，吃飯吃得也很少，而且從來不喝涼水或牛奶。

懷特將軍喜歡打算盤，喜歡長時間散步；而王老先生喜歡練寫書法，喜歡午後睡一大覺。懷特將軍喜歡聊天；而王老先生似乎很喜歡咳嗽。他們倆，一個是那麼快活，一個是如此古板。她喜歡快活的老人。她弄不清懷特將軍和王老先生誰的年紀較老。但她認爲，假如王老先生的年紀較大的話，那麼很顯然是老壽星喜歡古板的老人。

不過，在王宅要幹的活和在將軍家要幹的活一樣輕鬆。儘管劉媽經常一遍遍地爲她找活幹，可總也沒有足夠的活讓她忙得心滿意足。她喜歡幹活。每當她沒有什麼事情幹的時候，她就到中廳去擦王老先生的水煙袋。

這是一個悠閒的下午，王大和王山還沒有放學，家裡的每一個人都在睡午覺。她來到中廳擦王老先生的水煙袋，快活地哼著她最喜歡的鳳陽花鼓歌小調。

在王宅和女兒一樣生活得有滋有味的李老頭，提著一桶水和一把勺子來到中廳。他的臉上洋溢著幸福的神采。

「哎，爸爸。」李梅說：「你爲什麼沒像其他人一樣睡個午覺？」

「唉，」李老頭說：「我還有多少年的活頭，何必把生命都浪費在床上呢？我喜歡幹點家務活當作自己的享受。妳爲什麼不去睡個午覺？」

「我試過，卻怎麼也睡不著。我眞不明白這座房子裡的人怎麼那麼容易就入睡。像王老先生，還沒走到床邊就開始打瞌睡了。」

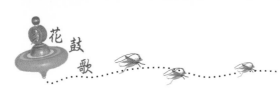

「唉，我們不一樣。」李老頭一邊澆著蘭花一邊說：「我們天生就和富人不一樣。老天爺讓富人享受睡覺，讓我們享受吃飯。」

「王老先生肯定不喜歡吃飯。」李梅一邊起勁地擦著水煙袋一邊說：「你看見他吃飯時的那個樣子了吧？每當他見到好吃的東西，準會皺起眉頭來。他在飯桌上似乎總是悶悶不樂。你在床上可從來沒有不高興過，對吧，爸爸？」

「對呀，祇要床上沒有臭蟲，就不會不高興。李梅，咱們老聖人講過，知足者常樂。」他停下澆花，嚴肅地問起李梅來：「李梅，妳在這裡愉快嗎？」

「愉快。」李梅答道。

「那就好！」

「除了見到劉媽那個老婆娘的時候，我都很愉快。」

「妳千萬不要和她過不去。」李老頭馬上說：「我們老一輩子的相面大師說過：『高顴骨尖嘴唇的女人，心像響尾蛇一樣毒。』我注意到劉媽就是這種相貌。她對妳怎麼了？」

「她總是瞪我，還用鼻子哼我。」

「咳，祇要她不對妳用牙齒和指甲，妳就別在意。」

「她的話可難聽了，爸爸。昨天我在這裡擦王老先生的水煙袋時，她過來嘮叨我。她說：『妳以為妳是什麼烏龜蛋人物，還坐在炕上？』我說：『為什麼我不能坐在炕上？』她說：『那是老爺的位置！』我說『老爺不在這兒。』她說：『哪個傭人也不許坐在炕上！』我說：『我和少爺一起在炕上坐過好多次，爲什麼他不知道這條規矩？』……。」

「妳說得對。妳說得對。」李老頭問：「然後她又怎麼說？」

「她說：『哼！』」

「好，妳在這場爭辯中贏了。但妳千萬不要再和她找彆扭了，李梅。至於她的顴骨，我確信老一輩子的相面大師不會說錯。和她好好相處。咱們的老聖人說得好，切莫逆水行舟。懂嗎？」

「我儘量吧。」

「王先生對妳好嗎？」

「很好。」李梅說著，雙眼突然閃露出奕奕神采：「他打算教我學習讀寫外國語。」

「是嗎？哈，哈！太好了！妳要好好學習。不管是哪國語言，能讀能寫終究是件大事，尤其是當妳有一個不停給妳寫信的情人或無聊的親戚，那將會是更重要。唉，在中國我如果看得懂我那個無賴親戚寫的那些文言文的信，我肯定會受到更大的尊敬。每次我請別人讀那些信的時候，人們都以爲我也是個無賴，唉！」

李梅從外衣口袋掏出一支鋼筆給爸爸看。「王先生還給了我一枝外國筆。他說裡面藏著一個小硯台。」

李老頭小心翼翼地端詳著鋼筆。「哦，他可眞好，送妳一件這麼貴重的禮物。妳要把它好好地裝在衣服裡面的口袋，不要輕易用它。」他把鋼筆還給李梅：「王先生在外國人的大學裡學的是什麼東西？」

「他學的是怎樣當一個醫生。爸爸，你應該看看他是怎麼寫那種外國字的。他寫得那樣飛快，會讓你覺得他根本不是在寫字，純粹是在一張紙上畫小蟲子。」

「我知道，我知道。」李老頭說：「這種外國語很奇怪。它在寫法上看上去不一樣。那些外國水手經常把這種文字刺在他們的胳膊上。喔，簡直是一場糊塗！有些字看上去就像女人的大腿一模一樣！」

李梅看見王大進了屋子，馬上跳了起來。「王先生。」她興奮地叫道。

「妳好。」王大一邊說，一邊把一堆書扔在一把椅子上，自己則坐到另一把椅子上。「我太累了！」他確實累，因爲他是從學校跑回家的。自從他認識李梅以來，他大多數時間一直是跑著回家。每一天他都渴望回家。生活不再枯燥無味，而他也發生了很大的變化。

「你今天回來得挺早。」李老頭說：「我看，好像學習做醫生並不是很難。」

「日子雖短，可年頭長啊，李老頭。」王大笑著說。

「你不打算睡個午覺嗎，王先生？」李梅問。

「我已經在課堂上睡過午覺了。」

「哎，」李老頭說：「我當然不反對學習西醫。不過，假如我病了的話，我肯定不願意去看西醫。」

王大哈哈大笑：「等我拿到行醫執照，李老頭，我肯定不會在你得病的時候勸你到我這兒來看病。李梅，今天下午妳在做什麼？」

李梅把老爺的水煙袋遞給他。「看看這個！」

「什麼？新水煙袋？」

「不是新的，是我擦出來的。我把水也換了。」

「怪不得聞上去氣味清新了。妳要知道，在我們家這水煙袋的年齡和我弟弟王山一樣大。我敢說，自打它出了工廠，這是它第一次眞正被擦亮了。李梅，妳在這座宅子裡肯定要比其他任何人更會討得我父親的歡心。」

「我喜歡你父親。」李梅說：「雖然他的樣子很古板，但他從來沒有責罵過任何人。」

「不過，他常常揍我弟弟。」王大說。

「王先生，你是你父親的寶貝兒子嗎？」李梅問。

「我一直想做，卻不太成功。每當我有事求助於他，他經常是用滿嘴的『不行』，像機關槍一樣向我開火。李老頭，我父親對你的工作也很滿意。他說，自從你來了以後，後院更乾淨了，花看上去更鮮嫩了，而且長得也更快了。」

「王先生，」李老頭情緒高漲起來：「花這東西就像人一樣，你精心侍奉它們，它們就長得好，看上去就更鮮嫩。在中國時，就連那些兇猛的野狗也是一樣，別看它們呲牙咧嘴地嗷嗷亂叫，但祇要你扔給它們一塊骨頭，哈哈，它們就對你搖起尾巴來了。什麼事都是這個理兒。」

「雖然對人類來說並非事事如此，可確實也有不少人利用別人的好心，並欺騙好心人。」王大說。

「我把這樣的人叫作臭蟲。」李老頭說：「等他們在他們的恩人身上吸血吸得太多的時候，總有一天會把肚子撐破的。」

「爸爸，」李梅做了個鬼臉說：「你每天都要提起臭蟲——多惡心呀。」

「唉，」李老頭說：「我給它們當了六十多年的恩人，我能忘了它們嗎？」

王大笑了起來。李老頭很高興。他看了看一對年輕人，認爲該到了讓他們單獨相處的時候了。

「好了。」他提起水桶說：「後院的花們正在等著我去澆水呢。」

「你肯定是個花癡，李老頭。」王大說。

李老頭眨了眨眼說：「等你到了我這把年紀，找不到更好的東西去愛的時候，你也將會變成花癡的。」他飛快地瞥了李梅一眼，哈哈笑著，急忙退出中廳。

「咱們坐在炕上。」王大一邊說一邊向炕走去。

「王先生，允許傭人坐在炕上嗎？」李梅問。

「在這座房子裡，除了整天叫我先生以外，允許妳做任何事情。」

「那麼，我管你叫王大少爺。」李梅說著，坐到了炕上另一端。

「千萬別把那種封建頭銜老是往我頭上戴！」王大說：「它眞刺耳。我很討厭它，恨不得拿它跟劉龍的頭銜換一換。」

「劉龍的頭銜是什麼？」

「又聾又啞的老烏龜。」

李梅咯咯笑起來：「那我管你叫什麼呢？」

「叫我『大』，家裡沒有一個人管我叫『大』。那就是爲什麼這座房子像座冰窖一樣，而這裡每個人都像一塊凍牛肉的原因。」

「那好，以後我就管你叫『大』。」李梅溫柔地說。

王大看著她笑了，然後又挪到她坐的炕的一邊。「好了，障礙消除了。妳喜歡在這兒幹活嗎，李梅？」

「喜歡，大。」

「假如這座房子是中國的老宅子的話，妳會更喜歡它。它在春暖花開的日子簡直像天堂一樣。花園裡繁花似錦，蜂蝶紛飛、幼嫩的竹筍每天能躥一尺高…不知道現在老宅子裡到底怎麼樣了…。」他面對炕後面的那面牆，指著它說：「看到那塊地方了嗎？那是一面大大的月窗，正對著花園。透過月窗，妳可以看到花園裡的高高的竹林。」他微微低下頭，假裝在透過想像中的月窗往外看。「妳看到那個籃子了嗎，掛在那棵高高的竹子頂上的籃子？」

李梅開始迷惑了一會兒，然後微微笑著，也假裝在往外看。「哦，我看到了。是誰把那個籃子掛得那麼高呀？」

「我掛的。我把籃子掛到上面去的時候，它才一丈高。可妳現在看看，它都長到天上去了。我經常坐在這裡看竹子成長，特別是頂上掛著我的籃子的那根。有時候我看到籃子長到那麼高了，就感到悲傷——它最後到了我夠不著的地方。不知怎麼地，那個籃子成了我生活目標的一個象徵，然而時光正在使它離我越來越遠。在那些日子裡，我成了一個悲傷的小傢伙。事實上我一直是…直到我碰上了妳。」

他轉過身來凝視著李梅的眼睛。李梅低下了頭，臉上浮起一片紅雲。他馬上又轉過身面對著牆壁，指著牆壁問：「妳看見那兒了嗎？」

李梅假裝在看：「沒看到。那裡是什麼？」

「那棵被砍倒的竹子。」

「噢，看到了。它為什麼被砍倒了？」

「我弟弟王山應該對它的遭遇負責。他要學我的舉動，也往上面掛了一個籃子。那時他祇有七歲，但他是個聰明的孩子。他在他的籃子裡放了兩個蛋。妳知道後來發生什麼事了嗎？兩隻野鴿子飛來在籃子裡做了個窩，孵起蛋來。那是兩個雞蛋。當鴿子發現它們的寶貝長得那麼大，就嚇得飛走了。我父親發現以後也嚇壞了。他以爲花園裡一定鬧鬼了。誰聽說過竹子頂上會孵出小雞來了。他把竹子砍倒，並請來了兩個道士驅鬼，然後又急忙舉行了一個盛大的葬禮把小雞埋了起來。那兩個雞蛋整整花費了他兩百大洋，夠買一頭牛了。」

李梅咯咯笑了。「爲什麼？難道沒有人告訴他事實眞相嗎？」

「我告訴他了。可那管不了多大事。他還是相信有鬼，結果劉龍和我痛痛快快地吃了一頓雞宴。他把雞從它們的豪華墳墓中挖了出來，用油炸了。哦，天哪，那眞是香啊！我們是在山坡上吃的，所以劉媽沒有能發現我們。」

「你沒請你弟弟一起吃嗎？」李梅問道：「那可是他的雞呀。」

「請了，可他顧慮重重。因爲他在竹子頂上養小雞，我父親差點把他的腿給打斷了。」他從炕的後面拿出一根竹棍子，在空中揮舞著。「妳知道這是什麼東西嗎？這被叫作『王山的恐懼』，我弟弟一見到它就渾身發抖。把妳的手伸出來，我給妳示範示範我父親是怎樣讓我弟弟覺得恐怖的。」

李梅伸出她的右手。王大用他的左手抓住它，然後假裝用竹棍子打它。「偷東西打妳十板子，背不下孔夫子的《四書》，打妳十五板子。」

「他因爲在空中養小雞挨了多少板子？」李梅笑著問。

「二十大板。」王大說：「不過不是打手心，而是打這裡。」他用竹棍子輕輕地打了李梅渾圓的小屁股一下。他們倆哈哈大笑。王大把竹棍子放到一邊，但他的手仍然握著李梅的手沒放。他們的眼睛相互凝視了一會兒，李梅突然低下了頭，滿臉通紅。「我得走了。」她說：「王老先生也許快要到這裡來抽煙了。」

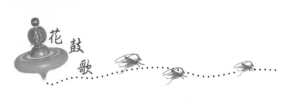

「不要擔心。」王大說：「他通常要睡一個下午，有時要花一個多小時才能把他叫醒。」他把她的手握得更緊了。「妳真漂亮，李梅。」

李梅笑著，臉更紅了。「我得走了，真的。」

「李梅，以前有沒有人握過妳的手？」王大問。

「有過。」

「是嗎，那人是誰？」

「是一個外國人。」

「外國人！妳是在哪裡認識這個人的？」

「在一次夢裡。」李梅說：「我在台灣的時候，有一次我夢見去看蘇聯電影。」

「妳在蘇聯電影裡見過真正的蘇聯人嗎？」

「沒有，我從來沒有看過蘇聯電影。我爸爸說，現在老家的人幾乎每人都看蘇聯電影。你看過蘇聯的電影嗎？」

「看過。我在舊金山看過一次。在那部電影裡，每個人都是英雄。他一天能工作二十個小時，每周工作七天。他不知疲倦地向他的同志們敬禮。每當命令一到，他就揚起手臂，揮舞著旗幟，喊著『衝啊』衝向戰場，然後壯烈犧牲。妳看過不少美國電影吧？」

「沒看過。」李梅撒謊說：「我一部美國電影也沒看過。」

「下次我帶妳去看美國電影。美國電影和我們在唐人街看過的那些廣東話電影可不一樣。在美國電影裡，每個人都有一輛漂亮的汽車；每輛汽車裡都有一個漂亮的女人。美國電影裡的英雄，和中國電影裡的英雄一樣，很少死去。有時候英雄也會死去；但祇要他們不死，他們的結局總是一個長吻。妳知道什麼是長吻嗎？」

「我不知道。」李梅又撒了謊。

「那好。」王大笑著說：「也許妳是美國這塊土地上唯一一個不知道什麼是吻的人。好，我給妳講解講解。吻就是－就是－嘴唇的接觸或壓迫－在嘴唇或臉蛋上的接觸或壓迫－哦，示範一下要比講解容易得多。不管怎麼說，妳要把妳的雙唇放在妳選定的地方，但一定要有一種在感情認識－或親情關係－或强烈的吸引－誘導下的强烈個人愛戀情感…。」他停下來，用火辣辣的目光注視著李梅。「妳聽懂了嗎？」

「聽不懂。」李梅回答。

「我就知道妳聽不懂。」王大說：「好吧，我用一個簡單點的方式解釋給妳聽。從生理上講，吻是一種－是一種－可以說是一種行爲，爲西方國家個人喜歡的一種行爲，尤其是在美國。妳知道這種行為是怎麼回事嗎？」

「不知道。」李梅答道。

「唉，妳簡直是根朽木，好吧，我給妳示範一下，閉上妳的眼睛！」

李梅閉上眼睛。王大把她的臉蛋往高抬了抬，繼續說：「對！把妳的頭抬起來，雙唇放鬆一些……對，就像一個綻開口的石榴。對！」接著他摟住她，溫柔地在她的雙唇上吻了下去。

李梅很快就睜開雙眼問道：「這就是吻呀？」

「是的。」王大笑著說：「和妳在美國電影裡看到的吻相比，這才做了一半。」

「才做了一半？」

「是的，祇有一半，走，我帶妳去看場美國電影。電影上會教妳知道怎樣才叫完美的吻。」

「現在就去？」

「對，現在就去。吃晚飯時我們就可以回來了。」他拉著李梅的手，拖著她就往外走。

七

譚太太在同姐夫爭辯他是否應該接受盧先生的晚宴邀請的問題上，一直沒有獲得多大的成功，那裡還談得上說服他把盧先生的一個女兒接納爲未來的兒媳婦。她弄不懂爲什麼這個老頭變得如此頑固。她曾經成功地讓他把所有的現金存到銀行裡，並設圈套讓他買下了一套他一直厭惡的西服，但是要誘惑他去參加盧先生的晚宴，似乎是件根本不可能的事情。她在這件使命上的失敗使她心煩意亂。除了忍受自己失敗的滋味以外，她在盧先生面前也會顏面大失，而更重要的是，假如盧先生的二女兒落入那個四川軍閥一事無成的花花公子兒子手裡，對她而言，簡直是一個莫大的恥辱。那女孩和王大是非常的匹配。

每當她想到這一點，就對姐夫的如此頑固痛恨得咬牙切齒。她對王戚揚爲什麼變得越來越死硬有點迷惑不解。她分析了一遍形勢後，判定可能是與中廳傢俱的擺設有某種關係。一定是姐姐的鬼魂回到家裡來了，它助長了王戚揚的膽子和頑固。譚太太想，假如自己要影響這老傢伙，或許從現在起就得改變一下戰術。她知道，儘管王戚揚有這樣那樣的缺點，但他是個直來直去的老傢伙。他從不吝嗇，對名利之事一直比較淡漠，但他對有學術成就的人極其崇拜。他這一輩子唯獨欽佩的人就是大學者和大詩人。

於是她想起，盧先生在沒有職業的那些日子裡，在三個女兒的支持下寫過一些詩。她知道他現在每天在一家餐館卑微地幹完四小時收銀員工作後，偶爾還在寫詩。她弄不清這位前杭州市長到底寫過多少詩。假如他寫的詩夠出一本詩集的話，或許她可以就此做些文章。

她拿起電話，給盧先生家打了個電話。「是的，我寫了有上千首詩。」盧先生告訴她：「可我老婆一直用我的詩稿包花籽，有時候還用它點火生爐子。」

「請你再寫一些，並把你老婆還沒來得及燒掉的詩稿搶救出來。」譚太太說：「我可以幫你找個出版商。我認識一個唐人街的出版商，他對出版中文詩集很感興趣。請你把你的詩稿準備好。」

譚太太和盧先生談完之後，馬上叫了一輛黃色計程車，不到二十分鐘她就到了唐人街的中心區，和那位出版商談上了。出版商對出版詩集根本不感興趣，他祇不過是在報社內順便做些印刷業務。祇要花上三百美元，他就能爲你印刷一千冊小冊子那種規格的任何東西。譚太太沒有功夫去仔細研究這項業務，她掏出支票簿，簽了一張五百美元的支票。「請支付給盧先生二百美元稿費。」譚太太一邊把支票遞給出版商一邊說：「請你告訴他這是你的錢，派個人去把詩稿拿來，在一個星期內把它們印出來。這是盧先生的地址。」

出版商半信半疑地皺著眉接過支票，不過這是公司的生意，他也不想對這件奇怪的事情問得太多。他想，或許這是送給盧先生的一個生日禮物之類的東西。

計程車正等在外面。譚太太回到計程車裡，告訴司機王戚揚家的地址。她正在打一場戰爭，她可耽誤不起寶貴的時間。她走進中廳的時候，碰見了劉媽，劉媽見到她似乎非常高興，看上去她好像有什麼重要事情要告訴譚太太。「妳好嗎，譚太太？」

「馬馬虎虎。」譚太太說：「老爺起床了嗎？」

「還沒有。」劉媽說：「不過很快就要起來了，剛才我聽見他咳嗽了。」

「告訴他我要見他。」譚太太說。

「好的，太太。」劉媽一邊說著，一邊向王戚揚的臥室走去，到了門口又停下腳步。她必須把她看見的事情先告訴譚太太。假如她先告訴了老爺，再從老爺口中重覆出來的時候，味道就不一樣了。因爲這是一個具爆炸性新聞的故事，所以她不想讓其他人給譚太太講這個故事，她要親自講給她聽。她急匆匆地走回譚太太身邊，加重語氣對譚太太低聲說道：「太太，妳知道我今天下午見到什麼事情了嗎？」

「我怎麼會知道？」譚太太說：「看到什麼事情了？」

「我看見他們手拉著手呢！」

「誰拉著誰的手？」譚太太有點生氣地問。

「少爺和那個要飯丫頭。」

「是嗎!?」

「太太，我要是撒謊的話，就遭天打五雷轟。我看到大少爺抓著女孩的手，而且女孩也抓著他的手，就在這間房子裡！」她往譚太太身邊湊得更近了些，聲音壓得更低，接著說道：「太太，假如妳早來一個小時的話，妳還會看到一些別的事情。」

「我很忙。」譚太太說：「妳還看到什麼別的事情了？」

「我看見他們在幹這個。」劉媽說。她發現描述自己躲在門後所看見的事情相當困難，於是就用自己的兩個拳頭代表兩個戀人。她把兩個拳頭湊到一起繼續說：「少爺告訴女孩閉上她的眼睛抬起頭來，然後他把她摟在懷裡，把他的頭壓在女孩的頭上，就像這樣！」她把兩個拳頭湊到一起摩擦著。誇張地描述著他們接吻的動作。

「這是什麼？」譚太太皺著眉頭問。

「我不知道，太太。」劉媽說：「少爺說那樣祇才做了一半。」

「才做了一半？」譚太太問：「什麼一半？」

「我不知道。他們一小時前就出去了。可我敢肯定，他們現在一定藏在什麼地方在做另一半呢！」

「不可想像，不可想像！」譚太太一邊說，一邊用手帕給自己扇著：「快去叫老爺出來！」

「是，太太。」劉媽應道。她向王戚揚的房間走去，突然又停下來低聲說道：「太太，我敢肯定，那要飯丫頭會施一點魔法。肯定是她讓少爺著了魔道。」

「哦，不要胡說八道。快去叫老爺來！」

「是眞的，太太。那老頭看上去同樣危險。有時候我都懷疑他也在勾引我，不過我告訴過他，那是癩蛤蟆想吃天鵝肉…。」

「去告訴老爺到這裡來！」譚太太氣憤地打斷了她的嘮叨，厭惡地揮動著自己的手帕。

王戚揚一直躺在自己的大床上休息，津津有味地享受了一會兒自己輕微的咳嗽。當他聽到中廳裡小姨子的憤怒聲音時，就閉上眼睛等著她無法阻擋地闖入自己安詳而又寧靜的世界。不一會兒，他就聽見劉媽走了進來。

「老爺，老爺。」劉媽站在他的床邊，猶猶豫豫地喊著。

王老爺睜開眼睛問道：「什麼事呀？」

「譚太太來看您了。」劉媽說：「她有重要的事情要告訴您。」她走到離蚊帳更近的地方低聲問道：「老爺，您知道我看到什麼了嗎…？」

「妳可以等到晚上給我捶背的時候再告訴我。」王戚揚說：「告訴譚太太，我過一會兒在中廳見她。」

「是，老爺。」

王戚揚掙扎著出了蚊帳，在一把藤椅上坐定，用雙手摩挲著臉龐，哼哼嘰嘰了一陣，然後起身來到浴室洗手漱口。他不知道小姨子有什麼新聞要告訴他。他希望她不是又來談論盧先生的晚宴邀請。他這一輩子還從來沒有這樣被人催促著去吃別人的晚飯。對他來說，去吃盧先生的晚飯，似乎就像要他放棄原則去接受一個從未謀面的新娘一樣。絕不讓步，他想，絕對不能在這件事情上退讓一步。假如她再提起這個話題的話，他會再一次明確地告訴她，他不願意接受盧先生的邀請。

他不急不徐地洗手漱口，然後又花了十分鐘修剪鬍鬚。等他走進中廳的時候，譚太太扇著手帕，已經等得不耐煩了，就像已經在一座火爐上坐了半個小時一樣。「我的姐夫，」她跳起來說：「出大事了！」

王戚揚咳嗽了幾聲，然後坐到炕上，拿起了水煙袋。「出什麼事了？」他平靜地問。

「姐夫，」譚太太說：「不要說我沒有警告過你，當初你僱用那位老頭和他的女兒時我就勸過你。我原本是帶著好消息到這兒來的，可現在這好消息也被那老頭和他女兒爲你家帶來的極大不幸給攪和了！」

「唔，唔。」王老爺一邊應聲，一邊往水煙袋裡裝著煙絲。他確實喜歡李老頭和他的女兒。他弄不懂爲什麼小姨子談起他們來會如此憤憤不平。「唔，我沒見到李老頭和他的女兒做過什麼錯事。他們幹了什麼事？」

「那女孩和王大做愛了。」譚太太說：「就在這個房間裡。」

「胡說八道，胡說八道。」

「眞的！是劉媽親眼見到的！他們手拉著手，而且－而且－劉媽，來演示演示他們在這間屋子幹的事情。」

「是，太太。老爺，他們在幹這個！」劉媽用雙手比劃著他們接吻的場面，王老爺看著，眉頭緊蹙。

「好了，妳可以退下了。」譚太太說。

「是，太太。」劉媽退下以後，譚太太對王戚揚嚴肅地說：「我說姐夫，我想你該明白劉媽的手勢意味著什麼。讓我再提醒你一句，假如他們在光天化日之下能做這種事，那麼你難道想像不出他們會在夜裡幹些什麼嗎？這是最糟糕的事！」

「不肖之子。」王戚揚咕嚕著。極力壓制著自己的怒火。

「好好想一想你自己的兒子。」譚太太說：「竟然和一個女傭人做愛，假如這種可怕的流言傳遍唐人街的話，唐人街將會怎麼看待你這個家庭？」

「我對妳說過。王大自從和那些名聲不好的女人交往以來，一直沒有受到過好的影響。現在他竟然開始勾引天眞無邪的女孩了。」

「你怎麼知道不是那個小騷貨在勾引王大呢？」

「那女孩是個勤快的農村丫頭。」王戚揚說：「假如這是一次引誘事件的話，毫無疑問，罪魁禍首就是王大！」

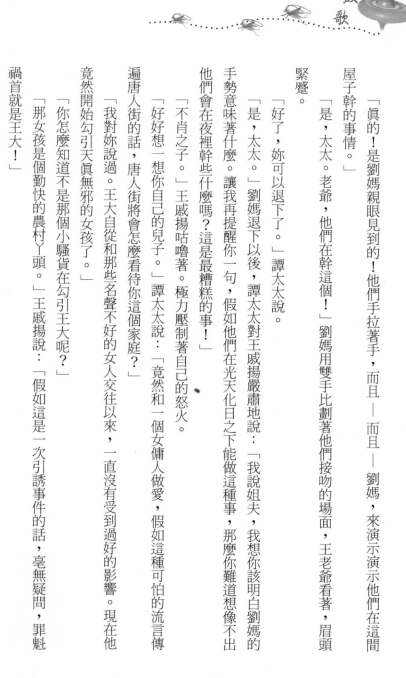

「咱們先別忙著爭論誰是罪魁禍首。」譚太太說：「現在你面臨著斷子絕孫的危險。假如這個家庭染上這種敗壞門風的污點，誰會把女兒嫁到這裡來呢？」

「我知道，我知道。」王戚揚說，表現出焦慮的樣子。

「我剛才對你說，我是帶著好消息來的。盧先生剛剛把他的詩集交給唐人街的一個大出版商出版。出版商說，盧先生是他近年來有幸結識的最傑出的中國詩人之一。許多學者讀了他的詩都有同感。而且盧先生非常友好地答應送給我幾本詩集，並請我也送給你一本。王大本來有機會娶這樣一個大學者的女兒，現在一切事情都毀在那上頭了。」

「我說妻妹，」王戚揚的固執就像一個洩了氣的氣球，他說：「我開始相信，在現代社會的影響下，年輕人不可能像我們一樣保持潔身自好。他們的道德水準不高。爲了避免更嚴重的名譽傷害，我承認，儘早讓王大結婚才是明智之舉。」

「我不是早就告訴過你嗎？」譚太太得意地說：「我不是在忙著給王大找對象嗎？你那漠不關心的態度眞讓人洩氣，不過我仍一直在爲王大的未來考慮，從來沒有被你的態度阻撓住！」

「咱們坐下來談談正事好嗎，妻妹？」王戚揚說：「妳認爲盧先生會先讓二女兒出嫁嗎？」

「爲什麼不會？」譚太太反問道：「如果他的大女兒找不到丈夫，難道他其他的女兒都得變成老女孩嗎？盧先生是個聰明人，他比你明理得多！」

「可是，」王戚揚沉思著說：「女兒應該按順序出嫁。盧先生作爲一個詩人和學者，不應該贊成這種順序顛倒的婚姻。」突然，他迫切地望著小姨子問：「妻妹，假如他要堅持按正確順序往外嫁女兒，他大女兒的情況值得考慮嗎？」

「不能考慮！」譚太太堅定地說：「他大女兒一直在巴黎學習藝術，已經二十六歲了。誰知道她還是不是處女？他三女兒長得太漂亮，媚氣十足。那種女人永遠成不了好老婆。她可以把她丈夫迷惑到她這一邊，與他自己的父母對抗。祇有他二女兒才是最理想的，就像我以前對你說過的那樣…。」

「請妳明天去見一下盧先生，告訴他，我想在王大繼承我的財產以前看到他有一個美滿的婚姻。看看他能否賞臉把他的二女兒嫁到我們家來。」

「明天就太晚了。」譚太太說：「我今天就要去跟他談。但是，我們首先要找一個媒人，找一個在唐人街聲望高的媒人。六鄉會的主席倒是一個理想的媒人。或者找林博士，他是加州大學的歷史教授…。」

「我想我們就請林博士來當媒人。」王戚揚急忙說：「我一直想見見他。」

「那好，我認識他。」譚太太說：「到時我們得買兩隻肥鵝做定婚禮物。林博士正式提親以後，我就提著鵝到盧先生家去。所有這一切事情都要在一週內辦完。」

「唔，唔。」王老爺一邊沉思著抹著自己的鬍子一邊說：「妳不覺得，妻妹。妳不覺得這樣有點太著急了嗎？」

「我說姐夫，還是想一想可怕的後果吧！假如那個女傭人在唐人街把她的風流事張揚出去，整個事情就毀了。王大一天不與一個好人家的體面女孩正式定婚，我就一天不得安寧。我越想這件事，就越是感到緊迫。」她抓起手袋，從炕上起身：「姐夫，走，咱們去見林博士。」

王老爺也點著頭站起來說：「照妳的主意辦，照妳的主意辦。」他走到門口去叫劉龍。

「別叫劉龍了。」譚太太說：「你忘了他是聾子了？」

「李老頭！」王戚揚叫道。

「那老頭是個喪門星。」譚太太說：「走，姐夫，咱們自己到街上去叫計程車。」

「好，照妳的主意辦。」王戚揚一邊說，一邊把掛在炕後面釘子上面的黑緞帽戴在頭上。

他們正要離開房間的時候，劉龍和李老頭急急忙忙跑進來了。「王老爺，您在叫我們嗎？」李老頭問。

「沒什麼。」王戚揚說：「我們想出去一趟。」

譚太太轉過身來對劉龍喊道：「劉龍，見到你老婆時，告訴她不要講話，你聽清楚了嗎？」

「嗯——？」

「我說，告訴你老婆，閉上她的嘴巴！」她喊道。

「啊？」

「唉，我說姐夫，這個人怎麼一天此一天聾！哦，我們太忙了。咱們走吧。」

譚太太和王老爺離開家以後，劉龍帶著一副迷惑不解的樣子問李老頭：「她想幹什麼？」

「她想叫你老婆閉上她的大嘴巴！」李老頭對著劉龍的耳朵喊道。

「哦，那倒不錯，不過很難。」劉龍點著頭說。

他們倆哈哈大笑。李老頭說：「哎，我搞不懂今天這裡到底發生了什麼事情。人人顯得都挺忙，而且都很激動。劉龍，你老婆在哪裡？」

「我老婆？我不知道。也許她正在睡午覺。她祇有在睡午覺的時候才會閉上嘴巴。」

「哈哈，的確是那麼回事，劉龍。」李老頭笑著說：「的確如此！哎，劉龍，你怎麼不睡午覺？」

「我？大白天睡在老婆身邊？哼！嫌夜晚不夠長嗎？」

「說得對，劉龍。」李老頭說著，笑得更響了：「我眞同情你。唉，她可眞是個老婆！好了，所有人都出去了，正是個享受一會兒清淨的好機會。我們也可以坐在這裡一起喝上一口。你怎麼說的來著，劉龍？」

「嗯——？」

李老頭從衣袋中掏出酒壺，喜愛地拍著它喊道：「我們共同的愛好，對吧？」

「哦，哦。」劉龍笑著說：「對，對！」

他們倆走到炕邊坐下。劉龍解下自己腰帶上的酒壺之時，李老頭正從衣袋中掏出一包花生。他把花生放在炕桌上，邀請劉龍一起吃。他們喝著酒，吃著花生，看上去十分開心。

「劉龍，你要知道，」李老頭說：「一個男人要想長壽，他就必須得有點愛好。」

「嗯——？」

「我是說，假如你想活得開心，你就得找點你愛好的東西。就像孩子們，喜歡吃糖果；像年輕小伙子，喜歡女人；像中年人，喜歡錢財；而老人呢，喜歡清淨和喝口這個。」他又拍了拍酒壺，說：「這就是愛好，懂嗎？」

「我懂，我懂。」他一邊說，一邊連連點頭，然後又咧開嘴笑著向李老頭吐露說：「李老頭，在我這個年齡，你說的那些東西，除了糖果，我都喜歡！」

「哈哈，你說得對。」李老頭笑著說：「你說得對，劉龍。你說得非常坦率。」他向劉龍的身邊湊得更近一些，也吐露出自己的想法：「老實告訴你吧，劉龍，假如我的胃口好，就連糖果到我嘴裡，也不會讓我覺得不可口，懂嗎？」他們倆都笑得前仰後合。「來，來，再喝一口。」他們相互勸著酒，一大口一大口地捧著自己的酒壺喝。

劉媽突然喘著粗氣闖進中廳。她站在兩個發呆的男人面前，看了他們一會兒，雙手叉著腰。

「你們倆在這兒幹什麼？」她質問他們。

驚恐之中，他倆尷尬地企圖把自己的酒壺藏起來。「哦，哦，我們在一起說說笑話。」李老頭說：「僅此而已，僅此而已。」

「你撒謊！」劉媽說：「我聞到了一股貓尿味。劉龍，你又喝酒了？老實說，你這個不要臉的！你又碰別人的貓尿了？」

劉龍的樣子很痛苦。

「不要錯怪他，劉媽。」李老頭說：「他喝的是他自己的酒。」

「什麼？你自己買酒喝了？你這個酒鬼！」劉媽質問著自己的丈夫：「把酒給我。聽到沒有，把酒給我！」

劉龍戰戰兢兢地把酒壺遞給老婆。「在這裡。」

「哼！」劉媽一把把酒壺從劉龍手中抓過來：「你還藏著不讓我知道，嗯？你買酒的錢是從哪裡來的？」

「我到地下室去睡覺，嗯—？」劉龍說。

「好啊，滾出去！」劉媽勃然大怒：「從這裡滾出去！永遠別再靠近我！」

劉龍趕緊從炕上起來，溜出中廳。劉媽轉過身來質問李老頭：「老傢伙，你女兒到哪兒去了？」

「我自己也一直在找她。」李老頭說：「正琢磨著她會到哪兒去呢。」

「她會到哪兒去？」劉媽氣衝衝地說：「她和少爺一起私奔了。我到處去找他們，連他們的影子都沒見到。我警告你，假如他們到晚上還不回來，老爺將會以劫持少爺的名義起訴你！」

「我劫持少爺？噢，老天有眼！是什麼使妳說起話來像個瘋子似的？」

「如果不是你的話，就是你的女兒！」劉媽說：「他們不見了，確切無疑！她勾引了他，她讓他中了魔，確切無疑！」

「我去找他們。」李老頭說著，向門口走去。「我要讓妳看看我女兒是什麼人。假如她是一個劫持者的話，我就請你們老爺把我送到外國人的監獄裡去。我會讓我這把老骨頭在監獄裡爛掉，直到把蛆都餓死！」他氣憤地衝出門去。

劉媽自己坐到炕上，心中的怒火越燒越旺，於是她把丈夫的酒壺送到自己的嘴邊，深深地喝了一大口。忽然，一個主意來到她的心中。她的目光慢慢地掃向桌上的鍍金時鐘……。

八

王大眞後悔，眞不應該在去電影院之前，帶李梅到他的學校去。他本來想通過展示他所學習的一些東西，讓她接受一點教育。可是，在李梅看過了浸泡在櫃子裡的人體四肢和其他部分之後，根本就無法再看電影了。從第一部片子開始，她就一直用手帕捂著嘴巴，發出牙齒打戰的聲音，搞得王大心煩意亂。他出去買了一包口香糖遞給她。「嚼嚼這個。」他勸她說：「可能會管用。」

口香糖根本沒起作用。電影還沒有結束，他們就出了電影院，而李梅在街上走起路來還是搖搖晃晃，就像在海上暈船一般。王大無可奈何之際，走進一家雜貨店，買了一包乾辣椒，撕開包裝，把一個小紅辣椒遞給李梅，李梅嚼著小紅辣椒，眼淚馬上湧出她的眼眶。

「感覺好些了嗎？」

「好些了。」她一邊說，一邊往嘴裡吸著空氣，以便讓空氣涼爽一下火辣辣的舌頭。

「那麼，再試試這個。」王大說著，又把口香糖給她。

他們回到汽車裡的時候，李梅又恢復了正常狀態。她說：「我餓了。」

「既然妳沒能好好的看完電影，」王大說：「那麼我就帶妳去吃一頓外國餐作爲補償，然後我們再去一個外國人的地方去看跳舞。」他開車帶著她來到範內斯大道，琢磨著帶她去烤雞店還是去牛排店，這兩家餐館都是他喜歡去吃的地方。一想到切牛排時血淋淋的情景，可能會勾起她回想起剛剛才忘掉在學校看到的屍體，他決定帶她去烤雞店。

李梅喜歡吃西餐，祇是不喜歡吃冰淇淋。她吃冰淇淋時眉頭緊鎖，往下呑的時候做著鬼臉。

「怎麼回事？」王大問她：「妳不喜歡吃冰淇淋嗎？」

「太涼了。」她牙齒打著戰說。

「噢，妳的舌頭今天可受夠罪了。」王大站起來說：「走，咱們找個地方去看現場演出。」

「我想我該回去了，你父親也許有活讓我幹。」

「不要管他，李梅。」王大說：「這是美國。妳一天祇需要工作八個小時，晚飯後就沒有多餘的工作要做了。今天早晨妳是幾點鐘開始幹活的？」

「六點鐘。」

「我們是兩點半出來的。妳已經工作了八個半小時。根據法律，妳可以起訴我父親讓妳超時工作一小時，要求加倍付薪水。走，我帶妳到意大利僑民區去看一場夜總會演出。妳到夜總會去過嗎？」

「沒有。什麼是夜總會？」

「妳會親眼看到的。」

王大付完賬後，發現自己的錢祇剩下兩美元了。所以他沒敢帶她去那光是小費就要兩美元的意大利僑民區，而是把她帶到克萊大街的威廉姆・泰爾舞廳。他和張靈羽以前到這裡來過幾次，每次幾乎都花不掉兩美元。他喜歡這裡充滿友善的世界主義氣氛，總是在那寬敞的大廳跳舞跳個夠。

他和李梅穿過酒吧進了舞廳。這舞廳老是讓他聯想起乾涸的游泳池來。一位服務小姐把他們引到一張舖著紅白格子桌布的桌子旁，王大要了一杯啤酒和一杯可口可樂。一個三人樂隊——一架手風琴，一台鋼琴和一面鼓——正在演奏一些歐洲音樂，聲音卻比一個十人樂隊演奏的聲音還要響。人們講著各種不同的語言或者帶有濃重家鄉口音的英語。三對服裝鮮艷的舞者正在跳著華爾滋，從他們穿著的民族服裝來看，他們像是荷蘭人，可是從他們的華爾滋舞姿看，他們又像是意大利人。他們在舞廳裡飛快而又優雅地旋轉著，他們的頭都稍微地向一邊傾斜著。

「這是演出嗎？」李梅看著跳舞的人興奮地問。

「不是。」王大說：「他們和我們一樣，都是消費者。」

「他們和我們在街上見到的美國人不一樣。」李梅說。

「他們是美國的外國人。」王大說。

在他倆旁邊的一張小圓桌邊，坐著一位深眼窩的小個子禿頂男人。他正在用一塊大手帕擦著寬闊的額頭，同時用眼光搜索著滿舞廳，準備挑選下一個舞伴。附近的另一張桌子，圍著一群操法語大聲談笑的法國人；一位大鬍子紅臉龐的法國人講得滔滔不絕，起勁地揮舞著雙手，漂亮的眼睛轉來轉去；他身邊的一位年輕苗條女孩正用夢幻般的迷離眼光注視著他，她的一隻手放在他那肌肉發達的大腿上面。

「你看。」李梅激動地指著舞池說。此時，舞池裡的人們正在轉來轉去，跳躍、轉身、跺腳、雙手一會兒舉過頭頂，一會兒放在屁股後面；有時候女孩的裙子像雨傘般地飛旋起來，露出她們修長的大腿。音樂的聲音伴隨著低沉而又歡快的節奏，更響更快了。李梅看得神魂顛倒。

不一會兒，更多的人們加入到跳舞的人群之中，舞池變成了一個到處充滿有節奏激烈動作的戰場，歡叫聲此起彼伏。這場音樂過後，鄰桌的小個子男人滿頭大汗地回到座位上，用手帕擦著他的禿腦門；法國人仍然在談笑風生，根本不理會舞池裡跳舞的人們；帶著夢幻眼神的苗條女孩此刻正偎依在大鬍子法國人的懷中，她的頭靠在他的肩膀上，而她的兩隻手已經全都移到他肌肉發達的大腿上。鄰桌飄來一陣强烈的香水味道。王大聞了聞，發現那個小個子禿頂男人正在用手指從一個小瓶子裡抹香水。他在把香水搽在耳後的同時，眼光也在整個舞廳掃瞄著，努力尋找著下一支曲子的舞伴。

忽然，有一個熟悉的聲音在大聲呼喊王大的名字。王大抬頭一看，看見張靈羽和一個女孩從舞池的人群中冒了出來。他們快步直奔王大的圓桌。王大急忙站起來和張靈羽打招呼，差點把桌子給拱翻。「什麼風把你吹到這兒來了？」他用國語朝張靈羽大叫：「你來了爲什麼不告訴我？」

張靈羽帶著女孩來到他們桌旁，女孩年輕漂亮，長著一雙炯炯有神的大眼睛，淺黑色皮膚。

「我先給你們介紹一下我的妻子。」他用英語介紹：「這是我的妻子多洛蕾絲。她是在墨西哥城出生的。」

王大把李梅介紹給他們，並請他們坐下，然後又要了一些飲料。

「你就喜歡讓人大吃一驚。」王大說：「你結婚爲什麼不告訴我一聲？」

「我一週前剛結婚。」張靈羽說：「忙著渡蜜月，哪顧得上寫信呢。」

「你什麼時候到舊金山來的？」王大問。

「今天下午。從雷諾坐飛機來的。我到這兒以後給你打過三次電話——一次是在機場，一次是在我們住的旅館裡，第三次是在遠東餐廳等著吃晚飯的時候。你家沒有一個人知道你消失到哪兒去了。我都想到警察局找你。」他看了李梅一眼後哈哈大笑：「現在我不會因爲你不在家裡而責備你，而且我也用不著問你生活過得怎樣，你的眼睛把一切事情都告訴我了。」

「你的氣色也不錯。」王大說。「你一定生活得非常好。」

「好得不能再好了。」張靈羽一隻手滑過妻子的黑色波浪長髮，握著她的後脖頸輕輕搖動著說：「這就是證據。」

墨西哥女孩緊緊抓著張靈羽的一隻胳膊笑起來。「你講得很好。」她對張靈羽說。「Wo ai chi。」

「她的意思是說『我愛你』，可聽上去卻像是說『我愛吃』。」張靈羽笑著說：「她一直在學說中國話。她的西班牙語口音使我們的語言聽上去更像音樂，卻也更難懂了。」

「你打算在這裡呆多久？」王大問。

「明天早晨就走。那也是我爲什麼一直不停地給你打電話的原因。還好，我們在這兒見面了。」

「我們今天晚上能夠見面純粹是天意。」王大高興地說：「假如我口袋裡的錢夠五美元，我們就會錯過見面的機會了。爲什麼這麼快就回去？舊金山怎麼惹著你了？」

「我和別人約好了談生意。」張靈羽說：「我正在購買一家雜貨店。一樁小生意，但我打算把它逐步做大。它的位置不錯，在墨西哥僑民區附近。不要忘了，我現在是個雜貨專家，有博士學位。十年之後，我要擁有一家超級市場，二十年後，我就會有一系列連鎖店，而三十年後…哦，三十年後我就是一隻七十五歲的老山羊了。」他搖晃著妻子的脖子哈哈大笑。

墨西哥女孩抓著他的胳膊說：「三十年後，你就是一個擁有年輕妻子卻筋疲力盡的 (tired) 老人了，對吧？」

「妳說的是一個有年輕妻子的退休 (retired) 老人。」

「不對，我說的是筋疲力盡。」

「對對，筋疲力盡。」張靈羽笑著說：「假如妳堅持要簡化英語，我也祇好隨妳了。」

「Wo ai chi (我愛你)。」他妻子一邊說，一邊把他的胳膊抓得更緊。

鄰桌的小個子男人走過來，他腳後跟一碰，僵硬地向李梅點了個頭，請她跳舞。王大告訴李梅小個子的意圖，並鼓勵她去跳舞。「他是個德國人。」李梅離開圓桌之後，張靈羽用國語說道：「完全沒有危險。在這裡，要是法國人的話，你可得躲著點。」

他剛說完沒一會兒，另一張桌子的一個法國人走過來，來請他的妻子跳舞。王大從來沒有笑得這麼開懷，張靈羽無奈地聳聳肩膀。「我沒有什麼可抱怨的。」張靈羽說：「這也說明咱們的女孩在這裡是搶手貨。假如你和你的妻子或女朋友在這裡坐上兩個小時，卻根本沒有一個人願意看上一眼，那你的自尊心就會多少受到一點傷害。」他喝下一大口啤酒，用手背抹了抹嘴。王大看見張靈羽的手，吃了一驚，它變得更粗糙了。張靈羽說：「你幹嘛不和我一起做雜貨生意？這裡是一個商業國家。我們的眞正未來祇能建立在商業之中，這一點我堅信不疑。」

「我沒有資本。」王大說。

「你的誠實就是你的資本。我需要一個像你這樣的夥伴。」

「一個月前，我要是聽到你這樣邀請，準會高興地跳起來。」王大說：「但現在不會了。不過我還是十分感謝你。」

「怎麼？你決定堅持把你的醫學學到底嗎？」

「是的，我開始對它感興趣了。」王大笑著說。

張靈羽端詳著王大。「你眞變了，而且也知道怎麼笑了，我以前從來沒有聽到你那樣笑過。我必需說，這是一個好的改變，而且我認爲我知道你爲什麼變了。」他用頭往舞池裡一指：「你在哪裡認識她的？」

王大簡要地把遇到李老頭和他女兒的經過講給他聽。「她是我胳膊上的救生圈。」王大接著說：「她好像就是一種刺激，在生活中給了我新的興趣。最近，我自己也爲自己的變化感到驚奇，但我對自己的變化感到非常高興。告訴我你怎麼結的婚。」

「我把我的結婚歸結爲兩件事情。」張靈羽說：「首先，是移民局的不友好態度；第二，是一位鄰居的壞習慣。像個謎語，是嗎？讓我給你解釋解釋。」他又喝下一大口啤酒，然後點上一根煙。「有些移民局的調查官員或審查官員，」他繼續說：「根本不理會我們的困難，他們似乎有一種傾向，認爲我們這些超過四十歲的單身漢都是同性戀。爲了使我的移民狀況得到調整，我決定向他們證明我是個正常人，急於結婚的程度和急於讓他們勾銷『不受歡迎者』一詞的程度一樣强烈。所以，我決定和任何一個願意嫁給我的人結婚，沒有任何其他條件。我完全成了一個投降派。你知道，這件事越來越緊急。我想做我的生意，早點安定下來，爲了實現那個目標，就必須首先通過移民官員的恩准，否則純粹就是在沙灘上蓋大樓。對我們這些人來說，他們就是這塊土地上的高級喇嘛。」

他停下來，喝了口啤酒繼續說：「然後，我鄰居的壞習慣突然幫助了我。他是個木匠，可有一個放縱的壞習慣，從來不和他的妻子講話。天暖的時候，他一遍遍地看報紙或幽默連環畫；天冷的時候，他在客廳帶暖氣的地板上一站就是幾個小時，哈巴著腿，背著手，津津有味地烤著下半身……。」

「他還是可以和他妻子講話，對吧？」

「不講。他說和他的妻子談話會干擾他的感覺。我曾經試圖說服他放棄一點他那些愛好，勻出一些時間奉獻給他的妻子，可他不聽，他工作努力，他不放棄自己的樂趣。所以，他的妻子爲了給自己雪恥，把所有的時間都耗費在電話上，祇要有人給她一個電話號碼的話，她跟什麼人都談。簡直煩死我了。」

「我看不出來那怎麼會讓你心煩。難道是牆太薄嗎？」

「不是，她的電話恰好和我的是一組線。除了半夜三更，我從來沒有機會打電話或接電話。最後，我懇求電話公司給我換一組線，電話公司答應了我的要求。這組新線從來不忙，我非常滿意，琢磨著到底是誰和我共用這條新線；也許是一直在某個地方渡假的什麼人，也許是一位長期在外面奔波的商人，十天裡有九天不在家。有一天，我正在和一個朋友在電話上聊天，突然又有一個聲音插進來打斷了我——一個帶西班牙腔女孩的甜美聲音——禮貌地問我能否把電話掛上，讓她打一個緊急電話。她的媽媽得了重病。好！我表現得非常友好。我讓她打了緊急電話，然後一件事又帶出另一件事，就這樣，不到一個星期，我們就成了親密朋友，而故事的其餘部分，我想不用講你也知道了。」

「那是天命。」王大說。

「你可以把它叫作天命。」張靈羽說：「在咱們中國有個字說它是『緣』。記得老話是怎麼說的嗎？有緣千里來相會，無緣對面不相識。可是，有時候天意卻採用最有迷惑力、最讓人想不到的方法把人們湊到一起。我認爲我的緣就非常奇怪。但它非常完美，因爲現在我意識到我娶了世界上最好的女孩－快樂、勤勞、可愛，而最重要的是，她對她媽媽非常孝順。那是非常中國化的美德，你知道，我仍然相信孝順是一種最基本的美德，特別是在一個女人的身上。假如一個女人連她媽媽都不愛，你怎麼能期望她會愛其他的人？」他用頭指了指舞池：「你覺得她怎麼樣，你想娶她嗎？」

「我還沒有想過這事。」王大說：「那就看我的緣份了。」

「而且還有她的。」張靈羽說：「拿你與唐琳達和趙海倫來說，你們就是沒緣。哎，順便問一句，你知道唐琳達在什麼地方嗎？」

「不知道。自從我不再當她『哥哥』以後，從來沒有想到過她。」

「她遊蕩到洛杉磯去了，」張靈羽說：「顯然是她在舊金山呆不下去了。我在一個朋友家碰見過她。她看上去和以前可大不相同了，最大的變化就是，你和她說話的時候，她不再用眼睛盯著你，卻老是給你一個側臉。」

「爲什麼？難道她會害羞了？」

「不是，正好相反。我朋友說，有畫家告訴過她，說她的側臉長得就像一個希臘美女。自從她聽到那種評價以後，她就一直用她的『希臘』側臉對人。」

王大笑了。「她懂得希臘的意思是什麼嗎？」

「顯然不懂。她要長得像希臘人，她鼻子上的肉至少還得長上四盎司。不管怎麼說，她現在挺有名的，而且認識了幾個新『哥哥』。」

「他們和我一樣。」王大一邊大笑一邊說。

他們談著，在張靈羽的妻子和李梅被她們的舞伴送回圓桌之前，又喝了些啤酒。兩位女孩都是滿頭大汗。李梅挺喜歡跳舞，對她來說這是一次興奮的經歷。「你覺得你的舞伴怎麼樣？」王大問她。

「他的味道不錯。」李梅回答。

「我知道。」王大笑著說：「假如你再長得矮一點，你就可以在他的耳朵後面呼吸，會被那香水的味道給薰跑的。」

「那個法國人是色狼嗎？」張靈羽問他妻子。

「他不是色狼。」多洛蕾絲答道：「他是紳士，舞跳得也不錯。」

「那比色狼還要糟糕。」張靈羽說。

他們又要了些飲料，有說有笑，再加上跳舞，一直玩到深夜。他們在街上告別的時候，張靈羽按著王大的肩膀說：「萬一你改變了主意，記住我的許諾仍然有效。」

「我會記住的。」王大說：「但恐怕我永遠都不會改變我的主意了。」

「那好，祝你好運。」

他們分手以後，王大拉著李梅的手，呼吸著清晨涼爽的空氣，靜靜地走向他的汽車。在汽車裡面，他又握著李梅的手問：「妳高興嗎？」

「是的，非常高興。」李梅回答。

「妳要知道，每當我想起咱們相識的過程，我就想，是緣份把我們帶到一起來的。這緣份從懷特將軍去世起就開始了。」

「爲什麼？」

「這個，假如懷特將軍沒有去世，妳爸爸就不會想到要在舊金山唐人街開餐館；假如他不想開餐館，他就不會去見總領事，總領事也不會給北京來的潘先生寫那封介紹信，結果你們就不會到我們家門口來，我們也就根本不會見面。所以，妳看，一切事情都是老天巧妙安排好的。那就是緣份。」

王大把她摟到懷裡吻著她。「而這就是吻 — 完美的吻。」他告訴她。

李梅出了一口長氣，把頭靠在王大的肩膀上說：「我喜歡完美的吻。」

九

劉媽回到自己的房間時已是午夜。她從外衣裡面拿出鍍金時鐘，看了一眼正躺在他們雙人床上打鼾的丈夫。她放下時鐘，走到床邊坐下。她必須得讓丈夫知道，他們的安全正在受到李老頭和他女兒的威脅。假如她和劉龍失去工作的話，在這個既無朋友又無親戚的陌生城市，他們肯定會變成叫化子。因此，她必須採取措施消除威脅，而且要讓劉龍積極參與她的計劃。

「劉龍，劉龍。」她推著劉龍的肩膀輕聲叫道。

劉龍的鼾聲停了下來，打了幾個呵欠，然後揉著眼睛，吧嗒著嘴唇，睡眼惺忪地問。「嗯——？怎麼回事？」

「聽著。」劉媽對著他的耳朵使勁耳語道：「仔細聽著：我要你做些事情，非常重要的事情。」

劉龍眨了眨眼，用一根食指挖著耳朵。「幹什麼事？」他打完一個大呵欠後問。

「我們得把那個老叫化子和他女兒趕走。」

「為什麼？」劉龍過了一會兒問道，他感到迷惑不解。

「那個老頭是個危險人物。我告訴過你多少次了？」

「多少次？我不知道。」

「唉，你這個沒用的白癡。你不知道嗎，你一直像對待一個兄弟一樣對待一個小偷？總有一天，他就要取代我們的位置，把我們趕到大街上！」

「嗯——？」

劉媽貼近他的耳朵說：「我是說，那個老頭將會毀掉你的工作和你的家庭，他將會霸佔你所有的東西，你知道嗎，你這個傻瓜？」

劉龍眨巴著眼睛，又提起了耳朵。「霸佔我所有的東西？包括妳？」他說：「不會，他不會的。」

「唉，你這個沒用的傻瓜。」劉媽失望地說：「你竟然連自己的那把討厭的爛骨頭也不在乎！」

「嗯——？」

劉媽叫道：「我是說，你是一把討厭的爛骨頭，又聾又啞的老烏龜！」

「哦。我以前聽妳說過這話。」劉龍說。

「唉，我眞倒霉。」劉媽傷心地說。她決定早晨再和劉龍談談。她知道在他半睡半醒之際和他是談不出個子丑寅卯的，要是對他喊叫的話，恐怕要把宅子裡的所有人都給吵醒。她把鍍金時鐘藏在桌子底下，脫掉自己的衣服。她爬上床的時候，劉龍已經又打起了呼嚕。

次日清晨，聽到老婆的計劃，劉龍毛骨悚然。但是劉媽不願意放棄，她哄騙他，威脅他，給他陳述利害關係，最後終於說服他同意按她的計劃行事。他穿上衣服，把鍍金時鐘藏在藍色長袍裡面，匆匆忙忙出了房間。劉媽長嘆了一聲，回到床上，耐心地等著事情的結果。

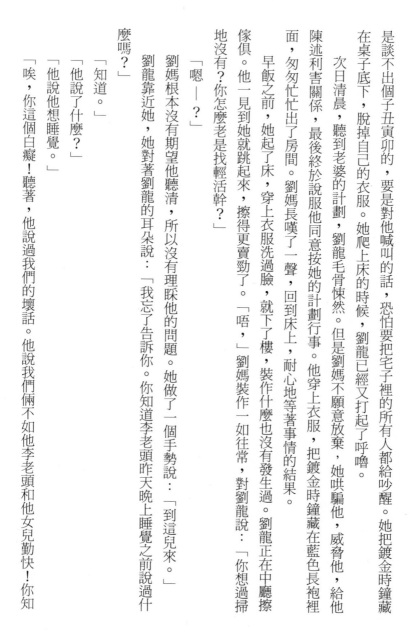

早飯之前，她起了床，穿上衣服洗過臉，就下了樓，裝作什麼也沒有發生過。劉龍正在中廳擦傢俱。他一見到她就跳起來，擦得更賣勁了。「唔，」劉媽裝作一如往常，對劉龍說：「你想過掃地沒有？你怎麼老是找輕活幹？」

「嗯——？」

劉媽根本沒有期望他聽清，所以沒有理睬他的問題。她做了一個手勢說：「到這兒來。」

劉龍靠近她，她對著劉龍的耳朵說：「我忘了告訴你。你知道李老頭昨天晚上睡覺之前說過什麼嗎？」

「知道。」

「他說了什麼？」

「他說他想睡覺。」

「唉，你這個白癡！聽著，他說過我們的壞話。他說我們倆不如他李老頭和他女兒勤快！你知道嗎？」

「不知道。」

「對，就是那麼回事。你現在知道了。如今你相信我告訴你的一切都是眞的了嗎？」

「相信，相信。妳說的一切都是眞的。」

「現在你必須懂得，我讓你落實的小計劃都是爲你自己好，知道嗎？」

「我…我…我——。」劉龍目瞪口呆地說。

「不要把你的嘴巴張得那麼大，除了我，我，我什麼都不會說！」

「我，我，我沒有按照妳的計劃去做。」

「什麼？」劉媽叫道：「你沒按我說的去做，哦？我計劃了一整天，而現在你竟然厚顏無恥地告訴我，你沒有照我說的話去做。」

「我…我幹不出來。」

「你竟然連這點事都幹不了！我整天累死累活，你卻連那麼容易的事情都幹不了！今天早晨我給你的東西在哪裡？」

「不能那麼做，劉媽。」

「所以你現在告訴我不能那麼做，所以你還是想把那老叫化子當你自己的祖宗一樣對待。時鐘在哪裡？」她抓著劉龍，在他耳邊咆哮著：「把它還給我！把它還給我！聽見了嗎？」

劉龍從桌子底下拿出一個包裹遞給劉媽。「在這兒。」

劉媽一把奪過包裹，瞪著眼說：「哦，你想把它放回原處?哦，你想做一個君子，讓我當小偷?」

「別那麼做，好嗎?」

「用不著你操心。」劉媽一邊說，一邊飛快地把包裹藏在自己的衣服裡面。「你繼續把那個老烏龜當祖宗供著吧。我不會傷害他的一根頭髮。我要把這個時鐘派上其他用場。」劉媽氣憤地哼了一聲，趕緊上了樓。劉龍愣了一會兒，然後突然衝上樓去，追著老婆懇求她說：「別那麼做。千萬別那麼做…。」

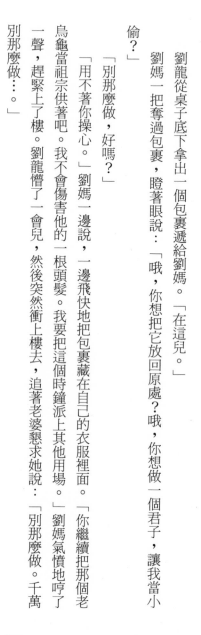

十

李老頭喜歡後院，就像廚師喜歡廚房一樣。他大部分時間都在後院照料花草樹木。這後院以前就像垃圾堆一樣，自從李老頭開始照料以來，一切似乎都重新煥發了生機。奄奄一息的桃樹發了芽，前房主潘先生種下的幾叢小竹子，不再往下落葉，草坪開始由黃轉綠，沿著殘缺的籬笆栽種的玉蘭、山茶和杜鵑全部都已含苞待放或已綻開。李老頭每天都給它們澆水，呵護著它們，仿佛它們都是生病的嬰兒似的。他除掉所有的雜草，修好了籬笆並把它刷上深紅色的油漆。他覺得，把這個地方辦成一個小茶園肯定相當不錯，在和幾個朋友坐在舒服的藤椅上喝上一杯茉莉花茶的同時，能夠聞到鮮花的芳香，聽到鳥兒的歌唱。陽光溫暖而又明媚，和風吹拂得竹葉刷刷作響。那簡直就像懷特將軍在中國的花園一樣，花園裡的一切都是那麼潔淨，此刻他仿佛又看到懷特將軍坐在那裡，一邊品茶一邊抽著煙斗。

就在李老頭一邊幹活一邊想像著他將要建好的花園的時候，突然聽見劉媽吵鬧的聲音，眼前美麗的幻覺頓時化爲烏有。他直起腰，用手背擦著額頭的汗水。「眞是，」他自言自語說：「祇要有她在，這個地方衹能辦成一個魚市。」

李梅跑進花園興奮地說：「爸爸，劉龍又向他老婆求情了！」

「嗨，」李老頭說：「如果老實丈夫碰上霸道老婆的話，這就成了家常便飯。」

「可這次不知道爲了什麼事。」李梅說。

「也許劉龍沒有把薪水交給她，也許他想要回他的酒壺。記住這一點，李梅，不幸的婚姻有許多種——兩口子互相朝對方摔飯碗是一種；丈夫追在老婆後面求情乞憐的是一種；老婆揮舞著掃帚把追打丈夫的又是一種。這幾種我都見過；但碰上一個過份稱心如意的老婆比它們哪一種都要糟糕。」

他長嘆一口氣，搖搖頭說：「要是讓這種老婆弄得神魂顛倒，你就會日日夜夜想著她，在她去世的時候，她會讓你心碎腸斷……。」

「哦，爸爸，」李梅趕緊說：「媽媽去世已經十五年了，你爲什麼還是這樣折磨自己？從現在起，我再也不會提起任何可能讓你想起我那好媽媽的事情。走，咱們去敲王老先生的門，告訴他我回來了。」

「時間還是太早，李梅。」李老頭說：「太陽不照到這棵桃樹的腦袋上，王老先生是不會起床的，看見了嗎？」

「我想去把王老先生叫醒，好問問他，我把他的兒子劫持了，他是怎麼想的？」

「別忙，別忙。」李老頭說：「我們可以晚一點問他，對吧？唉，妳這個人，辦起事來像隻熱鍋上的螞蟻。」

「人們認爲我是一個壞女孩的時候，我很難受。」李梅說。

「咱們還是等他起床再說吧。他洗完臉喝完人參湯後，心情會很好，那時我們再去禮貌地對他講，昨天晚上妳去了哪兒，都幹了些什麼。」李老頭哼了一聲，在走廊的台階上坐下。「哎，昨天妳都幹了些什麼事，妳還沒有給我講完。過來，繼續講講妳的故事。」

李梅坐到他的身旁。「好吧，我講到哪兒了？」

「妳已經描述過那頓好吃的外國晚餐中的湯。不用講正餐了，李梅，妳講它對我沒有任何好處，衹會讓我流口水。告訴我晚飯後妳們去了哪裡。」

「我們去了一家舞廳，在那裡見到許多美國的外國人。」

「美國的外國人？那是什麼人？」

「噢，他們是從其他外國來的。其中一個人還和我跳了舞，他笑得很好看，他們把舞廳裡擠得滿滿的，他們挺友好的。王先生還在那兒碰到一個好朋友。」

「也是美國的外國人？」

「不，他是中國人，但他妻子是美國的外國人。她衹會講『我愛吃』這一句中國話，那是她唯一會說的中國話，一個晚上對張先生講了兩次。」李梅咯咯笑起來。

「哦，也許老婆對丈夫講這種話是一種美國人的外國風俗。你們還幹了什麼？」

「我們跳舞一直跳到深夜。」李梅說：「然後我們和張先生夫婦告別。然後王先生把我帶到他的汽車裡，而且我們…噢，我忘了告訴你去電影院前我們去了哪裡。他帶著我去了外國的大學，讓我看看他一直在學習的東西。爸爸，你見過肉眼看不見的動物嗎？」

「肉眼看不見的動物？聽都從來沒有聽說過。」

「那是一種你不用魔鏡就看不到的動物。」

「魔鏡？是什麼東西？」

「是一個樣子像高射機槍的鏡子。通過這個鏡子，你就能看見肉眼看不見的動物。哦，我看見千百個動物，在一個小盤子上面的一滴水中游泳。它們形狀不同，沒有眼睛，沒有嘴，沒有腿，但它們能走路，能游泳。我敢發誓，我以前從來沒有見過這樣奇怪的東西！王先生說，它們無處不在，也許這個院子裡就有成千上萬。」

李老頭偷偷環顧了一下周圍，彷彿有很多這樣的動物正在他身邊爬來爬去。「我什麼東西也沒看見。」他說。

李梅咯咯一笑。「哦，爸爸，如果你沒有魔鏡的話，你是看不見它們的。咱們去見王老先生吧。也許我見到他時還得把整個故事講一遍。」她跳起來就往門口走。

「等等，等等。」李老頭趕緊制止住她：「讓我先去，妳太沒有規矩。」他衝到前面，進中廳的時候又囑咐她：「李梅，別忘了，昨天王老先生氣得不輕。不要和他頂嘴。妳要講禮貌，多順著他，懂嗎？」

「我用不著講那麼多禮貌。」李梅說：「他管我叫劫持犯。」

「李梅，咱們老聖人說得好……。」

「知道，爸爸，咱們老聖人說，不要逆水行舟。」

「老聖人從來沒有說錯過。」李老頭說：「妳在這裡等著，我去敲他的門。」他走到王威揚的房間門口，抬起手來卻敲不下去。「李梅，」他悄聲對她說：「咱們不能等到他咳嗽嗎？」

「唉，爸爸。」李梅失望地說：「你怎麼就像一隻想去看貓的老鼠一樣……。」

「你們倆在這裡幹什麼？」從餐廳走進中廳的劉媽一邊問，一邊用懷疑的眼光打量著他們。

「劉媽，」李老頭說：「我的女兒在這兒。妳知道她到哪兒去了嗎？王先生帶她去了他的學校，然後去看電影，又去了一家外國餐廳……。」

「我是劫持犯嗎？」李梅問：「我是嗎？」

「要飯丫頭，」劉媽說：「妳離少爺遠點！」她哼了一聲。向廚房走去。

「去告訴妳的老爺，劫持犯回來了。」李梅追在她的後面喊道：「告訴他……。」

「李梅，李梅！」李老頭趕緊制止她：「不要那樣大喊大叫！」

李梅走到門口學著劉媽的口氣：「要飯丫頭，妳離少爺遠點。」說完後又在門口吐了吐舌頭。

「李梅，李梅，」李老頭說：「不要這樣！唉，妳和妳媽媽一樣，肯定是個壞脾氣的女人。」

「那個母夜叉！老是對我指手劃腳的！」

「李梅，我要是昨天見到妳，也得對妳指手劃腳。妳眞應該見見王老先生的樣子，他眞的大發雷霆！記住，良藥苦口利於病，良言逆耳利於行……。」

「她的指手劃腳不是良言。」

「李梅，勸告話就像老奶奶的花生，有的是好的，有的壞了。但從禮貌上講總得接受它們。如果妳發現是好的，就把它們吃掉；如果妳發現它們生了蟲子，就把它們扔掉。當人家問妳花生怎麼樣，妳就得說很好吃。假如妳學會這一套，妳就不會與那些壞脾氣的母夜叉發生衝突了。咱們現在去見王老先生吧。」

王大進了中廳。他昨天晚上睡得非常香甜。他一醒來就想起李梅來。昨晚那「完美的吻」讓他感到美滋滋的，而且張靈羽的婚姻幫助他在心中爲自己的婚姻生活勾畫了一幅美好的圖畫。今天早晨他打算求婚。他走進中廳，快活地吹著口哨。李梅一見到他，臉上立刻飛起一片紅雲。她馬上把要見王老先生的事情忘得一乾二淨，高興地招呼起王大來。「大，今天起得挺早嘛？」

「妳不也起得挺早嗎？」王大笑著說：「我在中國通常起得都很早。我的房間和父親的房間緊挨著，而他的咳嗽聲就是非常準確的鬧鐘。」

李老頭見到李梅的興趣轉移了，非常高興。他走到王大身旁說：「王先生，你父親的咳嗽太嚴重了。嗨，連劉龍在後院都能聽見，你應該勸他去治一治。」

「他已經治過不少次了。」王大一邊說，一邊坐到炕上：「在中國，他整天喝人參湯，每天下午用熱水洗胸部，他讓劉媽一有空就為他捶背，他吃過各式各樣材料製成的藥丸－從米粉到魚刺……。他什麼辦法都試過，唯獨沒有去看看西醫，檢查一下他的肺部。」

「他沒有吃到見效的藥。」李老頭說：「我有一種治療咳嗽的特效藥，叫八卦丸。去年，有一次李梅咳嗽，她吃下這藥，就像大風吹蠟燭一樣把咳嗽治好了。是不是那麼回事，李梅？」

「哦…哦…是有那麼回事，爸爸。」

王大哈哈大笑。「李老頭，假如要有這樣一種藥丸，治起咳嗽來就像大風吹蠟燭一樣，好多專治咳嗽的醫生都得改行了。」

「對呀，」李老頭說：「據老中醫說，咳嗽乃因喉嚨受寒、心肺燥熱而起；陰陽失調…。」

「現代醫生有不同的看法。」王大打斷他的話：「我們相信它是由細菌引起的，是由肉眼看不見的細菌引起的。」

「爸爸，」李梅興奮地說：「就是我告訴過你的！那種肉眼看不見的動物！」

「是的，肉眼看不見的動物。」王大笑著說：「祇有用顯微鏡才能看得到。」

「哦，聽上去它就像鬼魂一樣。」李老頭說。

「它們是鬼魂。」王大說：「可它們是那種不怕道士的鬼魂。」

「爸爸，」李梅說：「我還見到一些別的東西…。」她突然用手帕把嘴捂住，竟然有好一會兒沒喘上氣來。「我見到一些別的東西…。」

「什麼東西？」

「一個屍體－被切成一塊塊的－泡在一個大櫃子裡…。」她停下來，手帕後面的喉嚨裡發出一些噪音。

王大在衣袋裡摸索了一陣，掏出一袋乾辣椒遞給她。「給妳，幸虧我還有這個。」

「屍體，被切成一塊塊泡在櫃子裡？」李老頭說：「這是我在一大清早聽人吹過的最大的牛皮！」

「她說的是眞的，李老頭。」王大說：「是我們把它切成一塊塊的。」

「你們？」

「是我們。假如我們不解剖人體，我們就學不會怎麼當醫生。」

李梅發出一種奇怪的聲音，她趕緊又把一個乾辣椒扔進自己嘴裡。她嚼著辣椒，眼淚開始湧出眼眶。突然，她從炕上跳下來，向廚房衝去。王大跟在她後面。她一衝進廚房，就把廚師推到一邊，打開水槽的冷水開關，把嘴對準水龍頭。王大打開冰箱。抽出一個冰盤。他在水槽裡把冰盤上的冰塊敲下來，並往李梅的嘴裡塞了一塊。李梅把冰塊含在辣乎乎的嘴裡。「感覺好些了嗎？」王大問她。

李梅點點頭。

「那好。我有話要對妳說。走，咱們到後院去單獨談。」他拉著李梅的手來到後院的走廊坐下。「李梅，妳願意嫁給我嗎？」王大問。

李梅一口把冰塊吞下去，差點咽住。

「噢，妳不該把冰塊吞下去！」

李梅咳嗽了幾聲，滿臉通紅。「我在想說『願意』的時候，」她上氣不接下氣地說：「不想把任何東西從嘴裡吐出來。」

王大笑起來。「好！」他一邊拍著她的後背幫她往下咽冰塊，一邊說：「我喜歡說話辦事乾脆利索的老婆。」

十一

這是王戚揚難得高興的日子中的一天。他午睡醒來之後，躺在床上享受著平靜的心情和强烈的成就感。他已經見過林博士，而這位教授已經把訂婚的事情辦妥，這事才是值得王老先生在其餘生充滿感情紀念的事件。他小姨子也帶著鵝拜訪了盧先生家，兩家對這門親事達到完全的認同。一切程序都嚴格按照中國的傳統方式在一天半內完成。馬年有了一個好的開端。他感謝老天的保佑，決定下次到格蘭大道散步的時候，到寺廟裡給老天爺奉上一份像樣的貢品。

他咳嗽了好大一會兒後，覺得該是起床的時候了。他掙扎著出了蚊帳，坐到藤椅上，用手摩挲著自己的臉，哼哼唧唧了一陣子，直到每天午睡後總會出現的那陣暈乎勁兒完全消失後方才停止。然後他就進了衛生間漱口洗臉。

他漱洗完畢並修剪好自己的鬍子之後，琢磨著是否該把王大叫進來，告訴他有關訂婚的事情。但當他決定這件事應該在中廳正式宣布的時候，他穿上他最好的緞子外套，清了清嗓子，走出了他的房間。

在中廳裡，李梅正在擦拭他的水煙袋，王大則在一旁看雜誌。他們倆站起來，禮貌地和他打招呼。王老先生很高興。他走到炕邊，咳嗽了兩聲，威嚴地坐了下來。「李梅，」他說：「把水煙袋給我。」

「是，王老先生。」李梅捧著水煙袋遞給他，然後又給他點著一只紙捻。

「唔，唔。」王老先生抽完第一口煙說：「我對妳在家裡的工作非常滿意。自從妳每天給水煙袋換水以來，這煙抽起來是香多了。」

「謝謝你的誇獎，王老先生。」李梅高興地說。

「妳來以後，水煙袋也比過去更乾淨更光亮了。」王戚揚說：「祇要我不發上一陣脾氣，其他懶惰的傭人從來沒人想到過要擦它。現在不一樣了。我非常滿意，唔，唔。」他爲了表示他的滿意，點了幾次頭，但沒有面對任何特定的對象。他說完後，繼續抽起煙來。劉龍提著一壺開水走進來，給王老爺的景德鎮茶壺裡面倒滿水。

「爸爸，」王大問：「你的咳嗽怎麼樣了？」

「和平常一樣，和平常一樣。」王戚揚說：「王大，告訴劉龍把我的人參湯拿來。喝了人參湯喉嚨舒服多了，我決定每天多喝一碗。」

「劉龍，喂，劉龍。」王大叫著劉龍，並打著手勢。劉龍點了點頭就出去了。

「唔，唔。」王戚揚讚許地點著頭說：「你用手語和劉龍談得很好。你可以教劉媽學會使用手語，那樣的話家裡就清淨多了。」他咳嗽了幾聲後。轉過身來問李梅：「妳知道怎麼捶背嗎？」

「知道，王老先生。我很小的時候就給我奶奶捶過背。」

「過來給我捶捶背，看看是否比劉媽捶得好。」

李梅走到炕邊，用手掌給王老爺捶背，快速地敲打著鼓點般的節奏。王老爺舒服地哼哼唧唧起來。

「爸爸，」王大說：「你應該到醫院去檢查一下你的肺。我記得從我會走路起你就一直咳嗽。」

「不要勸我去醫院看西醫。」王戚揚說：「我不相信現代西醫。」

「爸爸，除了落後的原始部落以外，現代醫學已經被全世界所接受。你不相信，我很遺憾。請你還是到東華醫院去找劉醫生看看。」

「住嘴！」王老爺被王大直率的話語所激怒，有點生氣地說：「你學習這種現代醫學就足夠了，可別想把它帶回家來唬弄你自己的爸爸。你看看醫院裡的那些庸醫。他們在問你哪兒不舒服之前，首先用棍棍或板板捅到你的嘴裡，好像他們在挖掘隧道一樣。當他們把病人治死的時候－那是他們的家常便飯－就把責任推到細菌身上。在湖南的一家醫院裡，那些傢伙中的一個竟然厚著臉皮說我的肺裡有細菌，眞是胡說八道！」

「湖南那個醫生可能是對的。」王大說：「我們在湖南的那個城市中，有許多人死於肺結核。」

「王大，」王戚揚生氣地說：「我不反對你將來用現代醫學謀生，但你要企圖向我說教，我可是不高興！」他咳嗽了幾聲後說：「李梅，捶得再快一點。」

「是，王老先生。」李梅一邊答道，一邊加快了捶背的速度：「王老先生，我給你敲個花鼓歌好嗎？」

王戚揚咕嚕著說：「敲吧，敲個花鼓歌。」

李梅變換了節奏，開始敲花鼓歌。王老爺閉上眼睛，呻吟起來，淺顯的微笑爬上他嚴肅的臉龐。「唔，唔。」他咕嚕著說：「不錯，不錯。這個歌叫什麼名字？」

「《鋤頭歌》。」李梅說。

「唔，唔。唱給我聽聽，唱給我聽聽。」

李梅敲過前奏曲，開始唱起《鋤頭歌》：

拿起鋤頭鋤起地，嗨！
鋤頭落地雜草除，嗨！
咦——呀——嘿，呀——呼——嘿！
鋤頭落地雜草除——

呀—呼—嘿，呀—呼—嘿！
我們的古國要掘起，嗨！
舉起鋤頭爭自由，嗨！
咦—呀—嘿，呀—呼—嘿！
舉起鋤頭爭自由—
呀—呼—嘿，呀—呼—嘿！
老天給我們派來孫逸仙，嗨！
號召我們拿起鋤頭鬧革命，嗨！
咦—呀—嘿，呀—呼—嘿！
號召我們鬧革命—
咦—呀—嘿，呀—呼—嘿！
革命一定會成功，嗨！
咦—呀—嘿，呀—呼—嘿！
舉起鋤頭奪勝利，嗨！
我們將是勝利者，嗨！
呀—呼—嘿，呀—呼—嘿！

「唔，唔。」王老爺咕咕嚕嚕地點著頭說：「不錯，不錯。從現在起，我將讓妳給我捶背，每天唱上兩三遍《鋤頭歌》，妳聽到沒有？」

「聽到了，王老先生。」李梅回答。

「唔，我很滿意，很滿意。妳父親的工作也讓我很滿意。我已經注意到，自從他來了以後，樹木和花草長得快多了，後院也不再像一個荒涼的墳場了⋯⋯。」

「那是因爲我們欠您的太多，王老先生。」李梅說：「就連草木也替我們感激您。」

「說得好，說得好。」王戚揚說著，更高興了。「我還注意到妳和妳父親早晨起床最早。春天來了，白天更長了，這是一年中新的開始。過世的女主人常說：『每個人都應該日出而作，日落而息。』儘管我們現在在外國生活，我們仍然應該遵循我們自己良好的生活方式。王大，你聽見了嗎？」

王大正在看他的雜誌。「聽見了，爸爸。」

「因爲春天就要來臨，我和你姨媽爲你制定了一些新年新計劃。你把雜誌先放一邊，豎起你的耳朵聽著！」

「是，爸爸。」王大一邊說，一邊把雜誌放到一邊。「什麼新計劃？」

「李梅，不用再捶了。」王戚揚說：「現在妳可以走了。」

「是，王老先生。」李梅溫柔地瞟了王大一眼，離開了中廳。

王老爺清了清嗓子。「兒子，子曰『不孝有三，無後爲大。』現在你已經三十歲了，該是娶媳婦的時候了。」

王大感到有點驚奇，因爲那也正是他打算和父親談論的問題。「我已經想過這個問題，爸爸。我要很高興地對您說，我終於找到了合適的女孩，我…。」

「找到合適的女孩並不是你的事情。」王戚揚直截了當地打斷他說：「那個責任應該由父母來承擔，他們在這種事情上更有經驗。」

「你是說…你是說，你們已經給我選好了媳婦？」王大問道。

「是的，我們已經選好了。」王戚揚說，他的聲音軟了下來，臉上浮現出微笑來。「你姨媽和我爲你找到一個相配的女孩。」

王大盡力壓制著自己上升的怒火；他在開口之前沉默了一會兒。「爸爸，你讓我吃什麼穿什麼我可以儘量忍受，因爲我可以把我不喜歡吃的東西吐出來，把不適合我穿的衣服換下來。但妻子就像一個人的影子一樣。假如你不在意的話，我情願我自己選擇。」

「你們年輕人從來都不會考慮周全。」王戚揚說，雖然他很不高興，但仍然極力想使談話在愉快的氣氛中繼續進行。「我已經注意到了，年輕的一代換老婆就像換衣服一樣勤快。那也是爲什麼必須要由父母做出選擇的主要原因。」

「爸爸，這是唯一一件我不能忍受的事情。我們的觀點不同，也許要相差十萬八千里。不，我寧願到死一直打光棍兒，也不要被一個既醜又老的聾啞陌生女人拴住⋯。」

「她不是啞巴，既不醜也不老。」王戚揚氣憤地打斷他的話說：「她是你姨媽的朋友盧先生的二女兒，盧先生是一位詩人、學者，因爲學術成就卓著在唐人街很受尊重⋯。」

「你看，爸爸，我們的觀點差距如此之大。聽你這麼一講，好像讓我娶的不是女兒，倒是她的父親。」

「我的意思是告訴你，她是在一個受到尊敬的上等人家長大的⋯。」

「那更糟糕！這樣人家長大的女孩，通常是生活的一半時間在床上睡覺，一半時間在鏡子面前孤芳自賞。假如我娶了她，恐怕要後悔一輩子—。」

「閉上你的嘴巴！」王戚揚喝道。他爲兒子的大膽驚詫不已。「她是屬鼠的，你是屬羊的。唐人街的頭牌算命大師馮先生說，這是一個搭配完美的婚姻，命不相剋。」

「我不相信算命那一套。」王大說：「即便我相信，我還是想像不出一隻羊怎麼能和一隻老鼠相處。爸爸，我也想對你實話實說，我已經找到⋯。」

王戚揚站起來生氣地說：「我已經給你和盧先生的二女兒訂婚了，而且盧先生也同意讓她在她姐姐之前出嫁。那可是他給我們的一個大面子。你將在陰歷四月十五日娶她。那是唐人街頭牌算命大師馮先生選定的吉日。」

王大有好一陣子不知該如何是好。假如不是他正在熱戀之中的話，他也不想如此大膽地頂撞父親。現在他自己的婚姻計劃面臨著毀於一旦的威脅，他自己也爲自己更大的膽子感到驚奇。

「爸爸，」他一邊說，一邊向門口走去：「我不會在陰歷四月十五娶任何人。我勸你還是多關心關心自己的咳嗽，少操心一些我的婚事！」他走出房間，砰地一聲摔門而去。

「哼，這個逆子！」王戚揚儘管十分惱火，仍然沒忘保持自己的威嚴。他在地板上踱來踱去，盡力壓抑著自己的怒火。「唉，這年輕的一代！」他自言自語地說：「叛逆！蠻橫！缺乏教養，不尊重長輩！總有一天，他們會厚顏無恥地割斷他們老爹的喉嚨！」正當他在自言自語地踱來踱去的時候，王山鬼鬼祟祟地踮著腳尖溜過中廳，通過門廊向前門走去。「站住！」王老爺大喝一聲。他的心情極壞，正想找個人撒撒氣。「你要到哪兒去？」

「我要去看我姨媽，爸爸。」王山怯怯地說。

「放屁！你天天去看你姨媽，可她自從春節那天起，連你的影子都沒見到過。進來！」

王山好不情願地進了中廳。「假如你再到街上去和野孩子一起玩，辱沒王家門風，」王老爺警告王山：「我打斷你的兩條腿。不要像一個小白癡樣站在那裡！回到你房間去讀孔夫子去！」

「我已經讀了一下午孔夫子的書，爸爸。」

「過來！背誦一下《論語》的第一章。快，第一章！」

王山向前跨了一步，嘗試著背：「子曰…子曰…子曰…。」

「這就是你讀了一下午的東西？把手伸出來！」

王山伸出他的右手，王老爺從炕後面拿出竹棍子，抽了王山的右手兩下。「背誦第二章。快，第二章！」

王山忍氣吞聲。「子曰…子曰…子曰…。」他停下來，自動伸出手來接受懲罰。王老爺照他的手心抽了三下。「第三章！」他命令道。

這次王山根本就沒白費嘗試背誦的勁兒。他祇是把另一隻手伸了出來。王老爺指了指一個牆角說：「我不想因為你的狗爪子打壞我的竹棍子。站到那兒去！」

王山順從地走到牆角，面對著牆站在那裡。「你就在那裡一直站到睡覺。」他父親說：「看看這能不能幫助你明天把《論語》背得好些。」

懲罰完王山之後，王老爺的心情並沒有變好些。他抽了幾袋上等福建煙絲，瞥了一眼正像一名站崗士兵一樣僵硬地站在牆角的小兒子，然後起身回到自己的房間照料盆景，希望自然的美景能夠使自己心情好轉。本來今天上午他一直很高興，而現在最讓他生氣的是這種難得的高興僅僅祇持續了幾個小時。他突然又懷念起妻子來。他在照料盆景的時候，想起了妻子，油然生出一股強烈懷念在中國老宅過日子的思鄉情感。他現在生活在這樣一個遙遠的外國土地上，家裡滿眼都是陌生人，包括自己的兒子，這種現實使他更加感到傷心和孤獨。

他澆完盆景，餵了金魚之後，練習了一會兒書法，心情仍然沒有好轉。忽然，他聽見劉媽在中廳裡和他小姨子打招呼的聲音。這一次他沒有等著劉媽進來通報。他正想找個人傾吐，小姨子的來到讓他非常高興。他馬上把毛筆和紙張推到一邊，來到中廳和她見面。

「姐夫，」譚太太一見王戚揚走進中廳，馬上就對他說：「趕緊告訴劉龍到盧先生家去把那兩隻鵝拎回來。」

王戚揚被驚呆了一會兒。「你是什麼意思？」他一邊問，一邊走到炕邊。

「盧先生的二女兒違抗父命。」譚太太一邊說，一邊重重地坐在炕的另一側：「她剛才告訴她父親，她已經和一個美國白人秘密訂婚，他們很快就要結婚了。她父親試圖阻撓這門親事，但女孩說，她已經二十一歲了，她想嫁給誰就嫁給誰。」

王戚揚喃喃自語。然而他又感到有點如釋重負、因爲馴服王大的暗淡前景和說服王大接受那個女孩已經成爲他的一大心理負擔。

「另外，」譚太太一邊用手帕當扇子給自己扇著一邊說：「那女孩還瞧不起人。她說，就算她沒有訂婚，也不會嫁給唐人街的任何人。她父親告訴她，王大是富人家的子弟。你知道那女孩說些什麼？她說，正因爲如此，他才可能是一個遊手好閒的花花公子，除了把糧食變成大糞以外什麼都不會做。你想像一下，一個年輕的女孩竟然能說出這種的話！所以我讓你派劉龍去他家，趕緊把鵝拎回來！而且你也可以把星期五的邀請忘掉。」

王戚揚清了清喉嚨。「我跟妳說過什麼來著，妻妹？」他說：「年輕一代都被寵壞了。然而，那個女孩回絕了這門親事，我倒挺高興。我那不孝的兒子王大，剛才也拒絕娶她爲妻。」

「是嗎？」譚太太臉上頓時開朗起來，然後得意地把她的手放在炕桌上接著說：「他做了一件爭氣的事！我們必須讓那粗俗的丫頭知道，並不是她首先回絕的。」

「唉，現在那又有什麼不同？」王戚揚說：「天下烏鴉一般黑。他們倆都是被當今時代寵壞的壞蛋。」

「姐夫，我一聽說那粗俗丫頭對她父親說的話，就開始意識到王大的教養要比她强一百倍。我祇是可憐那個將要娶她的美國白人。現在，即便她爬到這裡來求你們娶她，我會建議你用兩腳把她踢出門去！」

王戚揚嘟囔著說：「跟你說實話吧，剛才我心情好得差點把王大踢出家門，和那不孝之子斷絕父子關係。」

「好了，」譚太太說：「過去的事情就叫它過去吧。幸好沒有一個傭人知道這件不愉快的事情。假如有人知道的話，我們就得囑咐他不要就此在唐人街多嘴多舌。」她突然發現了站在牆角面壁的王山，遂指著他問道：「那是什麼意思？」

「我正在讓那個小鬼頭罰站。」

「這一次他犯的什麼罪行？又偷東西了嗎？」

「沒有，是懶惰，比偷東西還要可惡。」

「他正處在懶散的年齡段上，貪玩是正常的，我的姐夫，誰對這一點都無能爲力。趕緊饒了他。我不願意見到我姐姐的親骨肉在這種僵硬而又難受的姿勢下受罪…。」

王山轉過身來迫切地問：「我可以走了嗎，爸爸？」

「滾回你的房間讀書去。」王老爺說：「我警告你，假如你明天還不會背《論語》的話，我就讓你在那裡站一夜。滾蛋！」

王山出自本能，起身就往前門衝去，可還沒等他衝到門口，就聽見王老爺的吼聲。「站住！那門是到街上去的！」他指著樓梯吼道：「那才是到你房間的路！」王山轉過身來，悶悶不樂地爬上樓梯。

「假如這個孩子將來衹會背誦孔夫子的書，你指望他用什麼謀生？」

「我不指望他能掙多少錢。」王戚揚說：「衹要他能準確流暢地背上幾頁孔夫子的書，我就是死也瞑目了。可現在，他對孔夫子的了解僅僅是他的名字。」

「我說姐夫，不要忘了我們生活在摩登世界。」

「我說妻妹，照妳的說法，妳似乎是屬於摩登的一代；可從妳的年齡上看，妳不能否認妳仍然是老人中的一員。妳老老實實對我說，難道妳不懷念過去的好時光嗎？在那些日子裡孩子們彬彬有禮而又聽話，社會品德高尚，生活安詳而又寧靜…。」

譚太太喜歡過去在中國的美好時光，但她也在摩登世界裡找到了許多新的舒適。在她看來，最理想的是把過去的時光與摩登世界結合起來。她想說出自己的心情，卻不知該從哪裡開始表達。這時，前門突然被撞開，王大從街上衝進家門。他手裡拿著一台顯微鏡衝進中廳裡，把顯微鏡往他父親面前的炕桌上一放。

「爸爸，」他上氣不接下氣地說：「爲了讓你看看細菌的樣子，我給你拿來一台顯微鏡。請你看上一眼。而且我還爲你和傑克遜街東華醫院的劉醫生做了預約，讓他給你的肺部檢查檢查。假如你明天不去看他，他將會到家裡來看你。不過，你還是先看一眼顯微鏡吧。」

王戚揚在顯微鏡面前畏縮了。「把它拿走。」他說：「我對你這漆黑的外國玩藝兒不感興趣。把它拿走！」

「爸爸，我一定要讓你知道，現在的世界變了，你還生活在古老的——。」

「世界正在從不好變得更壞。」王戚揚打斷他的話：「這世界就毀在你們這些年輕的傻瓜手裡！把這東西拿走，不然的話，我就把它扔到臭水溝去！」

「王大，今天你父親心情不好。你趕緊把這鬼東西拿走，不要吵了。」

「爸爸，」王大說：「這顯微鏡是我剛才從城裡的一家商店買的。我將把它放在這裡。如果你明智的話，你就看上一眼，然後去東華醫院看劉醫生，假如你堅持頑固不化，你可以把它扔到臭水溝裡，隨你便。它花掉了你一百四十美元。他們會把帳單給你送來的。」

「把它拿走！」王戚揚說：「聽見沒有，把它拿走！」但王大根本沒有理會，砰地一聲摔上前門，離家揚長而去。這時劉龍把王老爺的人參湯端了進來。王老爺一見到劉龍就喊道：「劉龍，把這玩藝兒扔到大街上去！」

「姐夫，」譚太太趕緊制止說：「你消消氣。這顯微鏡花掉你一百四十美元，你不能就這麼把它扔到大街上去。我可以去找一找他是從哪家商店買的，打個折把它退給商店。」她從炕上起身向前門走去。「我得去找那個瘋孩子談談。」

譚太太匆忙離去之後，劉龍還沒搞清楚是怎麼回事，並且被嚇得不知所措。他小心翼翼地問：「老爺，要把這麼好的人參湯倒到大街上去？」

「把它拿走，你這白癡！」王老爺大吼大叫。現在他越來越氣了：「廚子是怎麼回事？我的晚飯是怎麼回事？劉媽到哪兒去了？」

「我來了。」劉媽急忙跑進中廳說：「我來了，老爺，晚飯已經準備好了。」

「爲什麼不早點說？難道一定要讓我在自己的家裡餓死嗎？看看時鐘現在都幾點鐘了……。時鐘！時鐘哪兒去了？」王戚揚急忙走到供桌前一看，氣得渾身打顫：「時鐘沒了。誰把它偷走了？誰偷走了過世老夫人的鍍金時鐘……。」

十二

譚太太昨晚一夜沒有睡好，王宅的爭吵攪得她心神不得安寧。她看了看自己的手錶，是下午三點半鐘。她決定到姐夫家去，看看情況如何。她想，王威揚現在也該起床了。她從來不睡午覺，而王宅的午睡習慣讓她感到惱火。她動身前又等了二十多分鐘，她希望她到王宅的時候，王威揚已經徹底醒來。

這是一個霧朦朦的下午，所有的東西似乎都有點朦朦朧朧。遠處的海灣有一個霧角在嘟嘟地響著。霧角聲總是使譚太太感到壓抑，無論什麼時候，她都喜歡噴氣式飛機雷鳴般的轟鳴聲，儘管那聲音不怎麼悅耳，但至少它是一個好天氣的指標。她弄不懂人們爲什麼把霧角聲弄得這樣憂鬱，壞天氣本身已經夠憂鬱的了。

「妳好，譚太太！」她一到王宅，劉媽就上前問候她。

「馬馬虎虎。」譚太太說：「給我倒點熱茶來。唉，都到下午了還這麼冷，眞讓人討厭。」

「是，太太。」

譚太太走進中廳，第一眼就看見了正在被罰站的王山，使本已情緒低沉的她更加沮喪。這孩子正呆滯地站在一個牆角邊，面對著牆壁，顯然是又在遭受長時間罰站的折磨。「喂，」譚太太皺著眉頭問道：「你又背不出孔夫子的書了？」

「不是，姨媽。」王山一邊回答，兩條腿一邊不安地晃來晃去。

「那你爲什麼站在那兒？練體操嗎？」

「不是，姨媽。鍍金時鐘沒了。」

譚太太的眼光本能地朝供桌掃了過去。當她看到她姐姐的時鐘已經不在那裡時，心裡就像被抓撓一樣難受。她雙手捂住自己的嘴走到王山跟前，質問王山：「你這不成器的混蛋，你怎麼能偷自己家的傳家寶呢？」

「我沒有偷。」

「其他人誰有膽子敢動一下那個鍍金時鐘。你是家裡唯一一個名聲在外的小偷。快告訴我你把它賣到哪兒去了？」

「我沒有賣。」

「你一定是把它賣給卡尼大街哪家貪婪的當舖了。聽著，如果你把實話告訴我，我可以叫你父親少罰你一會兒。」

「不是我偷的。」王山說。

「王山，」譚太太生氣地說：「我眞感到羞恥，我姐姐怎麼會把你生到這個世界上來。你不僅偷東西，你還撒謊！你眞給王宅丟人！」她打開自己的手袋，掏出一張五美元的鈔票，在王山的臉前晃了晃。「看看這兒，這是五美元。假如你說實話，這錢就是你的了；假如你不說實話，這錢馬上就回到我的手袋裡去。即便你父親讓你在這裡站上三天三夜，既不給吃的也不給喝的，你也別指望我會替你說一句情。」

她期待地看著王山。王山看著鈔票，努力咽著口水，顯然正在進行一場思想鬥爭。激烈的思想鬥爭過後，他終於勝利地抵制住魔鬼的誘惑。「我沒有偷。」說完。就把頭轉過去。

譚太太把鈔票扔回手袋，啪地一聲關上手袋。「不可救藥。」她說。「罰站對你來說算是太客氣了。假如你媽媽還活著，她會讓你跪在洗衣板上，而不是讓你站在地板上。」她氣呼呼地走到炕邊坐下。劉媽端著壺熱茶進了中廳。「老爺起床沒有？」譚太太問劉媽。

「老爺今天沒有睡午覺。」劉媽一邊上茶一邊回答：「他因為時鐘的事，非常心煩意亂。」

「告訴我，時鐘什麼時候被偷走的？」

「我不知道，太太。」劉媽說：「誰竟敢來偷時鐘，我怎麼想也想不出來。老爺認爲一定是王山幹的，可我並不這樣想。」

「爲什麼你不那樣想？」

「有這麼多的人進進出出。哪個人敢說誰的手都是乾淨的，誰的心不是黑的？」她向各個門口瞥了一眼，靠近譚太太耳語般地說道：「太太，妳知道劉龍前天看見什麼了嗎？他看見兩個人在後院嘀嘀咕咕，然後進了這間中廳。」

「那兩個人是誰？」

「劉龍說天太黑，不過有一個人看上去像個老頭，另一個像是個女孩。」她給譚太太的杯裡又倒了些茶，然後說：「但我看不是那麼回事。」

譚太太端起茶來，慢慢啜著，然後思索著點了點頭。「唔，唔，非常可能。」

「我對劉龍說，」劉媽興沖沖地耳語道：「他們在這裡吃得飽飽的，何必還要偷時鐘呢？劉龍說，或許他們習慣於在夜裡借用別人的東西。他說許多人就是那個樣子，他們一見到值錢的東西，手就開始發癢。」

「唔，唔，或許劉龍說得對。」譚太太點著頭說。

「太太，妳知道劉龍還看見什麼嗎？他今天早晨看見那要飯ㄚ頭在藏什麼東西。妳知道是什麼東西嗎？是大少爺的外國鋼筆！」

「什麼？劉龍眞看見那支鋼筆在那女孩手中嗎？」

「太太，別看劉龍的耳朵聾得像塊石頭，可他的一雙眼睛卻像鷹的眼睛一樣敏銳。」

譚太太把茶杯重重往桌上一摜。「對，肯定是那個ㄚ頭偷了時鐘！」

「太太，」劉媽耳語道：「千萬不要對任何人說劉龍看見了那些事情。要是傳到那個狡猾老頭的耳朵裡，天知道他會把哪種毒藥放在劉龍的茶水裡。我已經告訴過劉龍把我們的錢藏起來，箱子上再多加一把鎖，而且不要亂說話。」

「我早就知道這些人不可信任。」譚太太說：「可是老爺對我的話就是聽不進去。」

「太太，妳在這裡的時候，最好看好妳自己的貴重東西。我仍然認爲那老頭懂些妖術。他可以給東西搬家，根本不用碰那東西。」

「胡說八道，根本沒有那種事情。」譚太太說。不過，她還是把自己的手袋從炕桌底下挪到自己的膝蓋上。「劉媽，把家裡的所有東西都檢查一遍，看看是否有丟掉其他的東西。」

「是。太太。我這就去檢查。劉龍說那要飯丫頭把她的包裹藏在床下面，並且蓋上了一塊毯子。總有一天我會檢查她那個包裹的。誰知道時鐘是不是藏在她的包裹裡？」

「去把老爺請到這裡來。」

「是，太太。」

劉媽離開以後，譚太太點上一支香煙，大口大口地吸著。在所有的犯罪行爲中，她最痛恨偷竊。她決心抓到小偷，找回姐姐的時鐘，即便爲此把舊金山所有的私人偵探都僱來也在所不惜。她並不那麼十分確定是李梅偷了時鐘，她覺得那個滿臉笑容的李老頭看上去更像一個小偷。但不管怎麼說，沒有證據之前，她誰也不能譴責。王大的鋼筆會在李梅手中，她想，那倒也是值得研究的事情。

王戚揚咳嗽著進了中廳。譚太太省略了通常的客套話，直接表達了她的悲傷。「姐夫，我聽說姐姐的鍍金時鐘被偷走了，感到十分震驚。」

「生了王山這樣一個不孝之子，是老天爺對我的懲罰。」王戚揚說著，嘆口長氣坐在炕上：「孔夫子的書他一個字也不會背，他偷吃上供給老壽星的水果，現在竟然斗膽偷起傳家寶來。」

「姐夫，懲罰無辜或獎勵惡棍都是不可原諒的錯誤。我剛才審問了這孩子，而且我發現他的回答是有道理的，他不知道時鐘到哪兒去了，所以我懷疑，眞正的小偷不是他。」

「五十年來，王宅的一根稻草都沒有被人偷走過。」王戚揚說著，又嘆了一口氣：「自從有了這個不孝之子，東西就開始經常消失得無影無蹤。除了他還有誰會偷時鐘？」

「我正要告訴你一些事情，不過你的偏見可能讓你不相信這些事情。」譚太太一邊嚴肅地說，一邊用她的象牙煙嘴指著她的姐夫：「但那是眞的。你僱用的那個傭人丫頭偷了王大的金筆。劉龍看見金筆了，他雖然是個聾子，可他的眼睛卻像鷹的眼睛一樣敏銳。他也注意到那丫頭藏在床底下的包裹被一塊毯子蓋著。姐夫，總有那麼一天，你家都被小偷掠奪一空了，而你卻還在以偷東西的罪名懲罰自己的兒子！」她看了看王山，痛心地搖了搖頭。

王戚揚從炕上起身，走到門口叫道：「李老頭！李老頭，李梅，請到這裡來！」

「我說姐夫，」譚太太說：「你最好把每個人都叫來。那才是審問嫌疑人的正確方法。」

「劉媽，劉龍，老馮，」王老爺叫道：「你們都過來！」

「我以前沒有警告過你嗎？」譚太太說：「現在你看到發生什麼事情了吧！不幸的事情一件接著一件。」

「所有這些麻煩都是王大引進家裡來的。」王老爺憤憤地說：「除了他這個不孝之子，沒有什麼人可以責怪。」他回到炕上的時候，李老頭和李梅急急忙忙從後院來到中廳。「您叫我們嗎？王老先生。」李老頭問道。

「是的。」王戚揚說：「你知道過世老夫人的鍍金時鐘被偷走了嗎？」

「劉媽告訴我們了。」李老頭說：「我為小偷感到難過。他竟然在老壽星的眼皮底下偷東西。即便他逃得過法律的懲罰，他也逃不脫老天的懲罰。」

「你最後一次看到時鐘是什麼時候？」王老爺問道。

「哦，我很難確切說出什麼時候是最後一次看到時鐘。」李老頭說：「你知道，我從來不看時鐘，對我來說，有太陽和月亮報時就足夠了，再說，我也不認識時鐘上面的奇怪符號。李梅，妳最後一次見到它是什麼時候？」

「我前天見到過它。」李梅說：「而且我也給它上了弦。」

「妳是不是每天早晨給它上弦？」譚太太問：「難道妳昨天沒有發現時鐘丟了嗎？」

「發現了。可是我以為是王老爺把它從這裡拿走了。把鍍金時鐘放在中廳裡也是不太安全……。」

「劉媽！」譚太太對著門口喊道：「妳站在那裡幹什麼？老爺讓你們過來，都過來！」

劉媽從門後面把她丈夫推出來。「你這個懦夫！」她一邊把劉龍往中廳推一邊說：「你又不是小偷，爲什麼那麼害怕？進去，進去！」

「廚子到哪兒去了？」譚太太問道。

「廚子出去買東西了。」劉媽回答。

「劉媽，」王老爺問：「妳最後看到時鐘是什麼時候？」

「昨天還在那裡。」劉媽說完，又急忙補充道：「劉龍也看見了。你沒看見嗎，劉龍？他看見過。他說，時鐘肯定是在夜間被偷走的。」

「姐夫，」譚太太說。「假如時鐘是在夜間被偷走的，小偷不可能是從外邊來的，因爲門都鎖著，窗戶也沒有被打破，也沒有人聽到什麼動靜。」

「夜裡你們誰聽到什麼動靜沒有？」王老爺問。

好一會兒，誰都沒有做聲。「我沒有聽見什麼動靜。」李老頭說：「李梅，妳聽到了嗎？」

「沒有。」李梅答道。

「我也沒聽到。」劉媽急忙說：「我總是睡得像條死狗似的，就連劉龍的呼嚕也吵不醒我。」

「王山，」王老爺問：「你聽到什麼聲音沒有？」

「No，」王山用英語回答，但他馬上意識到自己的錯誤，趕緊又用中文回答了一遍：「沒有。」

「那是你現在唯一會講的中國話吧，是嗎？」王戚揚生氣地說：「現在，你滾出去！」王山此刻的心，早已飛到薩克拉門托大街的華人運動場上，他像脫韁野馬般的衝出門外。

「姐夫，你不用再說了，小偷肯定不是外邊來的。」

「劉媽，」王戚揚說：「妳在我家幹了二十多年，王宅除了有些水果和糕點被老鼠偷走過，從來沒有發生過這樣的事情，所以我相信妳不會突然做出忘恩負義卻丟臉的事情。而妳丈夫劉龍，耳朵聾得像塊石頭，根本沒有做夜賊的本事。現在我想讓妳告訴我誰是小偷。」

「劉龍說，昨天晚上他看見一個女孩的身影在後院和另一個人談話。」劉媽說完，又馬上補充道：「不過那時我在睡覺。」

「李梅，那女孩是妳嗎？」李老頭問。

「是呀。」李梅說：「爸爸，你怎麼忘了？你和我一起在後院賞月，而且你正在給我講有關花的……。」

「劉媽，」譚太太說：「把劉龍看到的事情都告訴老爺。」

「劉龍說那天晚上天很黑，根本沒有月亮，他說他看見兩個人嘀嘀咕咕，然後溜進中廳。」她轉過身對劉龍喊道：「爲什麼你這麼害怕？沒有人會給你下毒藥！」

「嗯——？」

「噢，閉上你的嘴巴！」劉媽叫道。

「那麼，假如他看見兩個人談話，」李老頭說：「那就是我和李梅，假如他看見兩個人嘀嘀咕咕，那就一定是別人，因爲我們從來不會嘀嘀咕咕。」

「祇有心懷鬼胎的人才會嘀嘀咕咕。」李梅說：「我和我爸爸沒有什麼鬼胎，所以我們總是大聲說話。」

「妳這黃毛丫頭。」譚太太說：「用大聲說話和如此直率的樣子掩蓋妳的秘密，眞是可笑。有人看見妳有一支金筆，是眞的嗎？」

「是眞的，那是王先生送給我的。」

「譚太太，」李老頭說：「請讓我插句話。我和李梅都是老實巴拉的鄉下人。雖然貧窮，但是，即便是路邊有一塊金磚，我們也不會多看一眼，即便我們餓死，我們也不會碰一下別人飯碗裡的一粒米飯……。」

「老頭，」譚太太說：「我這一輩子還沒有錯怪過一個人，懲惡揚善永遠是我的信條。假如你是無辜的，你沒有什麼可害怕的。姐夫，我建議我們檢查一下他們的包裹。這是說明問題的唯一辦法。」

「你不能檢查我們的包裹！」李梅抗議。

「譚太太，」李老頭說：「我和我女兒到這家，是王先生請進來的。我們不是到這兒來偷東西的。檢查一個人的包裹是一個極大的污辱。我們是窮人，但我們有尊嚴，我們重視我們的尊嚴遠遠超過你們熱愛你們的傳家寶，所以不能讓你們檢查我們的包裹。」

「你看到了嗎？」譚太太意味深長地點著頭對她姐夫說：「他們拒絕你檢查他們的包裹。」

「你們無權檢查我們的包裹！」李梅叫道：「你們任何人都沒有權利檢查我們的包裹！」

「黃毛丫頭，」譚太太尖刻地說：「沒有人可以在這座房子裡說話如此放肆！」

「李梅，妳冷靜點。」李老頭拍著李梅的肩膀說：「冷靜一點。」

「李老頭，」王威揚說：「你和你女兒看上去像誠實的人。我一直相信你們，對你們很好。但是，說到底，你們是我兒子從街上領回來的陌生人。我對你們的背景和過去一無所知，所以我們懷疑你們也是合情合理的。假如你們確實像你們的外表一樣無辜，你們不應該迴避檢查。現在，這裡有一個證明你們無辜的好機會。把你們的包裹拿來讓我們看一看。假如我們沒有發現任何不屬於你們的東西，我將給你們二十美元作爲補償，而且我不允許任何人就此再說一個字，那樣你們也不會失去你們的尊嚴……。」

這時，王大回到家中。他爲中廳裡這種意想不到的聚會感到有點意外，但是他很高興，因爲他有事情要說，而且希望讓每個人都聽見，特別是他的父親。他直接走向李梅，拉起她的手說到：「李梅，基督教長老會的韓牧師已經答應爲咱們證婚，我要領妳去申請結婚登記。」

這個消息如此令人震驚，驚得中廳裡的每一個人都爲之目瞪口呆，好一陣兒誰也講不出話來，最後，還是譚太太先開了口，她說：「你病了嗎，王大？」

「姨媽，」王大以禮貌的口氣對譚太太說：「我已經決定要娶李梅了，從現在起，請妳不要再爲我找老婆的事情費心了…。」

「瘋子，」他的姨媽氣憤地打斷了他：「你不知道這裡發生了什麼事情吧？」

王大掃視了一下大家：「發生了什麼事？」

「你媽媽的鍍金時鐘被偷走了。我們正在試圖把小偷找出來。」

「大，」李梅說：「他們懷疑我和爸爸偷走了時鐘，原因是有人看見我在用你的鋼筆。」

「爸爸，這眞是荒唐。」王大氣呼呼地說：「那鋼筆是兩星期前我送給她的禮物…。」

「你們看到了嗎？」李老頭得意地說：「我女兒偷鋼筆了嗎？偷了嗎？王先生，現在他們想搜查我們的包裹，要在那裡面找時鐘！」

「爸爸，你怎麼能在沒有證據的情況下誣陷人家是小偷—。」

「我們正在設法找到證據。」王戚揚嚴厲地打斷了他：「我是一家之主！我想檢查他們的包裹，誰也阻擋不住！劉媽，去把他們的包裹拿到這裡來！」

「王大，」譚太太說：「爲什麼你不能像一個有教養的兒子一樣尊重父親？你媽媽總是信奉傳統美德，特別是孝順…。」

「李梅，」王大說：「我相信，時鐘不會是你們偷的。讓他們檢查一下你們的包裹又怎麼樣。

我的包裹已經被海關官員檢查過不止十次了。不管我走到哪裡，他們總是懷疑我是個走私犯…。」

「劉媽，」王戚揚喊道：「妳聽見我的話沒有?去把他們的包裹拿來!」

劉媽轉過來對李老頭說：「老頭，你最好和我一起去。沒有別人在場的情況下，我從來不碰別人的東西。」

「用不著妳碰它。」李老頭說：「我們自己把它拿到這兒來。妳祇要跟著去，睜大妳的眼睛盯著我們就行。李梅，王先生說得對，就讓他們檢查一下又怎麼樣，噓!咱們的老聖人說得好，不做虧心事，不怕鬼叫門。走，李梅。」他往樓上走去，李梅跟在他後面。劉媽轉過身跟上他們。但又突然想起自己的丈夫來。「劉龍，跟著我。」

「嗯—?」

「跟著我，你這懶骨頭!」她一邊吼著，一邊推著劉龍往樓上走去。

「爸爸，」王大說：「冤枉無辜的行爲比偷東西更加不如。這是我們這所房子裡發生過的最丟人的事情。」

「這是我的決定。」王戚揚說：「我懷疑他們，所以就想檢查他們的包裹，就這麼回事!」

「我眞不理解你，爸爸。你喜歡他們，你待他們很好，現在你卻突然認爲他們是小偷，毀掉了你所建立起的良好願望與友情。」

「不要使用『友情』這樣的字眼。我從來沒有和他們建立友情的企圖，而且我也不需要他們和我之間有什麼友情。」

「王大，」譚太太責備說：「假如你媽媽仍然健在，看到你現在這副樣子，她眞不會相信自己竟然生了這麼一個不聽話的兒子。你怎麼變成這樣？我眞不明白爲什麼。」

「也許我變得更聰明了，由於我不能忍受所有這些陳腐古板的——。」

「聽著，聽著。」譚太太打斷他說：「你父親和我比你多活了三十多年，不管我們有多麼古板，我們的判斷力和智慧還是要比你强得多。就拿選媳婦來說，你根本沒有和女性一起生活的經驗，怎麼可能會找到一個比我們找的更好的女孩呢？」

「那是妳的看法，姨媽。」王大邊說，邊轉身離開姨媽。

「聽我說！」譚太太生氣地說：「我和你父親給你找到一個你自己永遠找不到的好女孩，但你不相信我們，自己拒絕了這門親事，把自己的未來和幸福扔到泥潭裡。現在你又要娶一個自己從大街上撿回來的女傭人，毀掉自己的一生⋯。」

「夠了，姨媽。」王大說：「能不能停止替我找一個好老婆，我可以完美的安排自己的生活。妳和我爸爸已經爲我安排了我生活的第一部分，現在我不明白，爲什麼我沒有權利替自己安排生活的第二部分⋯。」

「我們現在沒有時間討論你的生活。」他父親打斷他的話：「我們正忙著找你母親的鍍金時鐘，那遠比你那毫無價值的生活珍貴！」

直到李老頭和李梅帶著他們的包裹回到中廳的時候，他們誰也沒有再開口。劉媽和劉龍緊跟在李老頭他們後面。李老頭把自己的破旅行包摜在王戚揚的面前說：「我所有的家當都在這包裡。我一件東西也沒有動。劉龍可以給我當證人。假如你不怕髒了你的手的話，就請檢查吧。」

「劉龍，」王老爺說：「把包裡的東西都拿出來。」

「嗯—？」

「老爺叫你把那破包裡的東西都倒出來。」劉媽對著丈夫的耳朵喊道。

「喔。」他聽完，就把包裹提起來倒扣在地上。李老頭的銅鑼、皮鞭、假鬍子和幾件襤褸的衣服落在地板上。譚太太用腳撥弄著檢查了包裡的東西。

「再看看我的衣袋。」李老頭說。他匆忙地翻弄著自己的衣服口袋，拿出一塊手帕、一個舊錢包、他的酒壺和幾件不值錢的小物件。他把它們放在地板上，自己又在身上搜索了一番。「這是我的上衣，裡邊也沒有藏著任何東西。」他脫下自己的上衣，像個魔術師一樣抖了幾下，然後把它扔在地板上，又開始摸索自己的襯衣和褲子。「我的襯衣裡沒藏什麼東西，褲子裡沒有什麼東西，鞋子裡也沒有什麼東西⋯⋯。」

「夠了。」王老爺說：「劉媽，把那女孩包裡的東西拿出來。」

劉媽轉過身對李梅說：「在我動妳的包裹之前，請妳告訴老爺我沒有碰過妳的東西。別等到檢查過後，告訴我妳包裡的什麼東西丟了。」

「請妳不必擔心。」李梅回擊她說：「即便妳把我所有的東西偷走，我也不會在意。妳願意偷什麼就偷什麼，隨妳的便。但妳偷不走我最珍貴的東西——那就是我純潔的良心！」

「我們沒有時間聽妳們鬥嘴。」王威揚說：「劉媽，把包裡的東西倒出來。」

「是，老爺。」劉媽拿起李梅的包，把它倒過來使勁抖著。先是幾件小物件被抖落出來——幾把梳子，一面手鏡，幾瓶香水，鞋子和毛巾，然後是她的花鼓，她的衣服，最後竟然是時鐘，時鐘在地上滾來滾去，落在王老爺的腳邊。譚太太馬上從炕上跳下來撿起時鐘。「看，姐夫你看！」她喊道：「看看，大家都看看！這是什麼？屋子裡的哪個人沒有看見時鐘是從這女孩的包裡掉出來的？」

王大驚愕不已，他飛快地瞥了正在呆呆凝視著譚太太手裡的時鐘的李梅一眼。「不，不！」李梅突然叫道：「我沒有偷⋯。」

「女孩，」王老爺威嚴地說：「是妳偷了時鐘，現在還有什麼東西能夠掩蓋妳的罪過！」

「我發誓不是我偷的！」李梅說：「是別人偷的！是別人偷了後放在我包裡的！」

「滿口胡說八道！」劉媽說：「難道是小偷偷了貴重的鍍金時鐘後送給妳的？哪有這樣的傻子？老爺，怪不得她不讓我們檢查她的包裹呢！」

「我沒有偷！我向老天發誓我沒有偷⋯。」

「那好，」譚太太說：「如果妳堅持說妳沒有偷，我們就把警察叫來，他們將會審問妳。妳可以向他們證明妳的無辜⋯。」

「太太，太太，」被嚇壞了的李老頭急忙說：「隨你怎麼處置，千萬不要叫外國警察來！我們不會講外國話，他們將不會理解我們，會把我們驅逐出境的！李梅，無論人們把什麼罪名加在妳身上，都衹當是穿在身上的幾件髒衣服，純潔的良心才是必要和重要的。」他轉向王戚揚接著說道：「王老先生，老天在上，老天爺有眼。不屬於她的東西，我女兒從來不碰。她的心就像荷葉上的露珠一樣清亮。既然現在你在她的包裹裡發現了時鐘，你可以用刀尖指著她的喉嚨。對一個無助的女孩來說，除了把她自己交給你的善心之外，其他的她無能爲力。」他鞠了一躬後，開始收集散落在地板上自己的東西，把它們往自己的包裡裝。李梅用雙手捂住自己的臉啜泣著。

「我說姐夫，」譚太太說：「偷竊是一種不能縱容的罪過。」

「爸爸，」王大說：「我們都是從中國大陸來的。請你通情達理一些。你不必因爲一個破舊的老時鐘。非得逼著他們被驅逐出境。」

「住嘴！」王老爺氣惱地說：「你竟然還有臉爲他們辯護？我這些麻煩都是你給招惹來的！李老頭，你和你女兒忘恩負義，坑害主人。我可以把外國警察叫來，把你們驅逐出境，但我心腸沒有那麼狠。現在，打起你們的包裹走吧，離唐人街遠遠的。」

「王老先生，」李老頭說：「我們再也不會靠近這座城市，就算你抬著轎子放著鞭炮請我們來，我們也不會來了，噓！」他拎起自己的包裹對女兒說。「李梅，咱們走。咱們回洛杉磯去。」

李梅嗚咽著把自己的東西放回自己的包裡。她綑好自己的包裹後，從胸前掏出鋼筆。「王先生，這是你的鋼筆，我把它還給你。」

「妳拿著用吧。」王大說。

李梅注視著王大，她的雙唇在顫抖。眼中又湧出泉水般的淚水。突然，她衝向桌子，把鋼筆扔在桌子上，抓起自己的包裹，哭著跑出了房間。

「王先生，」李老頭對王大說：「謝謝你邀請我們和你一起生活的好意，但我們在這座宅子裡所受到的侮辱，起碼需要幾個月的時間才能淡化，而我女兒被你們撕碎的心，恐怕得需要幾年的時間才能復原。」他把自己的包裹甩到肩上，腳步蹣跚地走出房間。

劉龍喘著粗氣看著李老頭往外走，然後轉向王戚揚想說些什麼，但他的舌頭卻好像打了結。於是他放棄了開口的努力，急忙衝出了前門。

「他是怎麼回事?」譚太太迷惑不解地問。

「別管他，太太。」劉媽說：「他讓那個老頭給迷惑住了。」

「我說姐夫，」譚太太說：「現在你看到了吧，把陌生人領到家裡來多麼危險。我希望這件事能給你一個教訓。」

「太太。」劉媽說：「我早就看出他們像小偷，我以前不是告訴過妳嗎?他們鬼鬼祟祟的樣子和交頭接耳的神態，早就讓我感覺到他們打算要偷東西了。我告訴過你，老爺，如果讓我監督的話，誰也別想從這宅子裡拿走一粒塵土。」

「時鐘找回來了。」王戚揚說：「這件不愉快的事情就算過去了。從現在起，誰也不要再跟我提起這件事情。王大，我想清楚地告訴你，這是我的家，沒有我的允許，任何人不能邀請別人在這裡住…。」

他還沒有說完，劉龍就急急忙忙回來了。他看上去比剛才放鬆多了；他走向王戚揚，但他的舌頭又一次像打了結一樣，半天沒有發出聲音來。「劉龍，」譚太太說：「你有什麼事情要說？」

「你想要幹什麼？」劉媽吼道：「哎，你這懶骨頭，滾出去找活幹去！」她一邊推著劉龍向廚房走去一邊吼道：「滾出去！」

「老爺…老…老爺！」劉龍說：「那女孩沒有…她沒有…。」

「滾出去、滾出去！」劉媽一邊生氣地吼道，一邊把他往外推。

王大馬上站到他們的中間。「劉媽，讓他留在這裡！劉龍，剛才你說什麼？」

「她沒有偷時鐘。」劉龍聲音顫抖著說：「是劉媽偷的。她偷了它，並把它放進…。」

「住嘴！」劉媽吼道：「你這個忘恩負義的老畜生，你病了嗎？」

「讓他說完！」王大嚴厲地說。

「是她偷的。」劉龍說：「她讓我把它放到李老頭的包裡，我沒有放。她—。」

劉媽抓住他扇他耳光。「住嘴，你這老畜生！哦，老爺，這個聾子老烏龜病了，他一定被那個老頭迷住了心竅…。」

「老…老爺，」劉龍不顧一切地說：「是她把時鐘放進那女孩的包裹裡的。是她幹的！就是她幹的！」

「滾出去！你這老畜生！」劉媽一邊扇他耳光一邊吼叫：「滾出去！」

這時，王大從炕後面拿出竹棍子。他把竹棍子遞到劉龍手中說：「劉龍，好好揍一揍你這個老婆！揍她！」

劉龍抓住竹棍子，他的臉上突然現出猙獰的面孔。劉媽從他身邊退縮下來。

「你想幹什麼？我看你敢動我，我看你敢…。」劉龍走上前去，用竹棍子抽打自己的老婆。起初劉媽還企圖還手，但劉龍抽打得那麼猛烈，她最終祇好連叫帶罵著向門口退去。劉龍追著她打到後院，不一會兒就祇能聽見抽打聲了。

「王大，」譚太太說：「趕緊過去，別讓那畜生再打他老婆了。」

「去制止他？不！」王大說：「這是那竹棍子第一次眞正派上合適的用場。」說完，他就匆匆忙忙離開了中廳。

劉龍的抽打聲和劉媽的尖叫聲還在繼續。譚太太從炕上起身下地。神經質地在中廳裡踱來踱去。「我說姐夫，這是我從未見過的最恐怖的事情。眼看著一個男人像打野狗一樣打他的老婆…。」

王老爺給自己倒了一杯茶水，慢條斯里地說道：「這是他自己的特權，我沒有理由去干涉他。」

「這是你的家。」譚太太說：「這樣一樁醜事用不了兩天，就會傳遍整個唐人街。還是想想你的名聲吧，我的姐夫。」

「我一直把我的名聲看得重於一切。」王戚揚嚴肅地說：「可是今天，我開始感覺到我的名聲就像一朵人造的假花一樣。我正在想它是不是那麼值得在意。」

「是什麼事情使你這麼悲觀？你怎麼突然全變了。」

「妻妹呀，」王戚揚長嘆了一口氣說：「妳是我最近的親戚，讓我對妳直說了吧。我這一輩子做過許多錯事，但我總是能夠設法把錯誤彌補過來。許多人相信我是一個完美的紳士，不管是在思想上還是在行爲上都沒有瑕疵。但是，今天李老頭說的一些話提醒了我。妻妹，一個人如果能像李老頭那樣，可能會更幸福一些，雖然身披痲袋片，但有一顆純潔的良心。」

「唉，」譚太太一邊用手帕快速地給自己扇著，一邊說：「現在你恨不得身處那老頭的處境之中。你眞是變了！」突然，她看見王大提著皮箱和外衣從樓梯上走下來。「怎麼？你要到哪兒去？」

王大走進中廳說：「爸爸，我要走了。」

「不要犯傻，王大。」譚太太說。

「我已經拿定主意，對我來說，獨立生活更爲好些。」王大說：「請不要試圖阻止我。」

「你要到哪兒去？」王戚揚咳嗽著問。

「我要去找李老頭和李梅，加入他們的行列。我要告訴他們，我們才是眞正的小偷，我們偷走了他們的幸福。我將要乞求他們原諒，並問問李梅她是否仍然會考慮嫁給我…。」

「噢，不要再講這些瘋話了。」譚太太說：「我簡直受不了你的這種胡說八道！」

「姨媽，妳用不著再忍受了，因爲我再也不會見到妳了。坦白地說，我討厭這個家，討厭這裡的每一個人！」

「滾出去！」王老爺氣憤地說。

「最後奉勸你一句，爸爸。不論是在待人處世或是生裡上你都『病』了，如果你仍然堅持己見，你將…。」

「我不要聽你的勸告，」他父親吼道：「你去挨餓吧！我很高興你能讓我在這裡享受幾年清淨日子！你永遠不要再回來了，你這忘恩負義的逆子！」

王大急急忙忙衝出房間，砰地一聲把前門關上。當王戚揚的咳嗽減弱的時候，他馬上轉身痛苦地對小姨子說：「妻妹，請妳去找找，看看他到哪兒去了。」

「他哪兒也不會去。」譚太太說：「如果他不想回到這裡來，他就會和我住在一起。」她抓起手袋就走了。

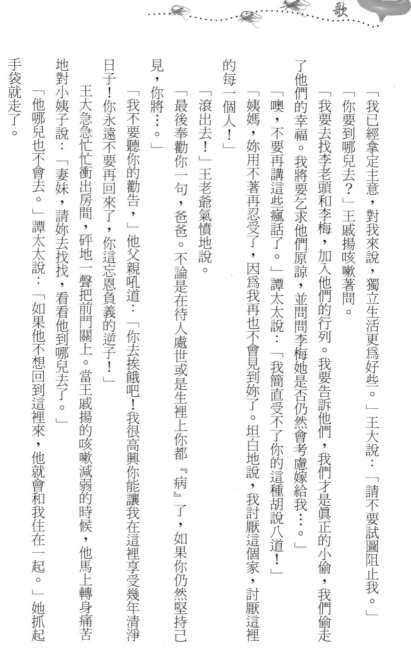

王老爺喃喃自語地呻吟了一陣兒，喝了一口茶水，平息了一下仍然發癢的喉嚨，然後在炕上安靜地坐了一會兒。驀然間，一種難以忍受的孤獨襲上他的心頭。他覺得自己正獨自坐在汪洋裡的一只小船上，視野裡看不見一塊土地，一團團濃密的烏雲壓頂而來。他不知道，因爲李老頭、李梅和王大一走，家裡竟然會這麼空盪和淒涼，就像沒有盡頭的海洋一樣令人恐怖。他打了一個冷戰，趕緊從炕上下來，走回自己的房間。

他不知道爲什麼自己的臥室現在看上去也像荒漠一樣。以前它一直充滿愜意和溫暖，使他在那裡倍感安全和舒適，可是現在它就像另一片孤獨的海洋，屋裡的每一件東西都提醒他自己是多麼地淒涼。在他這把年紀，他應該生活在兒孫滿堂的大家庭裡。不是他喜歡有許多饒舌的親戚來他這裡喋喋不休，也不是他喜歡一撥撥的孩子在自己的屋裡踉踉蹌蹌地出出進進，而是他需要感覺到自己並不孤獨，需要一種置身於親骨肉繞膝之中的感覺。隔壁房間嬰兒的啼哭聲，十幾歲的女兒的朗朗笑聲，妻子的責罵聲，甚至兩個兒媳婦的吵架聲，都可以給一個家庭增添生氣和溫暖的氣氛，這種氛圍對他這樣年紀的男人來說更爲必要。

有好一陣兒，他坐在桌旁，讓這種可怕的孤獨啃嚙著自己。當他感到實在不能再忍受的時候，他就拿出毛筆和宣紙，練習起書法來。如果還是不起作用。他就試圖去照料盆景，但這種排遣方式仍然祇能加重他的憂鬱。他必須採取一些積極的措施，把自己從這種壓抑中釋放出來。

他再次走出臥室的時候，正碰上譚太太回到家中。「他走了。」譚太太一邊用手帕給自己扇著，一邊上氣不接下氣地說。「他想和一位朋友一起去做雜貨生意。他簡直和你一模一樣，也是那麼固執。你要出去嗎，姐夫？」

「是的。」王戚揚一邊往頭上戴帽子一邊回答：「我要到他提起過的那個外國教堂去見韓牧師。」

「看他幹什麼？」

「你以為那個神經病能夠掙錢養活一個老人和一位女孩？如果我不想些辦法把這個給他，沒幾個星期他們都會被餓死。」他給小姨子看了看他剛才簽好的一張支票。

「什麼？五千美元？」譚太太皺著眉頭說：「他會把它扔到陰溝裡去。哦，姐夫，他不是要你的錢。他不是說過自己想要獨立嗎？他就是要做雜貨生意。你最好把這張支票撕掉，免得它落在別人手中。」

「也許妳是對的。」過了一會兒，王戚揚一邊撕支票一邊說：「他似乎對我的錢充滿仇恨。但我應該給韓牧師留些錢，以備他們結婚時用。我不想讓他們的婚禮顯得太寒酸。」

「唉，王大會自己照顧自己。也許他根本不會再去見韓牧師。他正急著去和洛杉磯的一個朋友一起去做雜貨生意呢。」她停下手中正在扇著的手帕，一本正經地問道：「你眞的同意這樁親事嗎？」

「坦率地對妳說，妻妹。」王戚揚說：「當那個逆子說他要去問李梅是否還願意嫁給他時，我眞有點高興。」

「噢，你眞是脫胎換骨了，我的姐夫。」譚太太嘆道。現在她意識到，她最喜歡的外甥王大已經發誓永遠不再回來，她在精神上感受到一種極度的折磨。儘管他說從現在起拒絕與她有任何往來，但她還是非常惦記著他。這種惦記的感覺以前從來沒有這麼强烈過。她感覺到有一種强烈的慾望，要去做姐夫剛剛打算去做的事情－以某種婉轉的方式給那孩子送些錢去。那臭小子命運不濟；竟然愛上一個窮得叮噹響的丫頭，她還有一個身無分文、名下祇有一把酒壺的老父親。假如自己不關照他們一下，他們或許眞會被餓死。「好吧，」她接著說：「這孩子執意要娶那個女孩。我們也毫無辦法。他就像一頭騾子一樣倔强。唔，唔，雜貨生意。也許是一種值得去做的生意。」她努力克制著，免得暴露出自己內心的慾望，決定不再多說一句話，馬上抓起錢包向門口走去。

「妳這麼急著要走嗎？」

「是的，我有急事。」譚太太說著，急急忙忙走出房間，連頭都沒回。

王老爺在中廳站了一會兒，感覺到自己非常衰老和疲憊。在他這一輩子中，他的固執一直是他最堅固的堡壘，這還是它第一次開始坍塌。他拿起帽子，穿上緞子外套，走出家門。他想到唐人街上看看，讓那熟悉的招牌和氣氛喚醒他對湖南家鄉的回憶。他實在不能忍受這種孤獨和在異國他鄉被遺棄的感覺。他嚮往親暱和親近的感覺，嚮往仍然處身於家鄉人之中的感覺。

他走在通往格蘭大道的人行道上，思索著自己的餘生之年，很高興自己能夠看清自己在並不十分遙遠的未來中人生旅途的終點。或許再有十年自己就會離開人世，一切都會煙消雲散。他現在意識到，這個世界是年輕一代的世界，自己在這個世界中最好應該像一個禮貌的客人一樣生活，能得到什麼就享受什麼，隨遇而安。此刻，有一種微弱的擔心在他心中油然而起，他擔心眼下這些不服管教、具有叛逆精神、缺乏孝敬精神的年輕一代會毀掉這個世界。他爲自己不能活到那天，看到那種情形而感到高興。他在王大這件事情上儘量安慰自己，也許年輕一代作爲一個整體都是這樣，自己都有一種良好而又坦盪的感覺，就像方才王大表現出來的那樣。王大對李梅和她父親的愛戀，決定追隨他們而去，要向他們道歉並要和他們生活在一起，對他自己而言，似乎都是他義不容辭的事情。也許這是他從罪惡感——錯怪無辜的最不舒服的感覺中解脫出來的唯一行動。

唐人街的居民們和往常一樣在安詳地勞作。麵條作坊的麵條師傅正在搖著軋麵條機；裁縫舖裡每天要幹十四個小時的女裁縫正在踩著縫紉機，她的孩子在她的腳邊玩耍；理髮店裡的剃頭匠正在給一位顧客修面，爲他刮鬍子剪鼻毛；雜貨商正在撥拉著算盤，耐心地看著一位家庭主婦挑選鹹魚、松花蛋、芋頭和乾海帶；退休的老人坐在自己什麼東西都不賣的店舖裡，一版一版地看著報紙，或許這已經是第三遍了，他會一直看到下午新報紙送來的時候；餐館裡並不擁擠，祇有幾個食客在那裡一邊啜著茶水，一邊剔牙。

格蘭大道上的汽車，像一支沒有盡頭的遊行隊伍一樣蠕動著。這裡倒有一種中國式的安寧和耐心，沒有一個人顯得那麼匆匆忙忙，而且即便有人想要匆忙也沒有辦法，賣中藥的商人坐在潔淨的櫃台後面，雙手揣在袖子裡。面無表情地望著大街。王老爺路過中藥店的時候，琢磨著那位中醫到底在店裡面幹什麼。或許他正在讀一本古老的醫書，或許他在練習書法，或許他正在爲一位病人把脈診病，也許他正嚴肅地坐在他的書桌後面在爲人說媒。他是唯一一個王老爺在唐人街上一眼就能認出來的人。他是老古董，飽學詩書，講究書法和文法的漂亮。他也是一個痛恨變化的人，總是夢想著葉落歸根，回到中國的鄉村老家，死在中國，能夠被埋葬在一個上等的棺材裡，每年春天有數不清的兒孫去給他上墳，給他上供燒香。

王老爺路過中藥店的時候，還琢磨著中醫是否和他一樣有同樣的難題。他克制著自己進去拜訪一下中醫的強烈慾望。他認爲，通過進一步的交往使他們的老思想得到進一步加固，沒有什麼意義。他加快腳步，拐到傑克遜街上，感覺到自己就像剛剛背叛了最好的朋友一樣。他爲自己剛才所見所想感到非常悲傷。也許五十年後，唐人街上這些熟悉的景象和氣氛，絕大部分會消失得無影無蹤，也許再也聽不到緊閉的門後面傳出的麻將洗牌聲，再也聽不到鑼鼓伴奏的唱戲聲，再也沒有麵條作坊，再也沒有提供傳統服務項目的理髮店，再也沒有讀中文報紙的退休老人，再也沒有打算盤的雜貨商，再也沒有松花蛋、芋頭和乾海帶⋯因爲這是年輕一代的世界，一切事物都在變化之中，雖然進程緩慢，卻是不可逆轉的。甚至連他自己這樣的老古董，現在都拋棄了中醫—他在唐人街上唯一能夠愉快相處的最好的朋友。

在傑克遜街和斯托頓街交界的拐角處，王老爺看到了那座宏偉的建築。他曾經在這座七層高的大樓前路過無數次，但他從來沒有抬頭仔細看過一眼。他一直把這座大樓看作是一個不祥之物，路過這裡時總是不由自主地加快了腳步。此刻，他停在大樓的面前，端詳了好長時間。他看到這樣幾個紅漆大字：東華醫院。那是給人印象極深的幾個大字，懸掛在紅瓦樓頂之下。這些大字，儘管筆劃有些缺乏勁道，寫得還是相當不錯，總的來說，應該是出自一位練習過多年宋體書法的人之手。然後，他又看了看轉門，鼓勵了一下自己，深深吸了一口氣，爬上大理石台階，向大樓裡面走去。

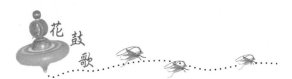

附錄—我的回憶

祖父是舉人父親是秀才　小時候鄉人叫我八老爺

我於一九一六年冬在湖南湘潭曉霞鄉出生。那裡三面環山，山青水秀，風物宜人，有世外桃源之稱。但在中國時期我能記憶的，好事不多，大半是兵災人禍。

我家裡靠山面水，所謂水就是個小魚塘。我最早的印象是塘裡有鬼，我們小孩愈怕愈要去游水，記得有一年我幾乎淹死。

我的祖父是舉人，父親是秀才，後來成了地主。我行八，小時鄉下人叫我八老爺，可是這個「老爺」很頑皮，常被母親打屁股。但父親喜愛，挨打時他常常以身保護，也挨了些羽毛撣子。

那時家裡自己辦學校，我的二姐做校長，學些什麼記不清了，記得的是常在一間大廳裡踢小皮球，踢得興起飯也不要吃。

我們兄弟八人，姐妹三人，我最小。我與三姐的年紀最近，她少時患肺癆。那時鄉下鬧兵災，一家常到深山中的一佃戶家去避難，三姐的病也沒有好好養。我們搬到北京去的那一年，她就與世長辭，我十分傷心，認爲她是兵災人禍的犧牲者。從那時起，我們就對軍閥時代的丘八深惡痛絕。因此，毛澤東解放時我有幾位哥哥都有些左傾。

我大哥是提倡國語的黎錦熙，當過北京師範大學的文學院院長、毛澤東的國文老師。記得小時，毛澤東常來大哥家請教。後來紅衛兵在「文化大革命」時處處抄家。某日紅衛兵打門，我大嫂要大哥趕快把毛澤東的一些親筆信擺在書桌上。果然，張牙舞爪的紅衛兵看見毛澤東的信寫得那麼恭敬和親切，個個畢恭畢敬地退走了。那些信，後來都贈了北京的博物館。

藍蘋做了毛澤東夫人　把我二哥活活整死

我二哥黎錦暉，一生專搞民眾和兒童音樂，編了兒童歌劇《麻雀和孩子》、《可憐的秋音》等。後來又寫些流行歌曲，如《桃花江》、《特別快車》、《妹妹我愛你》等百餘曲，並組織了明月歌舞團，訓練了許多歌舞人才，如黎明暉、王人美、黎莉莉、周璇等。聶耳也是該團出身，編了中國的國歌。某年招考團員時，有位叫藍蘋的演員來應考，沒考上。錦暉說，她長得還可以，也能唱兩句，可是她兩眼滑溜溜，東張西望的，有些靠不住，所以沒有取她。後來藍蘋做了毛澤東夫人，改名江青，在「文化大革命」時把我二哥活活整死了。

我八兄弟中有四位是搞文藝、音樂的。六哥黎錦明是當時左派作家，成名的小說是《烈火》，頗得郭沫若的欣賞和栽培，一九八〇年我回去看他，他已年近八十，住在湘潭縣郊的一個牛棚裡。「文化大革命」後大家翻身，卻把我六哥忘記了。我湘潭的親戚，十餘人向縣政府去請願。不久，六哥搬出了牛棚。

鄧小平也是窮留學生　大家湊錢請房東看電影

我七哥黎錦光，也是從小喜歡音樂，跟著黎錦暉跑，做了明月歌舞團的樂隊指揮。他編寫了許多民間音樂，也寫了些流行歌曲，最有名的是《夜來香》，差不多人人會哼。李香蘭唱《夜來香》成了名。她現在是日本的國會議員。她屢次邀請黎錦光訪日，未經批准，直至一九八一年七月才能成行。他在日本大受歡迎，有如國賓。在上海，他一家四口還是住一間小室，中間掛個毯子隔成兩間。那時他的職業是一家唱片公司的顧問。

據錦光說，一九二一年七月他考進了湖南第一師範，主任是毛澤東，教國文，很受同學愛戴。當時學生中有很多軍政要人的子弟，唐生智的弟弟唐生明最出風頭，最調皮。他慣用舌尖吹口哨，嘴唇不動，面帶笑容，很難看出他在吹口哨。他經常在上課時吹著流行小調《打牙牌》。每當老師聽見後，問誰在吹口哨？大家都裝著尋找吹哨的人。唐生明也一邊吹一邊跟著左顧右盼，裝著在找吹口哨的人。毛澤東上課時他也吹，畢竟瞞不住毛澤東。某日上課，唐正在吹得得意忘形，毛突然喊了一聲「唐生明！」唐才張口結舌地認了罪。

我們兄弟中只有四哥錦紓是搞政治哲學的。他同鄧小平一起留法，爲省錢四個中國學生共租了一間房子。某冬生活費未寄到，他們欠了租，房東太太是個老寡婦，要趕他們走。鄧小平出了個主意，要大家把零錢拿出來，推錦紓爲代表請孤寡房東太太看場電影。錦紓會交際，長得也比其他三位高。電影看完回家，老太太十分感激，答應遲收房租一個月。這故事還在國內的一個雜誌上發表了。

談到文化大革命　我很傷心也覺得幸運

我有一個侄子，頭上有一個疤。他說這個疤我也有責任。「文化大革命」時，他被紅衛兵抓去鬥。每開出一條罪，就把他的頭向地上一摔。他的「罪」很多，第一是老祖宗是地主，第二是叔叔伯伯都是右派文化人和走資派。最大的罪是他有個叔叔是美帝走狗。那當然是我，所以那一摔最重，把他摔得皮破血流，到現在腦前還留個大疤。

我們兄弟中最聰明的是二哥錦暉，吃苦最多的也是他。他除被江青鬥死外，還受了其他折磨。他娶了當時的「標準美人」徐來做太太，後來被有錢有勢的唐生明搶去了。他和徐來的結晶，一個活潑的小女孩。也莫名其妙地死了。錦暉心碎病重，住了很久的醫院。他與前妻所生的大女兒黎明暉，也累遭人生中的波折。年輕時因三角戀愛，弄成大禍。她有兩個朋友，一富一窮。後來富的把窮的一槍打死，造成當時香港的頭條新聞。現在六十開外的人，可能還記得那件情殺案。後來明暉不重錢，也不選貌，嫁了踢足球的陸鐘恩，是當年的足球「鐵門」。婚姻滿意，寡後把一身奉獻給了國家，「文化大革命」時也一樣被鬥，吃了很多苦。

談到文化人被鬥，我很傷心，也覺得幸運。幸運的是我早已離開了大陸。

少年時我在大陸也過了些較好的日子。十歲時隨家到了北平，上洪廟中學。因讀書不用功，畢業那年要會考，大哥問畢業後要考什麼大學。我一心想入清華或燕京學外語。不料這個夢沒有做成，會考三門不及格：英文、數學和地理。那天晚飯我紅著臉說不出話來，大哥什麼都沒說，只問我要不要留級一年。

我在鏡湖又讀了一年，畢業時時局緊張，日本人在東北鬧事，會考也取消了。那時山東大學招考學生，我報名投考，居然名上金榜。馬上收拾行李前往青島，一切費用大哥負責。那時大哥提倡國語，名氣很大，收入也不少，還送兒子倘夫去法國留學。記得很多哥哥姐姐都靠他吃飯讀書。

在青島一年，就讀外語系。記得最清楚的是美麗的海濱，常去游泳。那時很多日本人在海邊賣熱餅，我們都不敢吃，聽說日本人放了毒要害中國人，大概是政府的宣傳，因爲日本軍閥已經變本加厲地侵略。那時學校有兩個人，我們都沒有注意。

一是老舍，他教歷史，不很賣力，學生多打瞌睡；二是藍蘋，未來的毛主席太太，在圖書館做小職員。我還記得，暑假要受軍訓，到濟南去當兵。那時韓復渠要學生吃苦，在米飯裡加沙子，鬧得很多人得胃病，我也是其中之一。但韓愛護學生，把病號送到泰山去休養，住在一所大廟裡，每日同和尚談天論地，等於渡假。我們常暗笑：「塞翁失馬，安知非福。」

次年日本人打來了，學校停課，我逃到長沙，在日本人的轟炸下我進了長沙的臨時大學，後來成了清華、南開和北大的聯合大學。文學院在南岳山，我的印象不多，好事多不記得，只記得大家搶飯。開飯時一窩蜂，男女學生拿著空碗到一大桶熱飯那裡去擠，有一位同學最兇，搶得最多。我畫了一張漫畫，把他畫成一個怪物，趴到一些女學生身上去搶飯。貼出來引起大家笑，搶飯的風也就改了。

日本人打到長沙之前，聯合大學又搬雲南。文學院先在蒙自，那裡又濕又髒，吃飯趕蒼蠅，晚上打蚊子，點小油燈讀書，那裡讀得下書。好在不久又搬昆明，昆明的日子過得較好，只是常要躲日本人的轟炸。我們睡的是雙層床，我同床的是一位姓向的經濟系同學，湖北人。他是運動員，睡上層，爬上爬下輕捷如猿猴。後來他也留美，在美我們常見面，夏天一同到紐約的一個風景湖去渡假，在湖上常常看金髮女郎，評頭論足，談個不休，但都沒有勇氣去追求。他身體健壯，一九八一年回國見到了他，已經很蒼老，「文化大革命」時吃了大苦頭。一個留美經濟學人，終生不得大志，可惜！可惜！

到雲南邊疆當土司秘書　螞蟻蛋、小牛胃汁是珍饈

一九四〇年在昆明西南聯大畢業，在告示牌上看見一個小廣告，雲南邊疆芒市土司衙門招聘英文秘書。我去教務處應徵，職員說：「那裡有瘴毒，漢人去九死一生，你願意去？」那時年輕膽大，富於冒險精神，想了想，決定去。

未到芒市之前，我以為那裡和非洲差不多。土司大概是半裸身體，臉上畫些花紋，身佩長刀。我坐了四天的裝貨卡車，忽然進入了一個世外桃源。

芒市的老百姓是擺夷，長得健美，穿著乾淨，男的女的都穿緊身藍或白的短衫。土司原籍是漢人，穿的西裝筆挺，住的是洋房，坐的是福特新汽車，家裡有鋼琴、羽毛球場。方土司很和氣，大家叫他做「方代辦」，因為他不是大兒子，不能做土司。長兄過世，他做了代辦。他有兩個太太，

第二夫人是英緬混血種，金黃頭髮，年約二十歲，名愛達，喜跳舞和打羽毛球。

她同我說英文，同方代辦說擺夷話，方代辦同我說國語，所以我們對話都用三種語言。方代辦說：「你的工作不多，每天替我看看信，中文信交衙門楊師爺，英文信由你覆，我簽字。下午陪愛達打打羽毛球。」

芒市的衙門和內地的衙門一樣是黑黑的老房子，但是方代辦很少去，我每個月去一次，向賬房領取薪金現洋三十元。每次楊師爺留我吃一頓擺夷飯：山螞蟻蛋、小牛胃汁（連未消化的草在內）、臭竹筍和牛腐的白菜。但也有些漢菜。烤豬肉是我最喜歡的。平常我同方代辦一起吃，吃的多半是西餐，飯後吃糖果飲咖啡，日子過得十分愉快，是我一生中最好的一段生活。所謂「瘴氣」原來是瘧疾。只要晚上小心不讓蚊子咬也就無事。

日本到處轟炸死屍遍地　獲二姐資助赴美學戲劇

俗語說天下沒有不散的筵席。不久日本人打到緬甸來了，方土司說趕快逃命。他是夷人，不會受日本人虐待。臨行他送了一百現洋，一台打字機，我就搭西南運輸公司的一輛卡車回昆明，再從昆明搭機到重慶，在逃難的公路上記得最清楚的是死屍，日本人把沿路的城市都轟炸了，滿地死屍和破爛的房子。到了重慶每夜我都做惡夢，等於從天堂到了地獄。大哥也搬到重慶了，他說：「趕快出洋。」那時政府好像鼓勵大學畢業生留學，留學生特別有官價外匯可買。我把西裝、打字機、鋼筆、手錶都在黑市上賣了，加上我的現洋儲蓄和二姐的資助，籌足了房租費、學費，乘運輸機到印度，再乘運兵船到美國。

我先入紐約哥倫比亞大學攻讀比較文學，那是冬天，教室太暖，英文又聽不大懂，上課時常打瞌睡。後來羅靜予來美，他是中國電影製片廠的廠長，黎莉莉嫁了他，二哥錦暉又在他那裡當什麼主任，關係不錯。他忠告說：「學什麼比較文學，還不如去學寫戲，回國可以替我編劇本。」

那時耶魯大學戲劇學院寫作班最有名，美國頭號劇作家約金阿尼是在那裡畢業的。次年我轉學，還承大哥的好友趙元任先生幫我弄到了獎學金，除學費外還有生活費。

在耶魯我也有同樣的問題，英文聽不清，課堂過暖，上課常常昏昏欲睡。寫作班的名教授易登先生說：「不要愁，多讀多寫就行了。」承他鼓勵，我寫了長短劇本很多，有的由學校劇院公演。有一次一位紐約的經紀人看了一場戲對我說，戲劇市場小，何不改寫小說？說著他給了我一張名片。

參加《世界日報》徵文獲選　決定留在美國搖筆桿

不久，美國因珍珠港事件也捲入了戰場。日本戰敗後，共產黨控制了大陸。畢業後，我就在洛杉磯打算盤，回國還是留下來？那時獎學金也停了，錢也差不多用光了，住在一間小房間裡發愁，每天到華埠一家小麵館去吃碗叉燒麵，每碗兩角五，還有中文報可看。有一天，翻閱舊金山的《世界日報》，看到他們中、英文版徵文的消息，每篇五元。我馬上回去寫了幾篇寄去，不久，主編來信說，問我能不能每周寫五篇，作爲專欄。我一想，五五二十五，每周的收入可買叉燒麵一百碗，餓不死了。

這個突破，也是我決定留美的原因之一。我還存有我寫的那篇文章，後來該報用中文也發表了我的那篇文章，這算是我一生中的一個紀念碑。那是一篇遊戲文章，借發牢騷，不妨再登，以反映時代：

論吐痰

寫文章攻擊封建，也可以說是借筆為華人伸冤。中國的外患內爭和封建，把中國人折磨了幾千年。有人問，中國人有史以來有什麼真正的自由？如用笑話來答，中國人只有隨地吐痰的自由。

無論是封建時代或民國時代，中國人除吐痰不受限制外，其餘活動都要存三分戒心。從前在中國，出門受檢查，說錯話要掉腦袋。記得在昆明讀書的時候，有同學在翠湖公園和女友攜手同行，警察還要將他們抓去各打手心二十板以正風化。在敝省長沙，曾一度連走路都失掉自由。出門要走小路，因大街上有橫衝直闖的汽車濺你一身泥漿。如果一不小心，以你血肉之軀碰壞了某公子的小汽車時更糟。勤務會從車中跳出來，不管你是死是活，先踢你一腳，接著罵一聲瞎了眼的混蛋，連某將軍的大少爺的汽車都看不見，媽的。

總而言之，數千年來，中國老百姓處處遭人壓迫虐待，事事受人約束限制，小有觸犯，輕則拳腳交加，重則送將官裡去；但是，中國人吐痰卻無人過問。只要你吐的對象是「地」而不是「人」，你可以從南吐到北，從西吐到東，包管無事。

我有時想，中國人吐痰的習慣，可能是一個無處伸冤的反應。我自己，每想到中國人所受的內侵外患的苦，也想罵聲「媽的」吐一口。但身在美國，卻無此自由，所以只好以寫信來排除悶氣。

因為數千年來受了無窮的悶氣無處發洩，很多人吐起痰來特別有聲有色。昔日李鴻章出使歐美，受到外交上的挫折時，不管三七二十一就向人家的大紅地毯上哼哈一吐，暫時出口氣再說。既然出使大臣可以吐，老百姓當然也可以吐，而且把吐痰的藝術分成了數類：有李鴻章哼哈一吐的，有吐而不哼的，也有吐而不哈的，更有不哼不哈的。

我發現不哼不哈的一類不多，但最為可怕。不比哼哈一吐的人，在他哼哈的時候，你可以速作避痰準備。那些不哼不哈是「陰」吐，一聲不響，不提防痰就落在你的褲腳管上。中國街上還有一種哼哈而不吐的人，這種人常給別人一種心理上的威脅，你一面提防他吐，一面又希望他快吐，如果他不吐，那哼哈之聲會流連於記憶之中，使你連日食慾不振，睡眠不安。

我看，如果要改除中國人數千年來的吐痰習慣，只有一法，就是給中國人以更大的自由。如果有了自由，還要吐痰，那只有報警，抓去打手心二十板的辦法了。

兩頁短文賺了一千五　順利辦妥居留權

舊金山《世界日報》的工作，對寫作最方便，最有益。該報工作量少，每日供廣東菜飯兩餐。下午飲茶，一飲就是兩三小時。那時我茶也不飲，到附近公園去想故事，躺在草地上，望著遊雲，文思特別好。

有一天，接了個電話，是一個洋人打的。他問東問西，我以為是移民局來趕我出境了。我說：「我行李已經打好了，請隨時驅逐我出境。」我用「驅逐」這個字有道理，因為不要出錢，一樣坐飛機，何不讓他「驅逐」？這人說，他不是移民局，他是《作家文摘》(Writer's Digest) 的主編，他們的小小說比賽揭曉，我中了首獎，有獎金七百五十元要寄，所以要問清我是否是投稿人。他還說，該篇文章有 Ellery Queen 雜誌要買翻印權，也出七百五。

《花鼓歌》被所有出版社拒絕　八十老人是唯一知音

兩頁的一篇短文，就賺了一千五，後來有一家出版公司，編短篇小說專集，又出了五百元買去。這些收入比一年的薪水還多，我就決定在美國搖筆桿子爲生了。因爲怕移民局趕，我就拿了這些材料到移民局去交涉，是否可以長期居留。那裡移民局只要你不搶美國人的飯碗就行，所以我一帆風順就辦了居留權。

我寫了一篇長篇小說，名爲《花鼓歌》，是描寫舊金山華人老輩和下一輩的矛盾。寫完寄給紐約的經紀人。過了一年還沒有回答，最後他寫信說，《花鼓歌》被所有紐約出版商拒絕了，只有一家沒送去，因爲那家標準特高，他不想送，後來還是送了。他說如果這家拒絕了，要我考慮前途，暗示寫作一途挨餓的太多。

這家出版商 (**Farrar Straus**) 把《花鼓歌》送到醫院給一位病中的老書評家去看。編輯們往往不讀新稿。以五元一篇請人先讀，寫個簡單報告。請的人多是學生和秘書，或是退休老人。讀《花鼓歌》的這位八十老人，讀完後無力寫報告，僅在稿上寫了兩個字：「**Read It**。」，直譯爲「讀它」，寫完就一命嗚呼了。

書局老板 **Farrar** 先生，親自讀了這篇小說，打電話給經紀人說：「黎某這本小說寫得不很好，但還新奇。我們決定買，希望他的第二本可以賺錢。」

不料出版之後，紐約時報書評極佳，馬上成了暢銷書之一。經紀人即打電話說，有很多人要買電影和舞台版權，他選了兩家，要我選擇。一家電影公司要出五萬元買電影版權一次付清；一家舞台公司要出三千元定洋買舞台版權，以抽版稅爲原則。他問我是要一次賣清，還是將來抽版稅。現款差別是五萬元和三千元，我想了整整三天，才做了一個決定，打電話給經紀人說「只要三千！」。

舞台劇在百老匯上演成功　獲贈三藩市市鑰

這是一個極大的賭博，不料我賭中了，因爲舞台歌劇在百老匯上演十分成功。編劇和配樂的是美國頭號老手 Rodgers & Hammerstein。有他們的名氣，《花鼓歌》就在美國成名了。不久有二十世紀福克斯公司請我去編寫《老佛爺》的電影劇本，不幸日本也要拍攝同樣故事，我的劇本石沉大海。

因爲《花鼓歌》的成功，日本航空公司和美國總統輪船公司請我遊歷東南亞；在倫敦演出時，我又被邀參加，還在後台和瑪格麗特公主寒暄握手，我還送給她一本書。回美後三藩市宣布了《花鼓歌》日，還有遊行，市長送了我一把「三藩市市鑰」；當日晚上中華商會大開筵席，席上送我一個金領帶別針。那時我用的是領結，華埠皇后獻禮時，不知把別針扣在那裡好，引起全廳大笑。

接著請我寫文章的很多，《紐約人》雜誌要我寫芒市的故事，我寫了五篇，後來書局又要我多寫五篇，出了一本書叫《土司與秘書》，英國版改稱《天之一角》，有台灣、香港的中譯版，台灣又做了電視劇，方代辦的兒子方應龍到台灣的旅館來看我，說他是該電視劇的顧問。大陸解放後，他離開芒市到了台灣。父親方代辦已故，他土司也做不成了。有人說《天之一角》中文版比《花鼓歌》還要暢銷，問我在香港、台灣是否發了財。因美國與亞洲國家暫無版權協議，翻譯本和電視劇我都未見，但是英文《天之一角》的袖珍本銷到了澳洲。從前在芒市打羽毛球時遇見的一位愛達的好友，也是英緬混血兒，長得漂亮。我還單戀了一段時期。忽然她從澳洲來了一封長信，說她讀了《天之一角》，回憶當年的快樂日子，猶然在目。可惜我們都是中年人了，各有夫妻，只好望洋相嘆了。

羅靜予吊頸老舍投水　如果回國可能步其後塵

在美國曾與兩位好友重逢。第一是羅靜予，在紐約時承他鼓勵我轉學耶魯，學寫作；第二是老師老舍，他的《駱駝祥子》(Ricksha Boy) 在美出版，也成了暢銷書，華人金像獎攝影師黃宗沾購下了電影版權，請他參加編劇。那時毛澤東正好打下江山，老舍和羅靜予都是一腔熱血，急急要回國幫助建設新中國。「文化大革命」時期，羅靜予吊頸自殺，老舍投水自盡，初聞惡耗使我心如刀割。

我沒有回國的原因很多，但主要的是，一位垂死的老人的兩個字「Read It。」。沒有這兩個字，我可能有相同的命運，每想到此，不禁要打個寒噤。

附錄二—

我的歸根活動

我喜歡到麥當勞漢堡店去寫小說。我的中文短篇小說大多數是在小台北一個漢堡店寫的。買一杯咖啡，你可在那裡寫一整天，廁所乾淨，聲音嘈雜。

數十年前，我在三藩市華僑辦的《世界日報》寫英文專欄《如是我言》時，該報僅有一間大辦公室，編排、寫稿、拉廣告、訪問、會客都在那裡。英文排字機是古董，聲音最大；主編李大明先生寫社論邊寫邊哼；事務主任是廣東人，說話聲音洪亮，在電話上不斷地發號施令；外面都板街上 (Grand Ave.) 車水馬龍，雜聲震耳。我就是在那種熱鬧情況下訓練出來的，到現在如果沒有雜聲就寫不出文章來。這也就是我喜歡到麥當勞漢堡店去寫小說的原因之一。

我爲什麼要開始寫中文小說呢？就算是我的歸根活動吧。

數年前，有一位鄰居廣東朋友到華人區去買中文報，問我要不要去兜兜風。不料車開了一小時，去的不是唐人街，是一個別有天地的小台北，蒙特里市 (Monterey Park)。幾條大街，看不見西人面孔，街上都是中國招牌，我看得目瞪口呆，好像回到了中國。從那天起，我常常同那位朋友去買報、吃飯、參加文藝活動、跳舞，幾乎把小台北看成了我的第二個家。

我發現華人社會非常活躍，常勸文友寫留美華人的故事。有人問我爲什麼自己不寫。數十餘年來我只用中文寫了兩篇文章，鼓吹我新出版的英文小說，寫來十分困難，白字連天。兩年前，世界華文作家協會請我們用英文寫作的華裔作者十二人到台灣去參觀，在聯合報遇見了《聯合報》副刊的瘂弦先生，他鼓勵我寫一篇試一試。我在圓山飯店三天沒有去吃早飯，如拔牙似的寫了一篇《如何打入國際文藝市場》。該文在《聯合報》和《世界日報》登出後，我的感覺好像是幼年時的中文作文打了個九十分。

近年來，我和洛杉磯的華人文友常常見面，南加州華人寫作協會還請我做顧問，把我當成華文作家。有一位愛好文藝的女士，打算編一短篇小說集，請我寫一篇，我客氣地答應了，但遲遲沒有動筆，她一見面就催稿，好像一位「職業收帳人」，不還賬就有拆腿之險。最後，我又如拔牙似的寫了一篇小說，名《夫唱婦不隨》，有人勸我先登報，因爲差不多所有的華文小說都先在報上發表後才出書。我將它寄給了瘂弦先生。

《夫唱婦不隨》在《聯合報》和《世界日報》登出後，手總是癢癢的要再寫。我買了一本中英文字典，想不起的中文字就查英文，查不到就用白字，或空白，讓編輯先生去傷腦筋。

在美國我一共出版了十一本英文小說，曾有人問我：「看你吊兒郎當，又不去辦公，你到底是幹啥的？」我說：「我是個 Professional liar (職業說謊者)。」寫小說、寫劇本要有百分之三十的說謊天才，百分之四十是苦幹和決心，其餘是運氣。

在美國的圈子裡，也有些人以爲「寫作」是上蒼的賜福。我的兒子在七歲時，同一位美國鄰居的兒子說：「我的爸爸有天下最好的工作，他不是睡覺就是在後花園聽鳥叫。」

他的學童朋友 Dan 睜大了眼睛說：「Wow!我的爸爸在後花園不是種花就是拔草，你爸爸還做什麼？」

「他有時打打字，飯吃得特別多。」我兒子說。

我聽了這些對白，可以想像到以下的對話：

Dan 的母親說：「大概他在家什麼也不做，我可憐他的太太。」

Dan 的父親：「我看見他搬過垃圾桶。」

Dan 的母親：「每次不用五分鐘。」

我們住的地方，寫小說的很少，許多人不知道幹這一行的時時刻刻都在工作：躺下時在工作，走路時在工作，呆著看天時在工作，聽鳥叫時在工作，出入夜總會，參加酒會，漫無目標地開車，撞紅燈，摸下巴，抓頭髮，皺眉或癡笑都在工作，因爲想故事是寫故事的基本工作，如不想就不能寫。

有人問寫一本小說要用多少時候，我說同婦人懷孕一樣，九個月。這是寫，至於懷孕之前，要找對象，要追求，要送花買禮，不順利時還要吃醋、吵架、流淚，這些必經的過程都是想，順利的一拍即合，否則可以拖上幾年。如果把寫和想合在一起，時間就很難計算了，所以有些作家要教書、在餐館打工或到旅館去做腳夫。難怪女兒找到了對象，母親第一句就問他是幹哪一行的，如果是搞寫作，父親會吹鬍瞪眼；如果女兒說她的對象是學醫或法律，全家都會眉開眼笑。殊不知，搞寫作也不一定要做一輩子的窮秀才，美國的知名作家吉姆士米芝寫一頁紙的小說大綱，經紀人就可以到出版社去拿一百萬元的定金。最近好萊塢的消息，一本一百二十頁的電影劇本賣了四百萬元。

人生事事有挫折，但有時挫折是「塞翁失馬，焉知非福」。一九四七年我在耶魯大學主修寫作，畢業後到聯合國去謀一中文翻譯職，接見的人問我塡的學位 MFA 是什麼，我說是藝術碩士。他馬上搖頭說聯合國用不著什麼藝術碩士。數年後一位被錄用的老同學說：「聯合國的鐵飯碗食之無味棄之可惜，你這匹馬失得眞好！」

有人問，寫小說有什麼秘訣，我認爲重要的只有一個，就是建立讀者和人物的關係。沒有這個關係，讀者對故事中的人物不會關心。不關心 (Indifference) 是任何關係中的死刑，戀愛如是，寫小說也如是。成功的小說，人物都應當有骨有肉，使讀者不恨就愛。

我們寫小說的人，做到這一步最難。我吊兒郎當的時候，就是在想人物的時候，麥當勞漢堡店僅是我的生產室，租金是一杯咖啡。

我的兒女在幼年的時候，對大魚大肉總是愁眉苦臉，一提麥當勞漢堡店他們就喜笑顏開。三年前一位股票經紀人打電話推銷麥當勞的股票，我看在兒女的面上買了一百股。兩年後一股變兩股，三千餘元的投資變了一萬多。我到麥當勞花五毛錢去寫一天的小說，也於心無愧，因爲我可以自稱是「老板」之一。

可惜的是，麥當勞的食物我一樣都不喜歡。

歸根有感

爲歸根活動和避免長途開車，我在小台北買了一個落腳點，擬每周來住三天，以便深入華僑社會。

這個落腳點是在阿罕布拉市，主街是山谷大道，早已成爲美國洛杉磯小台北的一部分，街上多半是華人，有五花八門的中國招牌，餐館生意興隆，中國南北食物應有盡有，有豪華餐廳，也有小食店，有時夾著一個西洋餐館。

在這裡生活，常常引起我幼時的回憶。先談衣。除老人外，許多華人，尤其中小學生，完全西化，穿著入時，特點是不合身，他們穿著大汗衫，長得過膝，像個布口袋；褲子是燈籠形，褲襠落地，休閒鞋和破舊的貨船一樣。年紀大一點的更時髦，他們要穿褪色的牛仔褲，上面如有洞和有補丁更美。

頭髮尤其古怪，三面剃得光光的，和舊時農村的苦力和農夫一樣。

我幼時的印象，農村窮一輩子，褪色的衣服處處都是補丁和破洞，萬沒有想到成了現在的時裝。我有位鄰居的兒子，常把新衣服攤在車庫前，把汽車在上面開來開去，希望把新衣弄成破舊。現在美國的百貨店裡，破舊的牛仔褲比新的貴，不合身的少年服裝，琳瑯滿目，引起我無限的思鄉感，現在小台北的年輕人，正像我幼時農村裡的看羊看牛的小夥子。

小台北有小食店和小旅店，和中國鄉鎮的「雞鳴早看天」的小旅店一樣，尤其是小食店，牆上貼滿菜單和吉利話，求福求財。有兩家牆角裡還有佛爺和觀音，有避邪的無名神鬼，這也引起了我的思鄉感，連菜飯的味道都似乎一樣了。

在舊時的農村，交通是走路和坐轎。來到小台北購物方便，常常走路，開車時也常常憶起坐轎時的情景。舊時的轎子兩邊有大口袋，滿裝餅乾和糖果，窗外風景宜人，有耕田的，有挑水的，有時看見山坡上的公羊做愛，以爲是騎背遊戲，後來才知道公羊是世界上最好色的動物。

從我們鄉村到縣城約三十華里，轎子要坐一整天。幼時坐轎常常看著轎夫的背影發癡，肩上的一大塊肉，常常引我入勝，不知是否轎夫生出來就有這麼一塊肉，轎子的重量壓在上面好像不痛不癢，壓半天也不要換邊。我喜歡看轎夫的手臂，一搖一擺的，和腳步對拍，腳上的草鞋在爛泥中出出進進，發出一種極開胃的聲音，好像母親在拌芝麻醬。

大人常常說，我們在路上吃飯休息，小食店裡除蛇肉外還賣熱烘烘的包子，如果是酸酸的，那就是人肉包子。如果在路上看見六或七人排著隊走，那就是走屍隊。湖南以走屍出名。鄉下人死在外方，常常由家人僱「走屍的」把死人集合在一起，和趕牛羊一樣的趕回老家安葬。

在鄉下的長工喜歡晚上圍著火抽煙談鬼。鄉下有守屍的習慣，人死了要有親人陪一夜，我家一個長工曾陪過他叔叔的屍，他睡的時候屍首靠窗，他醒來的時候雙腳靠窗，這個故事使我們小孩見神見鬼，睡時在被窩裡打抖。自從搬入小台北後，這些往事都在記憶中出現。

我幼時，大人買的香煙，每盒都裝有一張照片，因爲是洋煙，照片常常是一位大乳細腰的金髮女郎，等我長大了，總覺得那類女人最有吸引力，有人說這大概是我娶洋太太的原因之一。來到小台北後，常常參加各種社交活動，這才發現中國女人的美。在這次歸根活動中，我特別寫了一篇短篇小說，名之爲「旗袍姑娘」，嚮往舊日的中國時裝，並表揚中國女人的苗條健美。

以我來說，歸根等於一個「蕩婦回娘家」，有說不完的感觸要向家人報告。

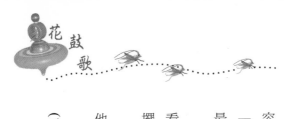

馬跛子

我生長在湖南湘潭鄉下，離家時才十歲，對家鄉的印象不深，但是馬跛子圓黑的臉和親切的笑容卻使人難忘。他是個無腳的乞丐，生活在一張大木床上，鄉下人把他從東村抬到西村，大家輪流「照料」。所謂「照料」就是每天送兩次剩菜剩飯給他，無菜時就是一匙鹽和兩三個紅辣子。我們最喜歡看他吃飯，不管有菜無菜，他總是吃得有聲有色，連我們的黃狗也和我們小孩圍著看他吃。

他一年來兩次，每一到，先看見他的就報信，大叫「馬跛子來了！」我們小孩，一窩蜂地出去看他，連四歲的小侄女也邊跑邊跌地跟在後面。我們那隻老黃狗，一向最勢利，見穿長袍的就搖頭擺尾，見叫化子就窮兇極惡，狂吠不休。看見馬跛子卻坐下來歪著臉看，一聲不響。

湖南的狗沒人敢伸手摸或拍，馬跛子卻有膽摸，也從沒有被狗咬過。我問過他爲什麼狗不咬他，他摸著他臉上一根痣上的長毛笑咪咪地說：「我從不伸手打人，狗也知道。」

我們小孩喜歡他的原因有四：(一)他有些像笑佛。(二)他把任何廢物都可做成一個玩具。(三)他會說笑話和鬼故事。(四)他吃飯吃得有味，一想就使人開胃。

我們猜過他的年紀。我說他五十歲，八歲和九歲的侄子說他起碼九十歲，四歲侄女說他兩百歲。我母親說她坐花轎到黎家來的那天，馬跛子已經在大門外曬太陽了。那已經是二十年前的事，圓黑的臉，咪咪的笑，好像一點也沒有變。有一天我問馬跛子他到底多少歲，他說：「我和老烏龜一樣老，你知道老烏龜有多老？」

我又問他怎樣失掉了他的腿。他望了望天說，「天老爺有眼。我如果有腿，義和團會徵我去打洋人，被徵打洋人的人都被洋槍打死了。」

我的兩個侄子還要追問他失腿的原因，他卻神秘地說：「病從口入，禍從口出。」我們東猜西猜，發明了不少的故事，大家都搶著說，是那時我們最好的消遣。

有一年馬跛子替我們用竹子做一條小龍，龍身上有花紋，也可以擺動。爲使他集中精力來做，我們避免同他說話，常常躲在大門後偷看。龍還沒有做完的時候，鄰村的富農吳大要娶媳婦，要借乞丐去擺場面，派了三個挑夫來接馬跛子。我五歲的侄子小寶，抱住馬跛子的床腳，大哭大叫，死不肯放。

當我的大哥出來解圍時，要小寶放手，我們四個小孩都一齊抓住那張床，一起哭叫不許挑夫把他抬走。我們知道他一旦被抬走，又要明年才能看見他，竹龍也不會做完。在這個大叫大吵的時候，馬跛子伸手高聲地說：「吳大爺的喜筵我不去，請不要抬我走。」三個挑夫咕噥著空手回鄰村，罵馬跛子沒福氣，不知好歹。馬跛子從不罵人，這次卻大膽還了嘴，我們癩皮黃狗也助陣，追著向挑夫狂吠。

我的二哥好吃，那天參加了鄰村吳大家裡的喜筵，第二天大吐大瀉，據說所有客人都中了野蘑菇的毒。馬跛子聞訊，摸著那根痣上的長髮，嘆息地說：「病從口入，禍從口出。」

馬跛子一生沒有病過，但秋天一到，他忽然發燒不吃飯，鄰村拒絕收留他，我母親決定再留他三個月，並請鄉下最好的張郎中替他看病。

他吃了兩天的藥，病勢轉惡。我們怕他病死，暗中替他求神拜佛。有一天半夜，有人捶窗把我吵醒，我隱隱聽見窗外有人在叫：「有火呀！有火呀！」

不幾分鐘全家大小都驚醒了，大家合力挑水潑水終於把東邊房屋的火熄滅了。原因是我大哥看完書後忘記把油燈吹熄，半夜被貓碰倒，引起大火。

火熄後我趕緊回到西房去查看。這時天已亮，我窗前草地上躺著一個人，我上前細看，原來是馬跛子，滿臉是血。我馬上把我的幾個哥哥叫來，一起把他抬回到他的床上。

我們把他的傷口洗淨上藥後，大家都知道他是我們的救命恩人。當他發現東房起火時，他就從床上滾到地上，又從大門滾到西房，滾過了磚石、花草、破銅爛鐵，終於滾到了我的窗口，大捶大叫：「有火呀！」

因爲他滿身是傷，流血過多，我們趕緊燒湯煮藥給他吃。不料他胃口忽然變好，雞湯吃得有聲有色，第二天他的燒也退了。張郎中告訴我們，退燒是因爲流了血，燒一退就能有胃口，一有胃口病即有起色。馬跛子聽了笑著說：「天老爺有眼，一箭雙雕。」我們都明白，要是鄰村把他接去了，我們可能都被燒死了，他的病可能轉惡，以致醫藥無效，也一命嗚呼了。不用說，這一定是天老爺一箭雙雕的意思了。

若我能做　你也能

一九九三年冬，洛杉磯加州州立大學的武慶雲教授邀請我到大學去演講，要我談談寫小說的經驗。

我覺得很榮幸，但一時猶豫不決，原因是我不擅於演說，站在台上對著陌生的面孔就口不從心，說不出話來。我當時只答應武教授到春天再考慮。

但春天來得快，正要再找藉口時，在電視上看見一個減肥的廣告。美國有名的道奇棒球隊經理拉沙多，他原是個大胖子，現在他拍著他平平的肚皮向觀眾自豪地說：「若我能做，你也能！」我一向有個志願，就是鼓勵華裔年輕人從事寫作。我想我不妨利用這個機會向你們說：「若我能做，你也能！」

兩年前，一個中國廣告公司請我做徵文比賽的評判，我發現不少寫作人才。有人還暗示過，他們喜好文藝，卻被家庭迫著去追逐他所不喜歡的職業。

許多家長重視職業金飯碗，要子女做醫生、律師和工程師。如女兒找到了對象，第一句話就問，「他是幹那一行的？」如果她說「唸文學」，馬上母親搖頭父親吹鬍子；如果她說，「他從事寫作。」那就更糟了。

文學天才　多被埋沒

從事寫作的多半是窮秀才，這是一般人的印象，如果不加鼓勵，有些有文藝天才的人，可能會被迫做不愉快的醫生和律師，使得文藝圈裡失去了許多耕耘者。

有人問我，華人對近代文藝有些什麼貢獻？我一想，除功夫和中國菜外，沒有值得拍胸脯吹牛的貢獻。誰以寫中國小說而得到諾貝爾文學獎？美國人賽珍珠。誰以中國題材來製作電影而獲得八個金像獎？一位意大利人。

近年來，中國的繪畫和電影已漸漸打入國際市場，我們必須繼續突破，把中國的作品打入國際文藝的主流。凡是各界成功的華人，都要大力支持，尤其是工商界的大亨，非他們的贊助不能全力推動。鼓勵年輕人從事文藝創作的方法很多，如徵文比賽，設文藝獎學金，投資電影電視和戲劇等。

要打入國際文藝主流，必須要用英文寫作，或將作品譯成英文。青年人往往因爲英文不夠好而裹足不前，在耶魯大學時名教授易登曾對我說過，「不要爲你的英文文法和拼音發愁，那些錯誤一個普通的秘書就能替你改正。我們需要的是你的生動的人物和故事。」

從事寫作　四大要件

但寫作也有幾個必要的條件：天才、苦幹、決心和運氣。寫你最熟悉的題材也是必要的。人生處處有挫折，尤其是寫作，但挫折並非完全無益，中國俗話說：「塞翁失馬，焉知非福。」大家知道，塞翁因失馬而免了兒子戰死之禍。

描寫人物　有骨有肉

所以，在描寫人物時要有骨有肉，要引起讀者的同情或憎惡。如能用對白及動作把這些細節表現出來更佳。如果讀者無動於衷，不憎也不愛，那就難以引起讀者的興趣了。如果有了生動的人物和好故事，有時作者會變成人物的秘書，寫起來非常順利，一寫就是一整天，廢寢忘食。如果能夠做到這一步，成功的機會極多。如果寫來如老牛爬山，十分費力，讀起來也可能一樣的費力。

我們有句俗話：「老婆是人家的好，文章是自己的好。」新作家常常犯個毛病，因爲自己的文章好，難以接受批評。如有這種現象，最好把文章擱下，等冷靜一陣後再去讀它一次。那時，老婆可能還是別人的好，自己的文章可能就不會那麼可愛了。

一篇小說　兩個好運

常有人問我寫作的經驗，以我個人來說，除苦幹之外，還有兩道好運：第一是我在《作家文摘》中登出的一篇名為《禁幣》(Forbidden Dollar) 的短篇小說；第二是一位我從未見過的老人。

我在耶魯大學畢業後，生活十分困難，在洛杉磯中國城每天吃兩碗麵充飢。那時一碗叉燒麵僅賣兩毛五，飲茶看報不要錢。當我的餘款僅能買幾碗麵的時候，我在附近一家藥店找了個臨時差事。不幾天，因打破了幾個藥瓶而被老板不客氣地辭退了。那天下午我躺在床上想：「一個耶魯大學的碩士，為啥要住在窮人窟裡挨餓？」在我決心打電報回家要旅費之前，又去吃了一碗叉燒麵，讀報時發現舊金山華僑辦的《世界日報》要徵求一位英文版的專欄作者。

我回去一口氣寫了三篇寄出，數日後回信來了，要我每周寫五篇，每篇五元。頓時無數的叉燒麵在我眼前閃過，我回國的計劃也馬上打消了。

我的專欄《如是我言》(So I Say) 頗受讀者的歡迎，該報請我去當記者，我高興地搬到了舊金山。不久，移民局來了電話，因簽證過期要趕我出境，我決定拖延下去，如果他們來驅逐，我也樂得省一筆路費。

果然，電話又來了，一位聲音沙啞的人，我對他說，「官員，我的行李已經準備好了！」那人覺得莫名其妙。最後我才發現打電話的人是《作家文摘》的主編，他說我的《禁幣》被選爲他們徵文比賽的首獎。他還說這篇小說的重版權已被 Eller Queen's Mystery Magazine 收購了。後來《禁幣》又被 Robert Oberfirst 列入了他編的最佳短篇小說集。這五頁紙的故事所賺的錢，比我在《世界日報》一年的薪水還要多。

首部長篇　好事多磨

我常開玩笑地把「小說作家」稱之爲「職業撒謊者」，但事實上它是世界上最好的職業之一。資本小，自由多，早起晚睡隨你的便。只要你在想故事，躺著也能工作，走路開車都能工作，閉著眼睜著眼誰也管不著。所以我要向你們說：「要是我能做，你們也能！」

漫談文藝和跳舞

現在是文藝和跳舞翻身的時候了。這兩個難兄難弟歷來很少得到華人敬重。

先說跳舞。俗話說物以類聚。所以「吃喝嫖賭跳舞」幾乎成了口頭語。一直到現在，一談跳舞還有人皺眉。如果有五十開外的人上舞場，常常還有人在他背後說：「這麼大的年紀還去拈花惹草！」

其實，跳舞是一種娛樂和健身的法寶，有許多人的心臟病就是跳舞治好的。

跳舞的學問很多，派別有美國式、國際式、拉丁式，甚至於有台灣式和大陸式。種類更多，如華爾茲、狐步舞、恰恰、倫巴、桑巴、探戈、吉特巴、快三步等十餘類。每類都有近百的步法。如果四年才能得哲學博士，跳舞博士恐怕非八年拿不到。

現在跳舞已漸漸名正言順了，但也有人把它當成找對象的媒介。這種人的舞德不高。他們有兩不跳：不年輕不漂亮的人不跳，穿著不入時的人不跳，情願愁眉苦臉地坐冷板凳。

又有少數的人喜鑽牛角尖，刻板的研究舞步，結果只能同跳舞老師共舞，頭偏多少，手抬多高都要照公式，這種人除緊張外，常常坐在角落裡，對生人或跳得不夠格的人有如見鬼神而遠之。

另外還有一種人，他們拒絕學舞，在舞場上不顧音樂的節奏，緊摟著對象搖呀搖的。這種人就是給跳舞一個壞名的潘金蓮和西門慶。

跳交際舞專業人才，有精彩表演，是一種崇高的藝術。其他的人只能把它當成娛樂和健身的工具，歡天喜地地去享受。

談到文藝，在八股時代，頗受敬重，就是搖頭擺腦的窮秀才，也可能受高官巨賈的青睞，招爲乘龍快婿。到了現在，研究文藝變成搞文藝。「搞」字有三分不敬之意。寫文章的人不能說搞馬列主義或搞毛澤東思想，一定要用研究、學習等字眼，如果說搞寫作、搞戲劇、搞音樂歌舞等，絕無人反對。

三四十年代，如有中國留學生在美國學戲劇，家鄉的親友都會感到震驚，馬上會謠言四起，說某某少爺要當戲子了，使做父母的十分難堪，直到現在，文藝好像仍舊只有窮秀才在搞。

在美國，文藝是重要職業之一，與其他職業一樣，失敗的餓飯，成功的名利雙收。華人能欣賞文藝，卻對耕耘不甚注意，這也就是中國文藝在世界文壇上仍舊落後的原因之一。其實，文藝也是一種企業，要創作，要宣傳，要企業家來投資推銷。如果沒有企業家來提倡，打入國際主流，得諾貝爾獎及金像獎恐怕都是夢了。

漫談中國人的寫作自由

中國的文藝，一向有個框框，人物也有樣板，說話像台詞，在電影電視和舞台上，看起來不很自然。我留美四十餘年，寫了十一本英文小說，爲討洋人喜歡，有時也把人物寫得過火，但絕不是西洋人寫中國人的那種樣板，駝背、暴牙，見人就鞠躬，說話也是西洋人替我們發明的英文。

近數十年來，中國的文藝漸漸脫離了傳統和官方的束縛，小說和戲劇都走進了開放自由的路。記得十年前我想同西方人合作攝製《賽金花》，數度同美國人到台灣和中國大陸去遊說，想利用中方的人力物力和背景來製一國際大片。

兩處的電影機構都是官方操縱，中國人好客，對洋人一向是熱烈歡迎，加上中國的習慣，一切都常常點頭說「好」。語言上也有很大的分別，「不」和「是」常常鬧成大錯。試舉一例，如果中國人說「這件壞事我們不應當做」。外國人同意往往說「不」，中國人同意卻常常說「是」。

記得我們在中國大陸談電影合作的時候，只聽見對方說「是」，再加上每日一小宴三日一大宴，把洋人灌得醉醺醺的，每次談判都是盡歡而散，以爲《賽金花》上銀幕是十分樂觀。但是一年兩年的拖下去，仍舊是「只聽見樓梯響，不見人下樓」。

後來有知內幕的親戚說了實話，政府怎麼會花錢和洋人合作去宣傳賽金花的事？賽金花是個妓女，不但醜事不可外揚，而且有辱國體。

我說這個電影不是談賽金花做妓女的事，是談她在八國聯軍佔領北京時，怎樣犧牲自己的愛情，到聯軍統帥瓦德西那裡去說項求情，請求停止洋人的燒殺而救北京城，這是她愛國的故事。我同他說，在文藝上，人物愈是低賤，能做轟天動地的事愈是動人。美國電影明星珍・芳達演妓女得了金像獎；《茶花女》也是描寫一妓女的故事，到現在還是世界的名著，大中學校的學生都讀過。

十餘年前我同美國朋友到台灣去談電影合作，合作的對象也是一個官方的機構。開始時一帆風順，一切問題都能迎刃而解。直到要簽字時，忽然殺出了一個程咬金，那就是對方軍人出身的廠長，他反對故事中有辮子和小腳，認爲有失國體。故事是描寫一八七五年華人在美國加州修建南太平洋鐵路時的犧牲，不但對加州的建設作了偉大的貢獻，而且可歌可泣；至於辮子和小腳，是時代背景，更無法更改。等到雙方辯論得面紅耳赤的時候，廠長又提出了一個問題，故事中有一位寡婦，因爲有人同情，不免發生了感情，廠長認爲寡婦要守節終身，決不能再談戀愛，他建議這位寡婦最好自殺。

這種束縛又證明了中國的文化，在國際文藝市場上打不出天下來的原因之一。近年來，許多從事電影業的中國人，似乎已經爬出了框框，漸漸有自由來發展他們的才能，所以台灣和大陸的電影，不但能在全世界連連得獎，而且數次得到金像獎的提名，這個趨勢是值得我們慶賀，而且大家要團結起來，力拒外行人進廚房來強行替我們切肉炒菜。

漫談寫作和運氣

凡事都有運氣，尤其是寫作。

我一生喜賭博，但要我上賭城，我連吃角子老虎都不肯玩。如果要我把一張白紙放進打字機，一年打下去，作品是否有人要，我卻毫不擔心。

四十餘年來我手氣有好有壞。我寫過舞台劇、電影、短篇小說和長篇，手氣較好的是長篇。在我出版的十一冊英文小說中，兩冊上了《紐約時報》的暢銷書金榜，其中一冊《花鼓歌》還被改編爲百老匯的歌劇和環球公司的電影。有三本被譯成中文，在台灣的大報連載外還出了單行本，據說中文版《天之一角》比《花鼓歌》還要暢銷，而且拍了電視連續劇。雖然一文未拿到，也算是爲祖增光。

我有愛好文藝的朋友想把我的小說和電影劇本介紹到中國和台灣去合拍國際大片。《賽金花》、《金山姑娘》、《華工血淚》(又名《開路先鋒》)和《天之一角》都是電影題材。最早有台灣的女導演汪瑩努力爲《華工血淚》奔走，認爲華工百餘年前在美國加州修築鐵路的血淚更值得宣揚，許多美國人都公認，加州如果沒有華工的犧牲，建設要落後五十年。

台灣的軍方製片公司對合作極有興趣，可以動用軍隊來飾演華工。一九八〇年美方製片公司三人，投資人一家三口和我一共七人，浩浩蕩蕩地到了台北。投資人還帶了女兒和未婚妻，打算在台灣用中國婚禮、坐花轎、拜天地來結良緣。

這次談判雖然沒有成功，大概是洋人帶來了不好的風水，但公事未遂，美國投資人的中國婚是結成了，一對中年老美，穿著大紅大綠的中國結婚禮服，拜天拜地，成爲台灣一時的美談。

中國大陸已經開放，歡迎外人投資，朋友建議不妨到北京去談談。我召集了幾位美國朋友，向他們說：「中國的文化部副部長司徒慧敏是我的好朋友，可以去談電影合作。」這也不是完全吹牛，我在耶魯大學攻讀戲劇寫作時，司徒慧敏被派到美國去考察電影攝影，我們常在一起吃燒雞翅膀。我和美國朋友到了北京，由中國電影合拍公司招待，每日一小宴，三日一大宴，茅台酒把洋人灌得東倒西歪。司徒慧敏還帶著太太到旅館和我相聚，他仍舊是黑黑的大方臉，滿面笑容，談笑風生，還照了許多相，但我們談紅燒雞翅膀比談電影合作多，我一談電影他就換題目。

有人說，和大陸談合作要去談三次才有眉目，我們去了兩次，最後有人忠告說，如果喜歡中國的茅台和北京鴨可以再去，眞要合作拍電影，那等於是海底撈月。

我還有一位朋友，台灣的歐陽璜，他極好文藝，我的《花鼓歌》台灣譯本就是他翻譯的，先在香港高原出版社出版。他做過三藩市的協調處處長，後來調到南太平洋東加王國。他與東加王做了文友，常常交換書籍，他曾向國王建議，請黎錦揚到東加去住六個月，寫一本《東加國王與我》的一本小說，將來不但可以上百老匯，還可以拍成電影。國王很贊成，但要先看一本黎錦揚的小說。

我出版了十一本英文小說，歐陽以爲國王喜歡看國王的故事，把我的《SECOND SON OF HEAVEN》送去了。這本書是寫太平天國洪秀全稱王的故事，洪秀全打到南京，生活漸漸腐化，不准士卒夫妻同居，自己卻左擁右抱，不但得了陽痿病，而且在南京被清軍包圍時，還食了毒草自殺。

我想，如果東加國王見我把另一國王寫得這樣糟，他一定是火冒三丈。果然，歐陽最近退休時來信說：「東加國王把我的書看得愛不釋手，拒絕退回，奈何！」

我曾說過，寫故事三成是要有說謊天才，三成是苦幹和決心，四成是運氣。如果歐陽沒有送錯書，我現在可能在東加島上樂不思蜀了。

怎樣打入國際文藝市場

華人佔全世界人口四分之一，然而對現代國際文化貢獻卻不成比例。先談小說：在美國，小說作家的願望有四：(一)得諾貝爾獎(二)上《紐約時報》暢銷書的金榜(三)得普立茲獎(Pulitzer Price)(四)打入讀書會。

以寫中國故事而得諾貝爾獎的不是中國人，是寫《大地》的美國女作家賽珍珠；最近數年來名登《紐約時報》金榜的只有譚恩美；至於普立茲獎，據我所知，還沒有華人小說作家得過獎；美國最大最有聲望的讀書會(Book of the Month Club)，只有林語堂和老舍被選中過。老舍的《駱駝祥子》若沒有美國人翻譯，恐怕也沒有機會打入國際市場。

拿戲劇來說，中國人打進國際市場的更是鳳毛麟角。幾十年前熊佛西的一個劇本在倫敦上演，到了美國一砲未響。半世紀以後，只有一位華僑青年戲劇家在百老匯上得了一個托尼獎。黃哲倫的《蝴蝶君》算是打人國際主流的唯一的一個劇本。

拿電影來說，那更是失望，到現在還沒有一個中國人製作過一國際大片。《末代皇帝》拿金像獎的是一位意大利人。中國合拍公司說是合拍，其實是一個服務公司。現在大陸和台灣的幾部片子已經打入國際市場，得到好評，也受到金像獎的累次提名，可是大多數還是在美國的藝術影院上演。

現在看看別的國家，日本和一個小拉丁國拿到了諾貝爾文學獎。拉丁舞台劇 Ice Cream Suit 也打進了百老匯。高麗人的故事《All American Girl》在美國電視網演得很熱鬧，但都是美國人主動來製作的。

近數年來，在洛杉磯一地，其他東方人比我們中國人在推動文藝工作上幹得起勁。如拉丁藝術中心和高麗藝術中心即將開幕。日本藝術中心已經活動了十幾年。去年的亞洲電影節，就在該中心開幕。

爲鼓勵華人從事寫作以打入國際市場，我在洛杉磯美國加州州立大學設立了一個華人英文文藝創作獎。分小說戲劇兩項，一年過去成績不佳，所收到的作品大多是「練習課程」，英文程度不到寫作的標準。我們原來的計劃是想找到好作品，除獎金外，還要協助演出和出版。

現在發現要找好作品，必須在華文作家中去物色。

我們的新辦法是，中英文稿一概歡迎。因爲我們沒有出版社，小說暫時不收，集中精力來推動戲劇。劇本不比小說，一百二十頁左右即可，而小說可長至三四百頁。如有好劇本，我們可以翻譯，我們可以上演。

洛杉磯加州州立大學最近建立了一個洛克門藝術中心 (Luckman Arts Center) 和一座一千二百萬元的劇院，並計劃在該中心建造一中國劇院，我們選中的劇本即可在該中心試演，試演成功，即搬上大舞台作職業性的演出，然後在各大城市作巡迴性的演出，最後搬上百老匯。

劇作家的夢是演出，而不是獎金。小說、戲劇、電影、電視都是一家。一部好小說可以改編成舞台劇，舞台劇又可以改編成電影電視，所以都是有關聯的文化事業。

文藝也可以說是一種企業，出版的書要有人讀，戲劇電影要有人看，要有商業性的支持與需求。所以文藝活動，必要有企業家來參加。

我們中國大企業家，大都走工商的大路，對於文藝事業常裹足不前。最近美國著名導演史蒂芬史匹柏與兩大企業家組織了一個娛樂公司名叫 Dreamwork，從事電影音樂的製作和出版，消息傳出馬上有美國第二大的電腦公司 Microsoft 宣布要投資美金五千萬元。

現在加州州立大學的中國劇院，加州政府已認捐四百萬，校方希望有華人來投資，完成這所新的實驗戲院。該校在華人住區附近，可命名爲中華劇院或以投資人姓名命名，皆可。

除提倡文化外，捐款人如有美國收入，亦可減交所得稅。這種捐款，也可以作爲投資，因一個劇本上演成功，除上百老匯外，尚可改編成電影電視。這是協助華人打入國際主流的一條捷徑。

（請沿虛線剪下）

234

台北縣永和市保福路2段50號2樓

瀛舟出版社收

請貼郵票

通訊處：　市　縣　鄉鎮　市區

路(街)　段　巷　弄　號　樓

請用阿拉伯數字書寫郵遞區號

寄件人：

瀛舟叢書讀者服務卡

謝謝您購買這本書，爲了提供更好的服務，敬請詳塡本卡各欄後，寄回給我們（請貼郵票），您就成爲本社貴賓讀者，將不定期收到本社出版品、各項講座及讀者活動等最新消息。

您購買的書名：________________________________

購買書店：______ 市 / 縣 ____________ 書店

姓名：__________ 年齡：_________ 歲

性　　別：□男 □女　　婚姻狀況：□已婚 □單身

通信處：________________________________

電話：________ 傳眞：________ Email：____________________

職　　業：□製造業 □資訊業 □大眾傳播 □公
□服務業 □自由業 □農漁牧業 □教
□金融業 □學生 □軍警 □其他

教育程度：□高中以下 □大專 □研究所

您習慣以何種方式購書？
□逛書店 □劃撥郵購 □電話訂購
□傳眞訂購 □團體訂購 □銷售人員推薦
□其他 ________

您從何處得知本書消息？
□逛書店 □報紙廣告 □廣播節目 □書評
□親友介紹 □電視節目 □其他 ____________

建議：

（請沿虛線剪下）

瀛舟出版社

電話：(02) 29291317　傳眞：(02) 29291755

e-mail: enp_tw@yahoo.com.tw

黎錦揚作品

花鼓歌

The Flower Drum Song

作　　者 / 黎錦揚
社　　長 / 趙慧娟
總 編 輯 / 阮文宜
內文排版 / 方學賢
法律顧問 / 趙飛飛 律師
出版發行 / 美國瀛舟出版社 (Enlighten Noah Publishing)
地址： 3521 Ryder Street, Santa Clara, CA 95051, USA.
電話： 1- 408-738-0468
傳眞： 1- 408-738-0668
電子郵件： info@enpublishing.com
台北瀛舟出版社
地址： 台北縣永和市保福路 2 段 50 號 2 樓
電話： (02) 2929-1317
傳眞： (02) 2929-1755
郵撥： 19573287
總 經 銷 / 時報文化出版企業有限公司
地址： 台北縣中和市連城路 134 巷 16 號 5 樓
電話： (02) 2306-6842
初版日期 / 2002 年 10 月
國際書碼 / ISBN 1-929400-64-0
定　　價 / NTD 250.00
登 記 證 / 北縣商聯甲字第 09001622 號
印　　刷 / 世和印製企業有限公司